U0062458

KEITH DONOHUE

THE STOLEN CHILD

失窃的孩子

[美] 凯斯·唐纳胡 著　柏栎 译

上海文艺出版社

图书在版编目(CIP)数据

失窃的孩子/(美)凯斯·唐纳胡著;柏栎译.
—上海:上海文艺出版社,2015
(企鹅经典丛书)
ISBN 978-7-5321-6087-7

Ⅰ.①失… Ⅱ.①凯… ②柏… Ⅲ.①长篇小说-美国-现代 Ⅳ.①I712.45

中国版本图书馆 CIP 数据核字(2016)第 143190 号

Keith Donohue
The Stolen Child

"企鹅经典"丛书由上海文艺出版社联合上海九久读书人文化实业有限公司及企鹅图书有限公司共同策划。

著作权合同登记号　图字 09-2016-428

总 策 划:黄育海　陈　征
责任编辑:望　越
特约策划:邱小群
封面绘图:杨　猛
封面设计:汪佳诗

失窃的孩子
〔美〕凯斯·唐纳胡　著
柏栎　译
上海文艺出版社出版、发行
地址:上海绍兴路 74 号
新华书店经销　上海利丰雅高印刷有限公司印刷
开本 890×1240　1/32　印张 9.875　字数 192,000
2016 年 9 月第 1 版　2016 年 9 月第 1 次印刷
ISBN 978-7-5321-6087-7/I·4860　定价:49.00 元

企鹅经典丛书

出版说明

这套中文简体字版“企鹅经典”丛书是上海文艺出版社携手上海九久读书人与企鹅出版集团（Penguin Books）的一个合作项目，以企鹅集团授权使用的“企鹅”商标作为丛书标识，并采用了企鹅原版图书的编辑体例与规范。“企鹅经典”凡一千三百多种，我们初步遴选的书目有数百种之多，涵盖英、法、西、俄、德、意、阿拉伯、希伯来等多个语种。这虽是一项需要多年努力和积累的功业，但正如古人所云：不积小流，无以成江海。

由艾伦·莱恩（Allen Lane）创办于一九三五年的企鹅出版公司，最初起步于英伦，如今已是一个庞大的跨国集团公司，尤以面向大众的平装本经典图书著称于世。一九四六年以前，英国经典图书的读者群局限于研究人员，普通读者根本找不到优秀易读的版本。二战后，这种局面被企鹅出版公司推出的“企鹅经典”丛书所打破。它用现代英语书写，既通俗又吸引人，裁减了冷僻生涩之词和外来成语。“高品质、平民化”可以说是企鹅创办之初就奠定的出版方针，这看似简单的思路中植入了一个大胆的想象，那就是可持续成长的文化期待。在这套经典丛书中，第一种就是荷马的《奥德赛》，以这样一部西方文学源头之作引领战后英美社会的阅读潮流，可谓高瞻远瞩，那个历经磨难重归家园的故事恰恰印证着世俗生活的传统理念。

经典之所以谓之经典，许多大学者大作家都有过精辟的定义，时间的检验是一个客观标尺，至于其形成机制却各有说法。经典的诞生除作品本身的因素，传播者（出版者）、读者和批评者的广泛参与同样是经典之所以成为经典的必要条件。事实上，每一个参与者都可能是一个主体，经典的生命延续也在于每一个接受个体的认同与投入。从企鹅公司最早出版经典系列那个年代开始，经典就已经走出学者与贵族精英的书斋，进入了大众视野，成为千千万万普通读者的精神伴侣。在现代社会，经典作品绝对不再是小众沙龙里的宠儿，所有富有生命力的经典都存活在大众阅读之中，它已是每一代人知识与教养的构成元素，成为人们心灵与智慧的培养基。

处于全球化的当今之世，优秀的世界文学作品更有一种特殊的价值承载，那就是提供了跨越不同国度不同文化的理解之途。文学的审美归根结底在于理解和同情，是一种感同身受的体验与投入。阅读经典也许可以被认为是对文化个性和多样性的最佳体验方式，此中的乐趣莫过于感受想象与思维的异质性，也即穿越时空阅尽人世的欣悦。换成更理性的说法，正是经典作品所涵纳的多样性的文化资源，展示了地球人精神视野的宽广与深邃。在大工业和产业化席卷全球的浪潮中，迪士尼式的大众消费文化越来越多地造成了单极化的拟象世界，面对那些铺天盖地的电子游戏一类文化产品，人们的确需要从精神上作出反拨，加以制衡，需要一种文化救赎。此时此刻，如果打开一本经典，你也许不难找到重归家园或是重新认识自我的感觉。

中文版“企鹅经典”丛书沿袭原版企鹅经典的一贯宗旨：首先在选题上精心斟酌，保证所有的书目都是名至实归的经典作品，并具有不同语种和文化区域的代表性；其次，采用优质的译本，译文务求贴近作者的语言风格，尽可能忠实地再现原著的内容与品质；另外，每一种书都附有专家撰写的导读文字，以及必要的注释，希望这对于帮助读者更好地理解作品会有一定作用。总之，我们给自己设定了一个绝对不低的标准，期望用自己的努力将读者引入庄重而温馨的文化殿堂。

关于经典，一位业已迈入当今经典之列的大作家，有这样一个简单而生动的说法——“‘经典’的另一层意思是：搁在书架上以备一千次、一百万次被人取下。”或许你可以骄傲地补充说，那本让自己从书架上频繁取下的经典，正是我们这套丛书中的某一种。

上海文艺出版社编辑部

上海九久读书人文化实业有限公司

二〇一四年一月

目　录

献给多萝西和托马斯，希望你们能在这里。

童年，我们曾向世界投以一瞥。余下的尽是回忆。

——路易丝·格鲁克《返乡》

1

别叫我仙灵。我们已经不喜欢被叫做仙灵了。曾几何时，“仙灵”大可涵盖各种形形色色的生物，但如今它已染上过多的联想色彩。从词源学上看，仙灵是一种非常特别的、与水泉女神或水仙女有关的生物，但在种属上，我们是自成体系的。仙灵（fairy）这个词来自于古法语fay（现代法语则是fee），而fay又起源于拉丁词Fata，即命运女神。fay合群而居就称为faerie，它们生活在天国和人世之间[①]。

世上有一群人间精灵，carminibus coelo possunt deducere lunam[②]。它们早在远古时代就分成了六类：火精、气精、地精、水精、土精，以及全体仙灵和水仙女。我对火精、水精和气精近乎一无所知，但地精和土精我却十分熟悉。它们的种类数不胜数，与之相伴的还有大量关于它们行为、习俗和文化的传说。它们在世界各地的叫法不同——罗马家庭守护神、魔仆、农牧神、森林神、妖怪、罗宾的好伙计、捣蛋鬼、矮妖、凯尔特“普卡”、爱尔兰鬼灵、北欧小矮人——还有极少数仍然隐居在树林中，人类几乎看不到也碰不到它们。如果你非得给我取名，就叫我小妖精吧。

更好的说法是，我是一个换生灵——顾名思义，这个词指明了我们

---

① 本段中各种语言的单词意义大致相同，主要为了说明“仙灵”的词源流变，故予以保留。

② 拉丁文：它们能摘下天上的月亮。出自古罗马诗人维吉尔的作品《牧歌》第八卷。

要做的事和想做的事。我们绑架一个人类小孩，把他或她与我们其中的一个交换。换生灵变成了小孩，小孩变成了换生灵。并非任何一个男童或女童都能交换，只有那些少之又少的、对他们年幼的生命感到困扰，或与世上的悲愁心有戚戚的才有可能。换生灵挑选对象很仔细，因为这种机会大概十年左右才有一次。成为我们中间一分子的那个孩子，或许要等上一个世纪才能轮到他换生，并再次进入人类世界。

准备工作冗长乏味。我们需要密切监视这个小孩，还有他的朋友和家人。当然，这都得不露痕迹。选择孩子的最佳年龄是在他上学之前，因为在那之后，一切都复杂起来。孩子会需要去记忆和处理除他亲密家人以外的大量信息，还要像在镜子里照见形体和容貌那样，一清二楚地将自己的性格和经历表现出来。婴儿是最好办的了，可对换生灵来说，照料他们是一桩难事。六七岁就恰到好处。超过这个年龄，自我意识必定会发展得更为充分。而无论他们年龄大小，我们的目标是骗过孩子的父母，让他们相信换生灵的的确确是他们的亲骨肉。这其实比大多数人想象的要容易。

不，困难不在于延续孩子的经历，而在交换本身，那是种痛苦的肢体行为。首先，从骨骼和皮肤开始，把自己拉伸成合适的大小和体形，拉到浑身颤抖，差点儿绷断。然后，其他人会在他新的头面上下功夫，这需要雕刻家的技艺。软组织上会有大幅度的推拉动作，好像头颅里填充的是黏土或软糖。接着是牙齿的事，还要除去头发，再慢慢地编织成新的，这些事情都极为讨厌。整个过程中，一粒止痛药都没有，虽然有几个换生灵会喝一种用橡树汁发酵而成的酒，但这种酒对身体有害。这种事很难受，但很值，好在我不需要重塑生殖器，那可相当复杂。最后，换生灵就和孩子一模一样了。三十年前，我就从一个换生灵重新变成了人类。

我和亨利·戴交换了生活。他是个出生在镇外农场上的男孩。一个仲夏的午后，七岁的亨利离家出走，把自己藏到了一棵栗树的树洞中。我们的换生灵密探跟踪他并发出召集令，我把自己变成他完美的复制品。我们抓住了他，我溜进树洞，和他交换了生活。当晚搜寻人员找到我时，他们可高兴了，松了口气，还挺骄傲，我本以为他们会生气，但没有。“亨利。”一个穿着消防员制服的红发男人对我说话，当时我在躲藏处假装睡觉。我睁开眼，冲他露出灿烂的微笑。这人用薄毯把我裹起来，抱着我走出树林，来到一条石铺路上，一辆消防车等在那里，红色车灯如心跳般搏动。消防员们把我带回家，交给亨利的父母，也就是我的新父母。那晚车子在路上行驶时，我一直想着，只要能通过第一关，这个世界就会重新归我所有。

在鸟类和兽类当中，母亲总能认出自己的孩子，不让陌生者闯到巢里或窝里来，大家都觉得这挺神奇，但并非一概如此。事实上，布谷鸟就常常把蛋下到别的鸟儿的巢里。尽管幼鸟体形超大，胃口奇佳，也能得到同样（其实是更多）的母爱，甚至它们经常会把其他幼鸟从高高的巢中挤出去。有时候，母鸟把自己的孩子活活饿死了，就因为布谷鸟不断地要吃的。我的第一个任务是虚构一个故事：我就是亨利·戴。不幸的是，人类更多疑，对闯入者也更不宽容。

搜救人员只知道他们要寻找一个在树林里走丢了的孩子，因此我可以保持沉默。反正他们找到一个也就满足了。在开往戴家的路上，消防车颠簸起来，我呕吐在了鲜红色的车门上，那分明是一堆橡果碎片、芥菜，还有好多小昆虫的皮。消防员拍拍我的头，把我连同毯子一把铲起，好像我只是一只被救的小猫或者一个弃婴似的。亨利的父亲从门廊上大步跨来，一把抱住我。那是有力的拥抱，带着烟酒味的温暖亲吻，他把我当成自己的儿子迎回家。但母亲就不太好糊弄了。

她的脸完全泄露了她的情绪：发着疹子的皮肤上纵横着一道道咸咸的泪水，浅蓝色的眼睛红红的，头发纠结蓬乱。她朝我张开双臂，两手直抖，发出一声短促的尖叫，痛苦得好像掉入了陷阱的兔子。她用衬衫袖子擦了擦眼，用满怀爱意的女人那饱受摧折的肩膀围住了我，接着用深沉的花腔高音大笑起来。

“亨利？亨利？”她手撑在我肩上，把我推在一臂远的地方，“让我看看你。真是你吗？”

“对不起，妈妈。”

她拂开遮着我眼睛的额发，把我压在胸前。她的心在我脸侧跳动，我觉得又热又不舒服。

“别担心，我的小宝贝。你回家了，一点事儿都没有，这点最要紧。你回到我身边了。”

爸爸用他的大手包住我的后脑勺，我想这个欢迎回家的生动场面还会永远继续下去。我一点点挣脱出来，从亨利的口袋里掏出条手帕，饼干屑撒在了地板上。

“对不起，妈妈，我偷了饼干。”

她笑起来，眼中的阴影消退了。也许她直到前一刻还在怀疑我是否是她的亲骨肉，但提到饼干奏效了。亨利离家出走时，从桌上偷了块饼干，别的换生灵把他带到河边时，我把饼干偷过来放在口袋里。饼干碎屑证明了我是她的孩子。

午夜后，他们让我上床睡觉，这种安慰大概是人类最伟大的发明。不管怎么说，这好过睡在洞里冷冰冰的地上，拿发霉的兔皮当枕头，还有十来个换生灵在不安的睡梦中咕哝和叹气。我在松软的被子里伸直手脚，寻思着我的好运。有很多故事说的是换生灵的失败，身份被所谓的家人揭露了。一个出现在新斯科舍①某渔村的孩子把他可怜的父母吓

① 加拿大省名。

坏了，他们在暴风雪中弃家而逃，后来被发现浮尸在寒冷的港口上，已经冻僵了。一个换生灵女孩，六岁，一开口说话就让她的新父母不堪恐惧，把滚烫的蜡油灌进对方耳朵，从此再也听不到声音。还有一些父母，得知他们的孩子被换生灵替换，一夜白发，有的精神分裂，有的心脏病突发，还有的猝死。更惨的是，虽然很少见，但确有一些人家把这种生物赶出去，有的使用咒语，有的驱赶、丢弃或者杀害他们。七十年前，我失去了一位好朋友，因为他忘了让自己随年龄长大。他的父母当他是魔鬼，把他像一只没人要的小猫一样捆起来装在麻袋里，丢到一口井里。大多数时候，父母为他们儿女的突变大惑不解，或一方为这种离奇的命运而责备另一方。这种危险的事情，怯弱者不宜。

自己走到这一步而没有被揭穿，我感到心满意足，但还没有完全放下心来。我上床后半小时，房间的门慢慢打开了。在走廊灯光的映照下，戴先生和戴夫人从门缝里探进头来。我把眼睛眯成一道缝，假装睡着。露丝·戴不断地低声抽泣，没人能哭得这样有技巧。"我们得改一改了，比利。你不能让这种事再发生了。"

"我知道，我保证，"他小声说道，"不过看看他的睡相吧。'天真的睡眠，缝补好忧虑的乱丝[①]。'"

他关上门，把我留在黑暗中。我和我的换生灵同伴们监视了这个男孩好几个月，所以我在森林边就知道新家的轮廓。在亨利的眼里，这几英亩地还有这外面的世界是如此奇妙。屋外，星光从一排参差的冷杉树梢上透进窗子。习习轻风吹进敞开的窗户，从被子上掠过。停在窗玻璃上的蛾子扑扇着翅膀飞走。将圆未圆的月亮投下清辉，照亮了墙纸上暗淡的纹饰，十字架悬在我头上，从杂志上裁下的纸页和报纸用大头钉钉在墙上。桌上摆着棒球手套和棒球，盥洗架上的水罐和碗闪闪发光，如

① 此句出自莎士比亚的《麦克白》。

磷光般皎洁。碗上斜靠着一小摞书，一想到明天就能读这些书，我激动不已。

天刚亮，双胞胎就开始哭嚎。我顺着声音经过我新父母的房间，蹑手蹑脚地走过走廊。婴儿们一看到我就鸦雀无声，我肯定如果她们——玛丽和伊丽莎白——天生聪慧，又能说话的话，我一走进屋子她们就会说“你不是亨利”。可惜她们还在襁褓中，会说的句子比长出的牙齿还少，说不清她们幼小心灵中的秘密。她们瞪大清澈的眼睛，安静地注视着我的每个动作。我微笑，但她们不笑。我做鬼脸，给她们胖胖的下巴挠痒痒，学木偶跳舞，学鸟儿吹口哨，但她们只是看着，像两只哑巴蟾蜍一样无动于衷。我搜肠刮肚地想要找到亲近她们的法子，于是想起了有几次我在森林中遇见的与这两个人类小孩一般无助而又危险的东西。一次我走在幽深的峡谷中，碰到一只和母亲分开的小熊崽。受惊吓的动物发出凄楚的叫声，我差点以为山里所有的熊都要来包围我了。虽然我能制服动物，但对那种一爪就能把我撕成两半的怪物无能为力。我只好哼起歌谣，安抚了熊崽。想到此处，我就对我的新妹妹们如法炮制。她们被我的嗓音迷住了，立即开始呀呀叫唤，拍着胖嘟嘟的手，口水长长地流出来，挂在下巴上。《小星星，亮晶晶》和《再见，小鸟》打消了她们的疑虑，向她们保证我和哥哥差不多，或者还是个更好的哥哥，但谁又能确定她们简单的脑瓜里转过什么念头呢。她们咯咯，咕咕。我一边唱歌，一边用亨利的口气和她们说话，她们便渐渐地相信了，或者说不再怀疑了。

戴夫人匆匆走进婴儿室，欢快地一遍遍哼着歌句。她的腰围和身量让我吃惊，我之前见过她多次，但距离从没这么近过。从森林中安全的地方观察，她似乎和所有的成年人类一般无二，但个别地看，她有种独特的温柔，带着一股子淡淡的酸味，那是牛奶和酵母的香味。她迈着舞步走过地板，拉开窗帘，让金色的早晨炫亮了房间，而女孩们一看到她来，就满脸放光，抓着婴儿床的板条要起来。我也朝她微笑——否则我就没法忍住哈哈大笑。她也向我报以微笑，好似我是她唯一的儿子。

“帮我照顾你的妹妹好吗，亨利？”

我抱起离我最近的女孩，非常明确地对我的新母亲说：“我来抱伊丽莎白。”她像一头獾那么重。抱着一个不打算偷的婴儿是种奇怪的感觉，幼小的身躯抱起来有种舒适的柔感。

女孩的母亲站住脚，瞪着我，有一瞬间，她表情迷惑而动摇。“你怎么知道这是伊丽莎白？你从来没法把她们区分开。”

“这容易，妈妈。伊丽莎白笑起来有两个酒窝，她的名字也更长，但玛丽只有一个酒窝。”

“你可真够聪明的！”她抱起玛丽，率先走下楼梯。

我跟在母亲后面，伊丽莎白把脸窝在我肩上。餐桌被丰盛的宴席压得嘎嘎作响——薄煎饼，熏肉，一壶热枫糖汁，一罐冒热气的牛奶，还有盛在瓷碗里的香蕉片。在森林中经历过有什么吃什么的漫长岁月后，这顿简单的早餐就像散发着异国情调的高级自助餐，丰盛而且都是熟的，允诺着我将会衣食无忧。

“看，亨利，我做了所有你爱吃的。”

我真能当场亲她一下。如果她不辞劳苦做出亨利喜欢的食物，并为此而高兴的话，那么我大快朵颐，尽情享用，她一定会欢天喜地了。吃完四个煎饼，八条熏肉，牛奶喝得只剩两小杯后，我还在嚷饿，于是她又给我做了三个蛋，并拿家里烤的面包做了半条吐司。我的新陈代谢似乎已经改变了。露丝·戴把我的好胃口当做是我爱她的表现，于是在接下来的十一年，到我去上大学之前，她一直娇惯着我。不久，她升华了自己的焦虑，开始和我一样大吃大喝起来。数十年的换生灵生活塑造了我的胃口和精力，但她是个十足的人类，年年都在发福。这些年，我常想，如果她是和自己真正的长子在一起，会不会变得这么厉害，还会不会用食物来填补疑心的侵蚀呢？

第一天，她把我关在屋子里，毕竟发生了这种事，谁又能说她的不是？她除尘、扫地、刷碟子、换婴儿尿布，我就紧跟着她，比影子黏得还牢，用心揣摩，学习怎样才能把这儿子当得更好。屋里的感觉比森林更安全，但有种奇怪而疏离的感觉，潜伏着小小的惊讶。日光从拉起的窗帘后斜射而入，在墙壁上蔓延，在地毯上投射下图案，那和枝叶下的图案形状完全不同。特别有意思的是由尘点组成的小空间，只有在阳光照耀下才能看清。与户外灿烂的阳光相比，室内的光线有种催眠效果，这对双胞胎尤其明显。午餐后，她们很快就疲倦了——这对我来说可是一大好事——下午一两点钟时，她们开始打盹。

母亲从她们房间蹑手蹑脚地走出来，看到我耐心地等在原地，像个哨兵似的站在走廊上。我被一个电插座迷住了，它朝我直叫，让我很恼火。虽然双胞胎的房门关着，她们有节奏的呼吸声听起来像风暴在树林中呼啸，因为我还没有把自己训练得听而不闻。妈妈牵起我的手，她柔软的一握使我为之久久感念。这女人用她的触摸，在我心中生出深沉的宁静。我想起亨利盥洗架上的书，就问她能否给我读个故事。

我们去到我的房间，一起爬上床。在过去的一个世纪中，成人是彻底的陌路人，而与换生灵共处的生活也已经扭曲了我的视角。她的体形是我的两倍有余，看起来那么坚固结实，特别是跟我所假扮的这个清瘦的男孩相比，简直不像真的。我的位置似乎既脆弱又不稳定，假如她翻一个身，就能像一捆柴火一样把我压扁。但她硕大的尺寸像碉堡一样把外间世界隔开，保护我不受所有敌人的侵害。双胞胎睡觉时，她给我读格林童话——《寻找害怕的年轻人》、《狼和七只小羊》、《汉瑟尔与葛莱特》、《唱歌的骨头》、《无手的姑娘》，还有其他许多故事，有熟悉的，也有不熟悉的。我最喜欢的是《灰姑娘》和《小红帽》，她朗读时，音色适中，娓娓动听，对那些令人难过的童话来说，是过于欢快了。在她音乐般的嗓音中，传来许久之前的回音，我躺在她身边，数十年的时光为之消却。

很久之前，我听过这些故事，但是听的是德语，讲故事的是我的亲生母亲（是的，我以前也有母亲），她从《儿童与家庭的童话集》[①]中给我读灰姑娘和小红帽。我想忘记，也觉得自己正在忘记，但她的声音在我脑海中如此清晰。

“曾经，在一个很深、很深的树林里。[②]”

虽然我许久之前就离开了换生灵的社会，但在某种意义上，我仍然停留在那片黑森林中，对那些我爱的人隐瞒我的真实身份。直到此刻，在去年那些奇怪的事情过后，我才鼓起勇气来讲述这个故事。这是我姗姗来迟的告白，我一直不敢启齿，如今说出来，是因为这些过去威胁着我的儿子。我们改变着。我改变了。

---

① 即德文版的《格林童话》。

② 原文为德文。

2

我走了。

这不是童话，而是我双重生活的真实写照，我把它留在故事开头的地方，这样或许我还能为人所知。

我的故事开始时，我是个七岁男孩，没有现在的种种欲望。将近三十年前，在一个八月的下午，我离家出走后再也没有回去。我已忘怀那些让我出走的琐事，但却记得自己是准备了一次长途旅行，往口袋里塞满了午餐剩下来的饼干，轻手轻脚地出门，母亲也许并不知道我已离去。

我们的院子沐浴在日光下，从农庄的后门一直铺陈到森林稀疏的边缘，好似一处边陲之地，使人小心翼翼地穿过去时，还惴惴然地怕被发现。一进入这片野地，我立刻有了安全感，躲进昏暗幽深的树林里。走在里面，沉寂在树木的空隙间筑巢，鸟儿停止了歌唱，虫儿也在休息。一棵树在炽热的温度下感到倦怠，它呻吟着，仿佛根部正在晃动。偶尔一缕清风掠过，碧绿的树冠就发出声声叹息。阳光在沿途的树木间洒落，我看到一株巨大的栗树，它的底部有个大洞，我爬进去藏在里面，等着听搜寻人员的呼唤。但当他们接近到可以招呼的时候，我却一动不动。傍晚时分，在褪去的夕阳下，在凉爽的星空下，大人们不停地呼唤着“亨——利”。我拒绝回答。手电筒的光芒疯狂地在树林里跳跃，搜寻人员经过我的身旁，他们在灌木丛中跌跌撞撞，在树桩和倒下的树干间磕磕碰碰。不久，呼喊声遁入远处，渐渐变成回响、低语，最后四周一片寂静。我决定不让他们找到我。

我又往我的小窝里钻深了一些，把脸蛋贴在这棵树的筋络上，呼吸着它陈腐的芳香和黑暗的滋味，粗糙的树皮摩擦着我的肌肤。远处传来低沉的声音，汇聚成一片嘈杂。随着它的接近，低语声渐响渐快。它朝这棵空树快步而来，树枝啪啪地被折断，树叶沙沙地被踩碎，它停在我藏身处的附近。呼哧呼哧的喘气声，轻轻的说话声，还有脚步声。我紧紧地蜷成一团，有什么东西爬进洞里，碰到我的脚。冷冰冰的手指环住我光光的脚踝，拖动起来。

他们把我扯出树洞，按在地上。我才叫了一声，就有一只小手钳住我的嘴，另一双手塞了个东西进来。黑暗中，他们的轮廓模糊不清，但他们的身材和体形和我相似。他们飞快地扒了我的衣服，把我绑得像个蜘蛛网里的木乃伊。这些小孩子，这些异常强壮的男孩和女孩绑架了我。

他们扛起我就跑。我被一双双手和细瘦的肩膀举着，以极其危险的速度仰面朝天在森林里疾奔。头顶上的星星刺破天幕，如流星泻雨般飞驰，我周围的世界在黑暗中飞快地旋转开去。这群运动健将举重若轻，毫不费力地在伸手不见五指的地表和碍事的树木间穿梭，连一个趔趄、绊脚都没有。我就像一头猫头鹰滑翔在树林的黑夜中，既兴奋又害怕。他们扛着我时，彼此间叽里咕噜地说话，听上去像松鼠的叫声，又像鹿粗声大气的咳嗽。一个沙哑的声音低声说着什么“走开来”或是“亨利·戴”。大多数人都沉默不语，但时不时地会有一个像狼一样地嘘气。这群人像是收到信号似的放慢脚步，在一条小径上小跑而行，我后来发现这是一条开辟好了的鹿道，供森林里的居民们使用。

蚊子在我裸露的脸上、手上、脚上叮着，尽情地咬我，畅饮我的鲜血。我开始觉得痒痒，非常想抓挠。在一片蟋蟀、知了、偷窥的青蛙发出的噪音中，潺潺的流水在附近汩汩流淌。这群小魔鬼整齐划一地叫嚷着，直到队伍突然停下，我听到了河流的声响，接着刷地一下子，我被抛进了水里。

淹死是种可怕的死法。让我受到惊吓的不是腾空而起，也不是与河水的撞击，而是我的身体划破水面的声音。温暖的空气和冰冷的河水突然合而为一，把我吓得魂飞魄散。堵嘴的东西没有掉出来，我的手也没有松绑。我沉了下去，什么都看不到，有一阵子我屏住呼吸，但肺里被急速充满了水，随即就感到胸部和头部痛苦的压力。我眼前并没有闪过历历往事——我才只有七岁——也没有呼叫爸妈和上帝。我最后的念头不是正在死去，而是已经死了。水包围着我，也包围着我的灵魂，水在深处四合，水草缠绕在我的头上。

多少年后，我转变和净化的故事成为传奇，据说他们让我复苏时，一股子水激射出来，里面游着蝌蚪和小鱼。我最初的记忆是，我在一张临时凑合的床上醒过来，鼻孔和嘴里有干结的鼻涕，身上盖着一张芦苇毯子。坐在石头上，树桩上，围着我的是一群仙灵——他们就是这样称呼自己的——他们安静地聊着天，好像我并不在场。我数了数，连我在内刚好十二位。他们一个接一个地发现我醒了，活过来了。我没有动弹，既害怕又尴尬，因为除了遮盖，我一丝不挂。整个场面感觉就像一个正在苏醒的梦，又仿佛是我死后重生。

他们指着我，兴奋地说着话。起初，他们的语言听起来很走调，像是勒着喉咙发出来的辅音和静电干扰的噪音。但是细听起来，我能听出这是一种变了调子的英语。他们为了不吓着我，小心翼翼地走过来，就像走近一只坠落的雏鸟，或是一头和母鹿走散了的小鹿。

“我们觉得你可能还没好。”

“你饿吗？”

“你渴吗？想喝点水吗？”

他们又凑近了些，我看得更清楚了。他们好像一伙走失的孩童。六个男孩，五个女孩，柔软、纤细，皮肤因为日晒和尘灰而色泽发暗。他们几乎是光着身子，无论男女都穿不合身的短裤或老式的灯笼裤，有三四个穿着破旧的运动衫。没人穿鞋，他们的脚底都长满茧子，坚硬一如他们的手掌。头发长而乱，鬈曲打结，缠成一团。少数几个有一副完整的乳牙，其他人牙齿脱落的地方露出牙缝。唯有一个较其余年长几岁的，门牙处长着两颗恒牙。他们的面孔漂亮精致。他们审视我时，黯淡空茫的眼睛边上积起淡淡的鱼尾纹。他们不像我认识的任何孩子，却像是裹在野孩儿身体里的古人。

他们是仙灵，但并非书上、画中或电影里看到的那种。一点儿也不像七个小矮人、芒奇金①、侏儒、大拇指汤姆②、棕仙③、森林小仙④或者幻想曲开头那些几乎裸身飞行的小仙灵。也不像指引彩虹的尽头、红帽绿衣的小人儿⑤。更不像圣诞老人的帮手⑥、食人魔、北欧小矮人⑦，或者是格林童话、鹅妈妈故事里的其他魔鬼。男孩和女孩都困陷在时间里，拥有不老的生命，凶猛得像一群野狗。

一个栗色皮肤的女孩蹲在我身侧，在我头边的积尘上划着图案。“我叫斯帕克。”这个仙灵微笑着看着我，“你得吃点东西。”她招了招手，唤她的朋友们过来。他们把三个碗放在我面前：一碗是蒲公英叶、豆瓣、野蘑菇做成的沙拉，一碗是天亮前从荆棘中摘来的黑莓，还有一碗是各种各样的烧烤甲虫。我没有动第三碗，只就着一只葫芦里干净的凉水，把水果和蔬菜风卷残云地吃了下去。他们一撮一撮地聚在一起密切

---

① 《绿野仙踪》里的小矮人。

② 《格林童话》中的人物，是个拇指大小的男孩。

③ 爱尔兰传说中善良的小仙灵，因常穿破烂的棕色衣服而得名。

④ 一种尖耳、长寿的仙灵。

⑤ 爱尔兰民间传说中的鞋仙灵，据说它们将金子藏在洞里，以彩虹标明藏金的地方，哪里是彩虹的尽头，哪里就有金子。

⑥ 专门为圣诞老人做礼物的仙灵。

⑦ 北欧传说中的恶灵，诱拐人类小孩的行为与换生灵类似。

观察，彼此交头接耳，不时看我的脸，和我四目相对时就微笑起来。

三个仙灵过来端走我的空盘子，另一个给我拿来一条裤子。我在芦苇毯子下面费力地穿裤时，她咯咯直笑，我试图扣好裤子而不露出裸体时，她大笑起来。首领先自我介绍，然后介绍他的队员，但这时我着实不方便去握住他伸出来的那只手。

“我是伊格尔，”他说，并用手指将他金黄色的头发撸到后面，“这是贝卡。”

贝卡是个长着青蛙脸的男孩，比其他人高出一个头。

“这是奥尼恩斯。”她穿着男孩子的条纹衬衫和吊带短裤，走到众人前面。她用一只手遮挡眼前的阳光，笑着瞥了我一眼，我脸红到了胸口。她的指尖发绿，这是因为她常挖最爱吃的野生洋葱[①]的缘故。我穿好衣服后，用手臂支起身来，这样能把其余人看得更清楚。

“我是亨利·戴。”我的声音沙哑，嗓子疼痛。

“你好，安尼戴。”奥尼恩斯微微一笑，每个人都为这称呼哈哈大笑。这群仙灵小孩开始大叫“安尼戴，安尼戴”，而我心中却响起一阵哭声。从此以后，我就被叫作安尼戴。渐渐地，我忘记了自己的名字，偶尔也会想起这名字的一部分，不是“安迪·戴”就是“安尼魏”。就这样，我受了洗礼，以前的身份开始磨灭，所剩下的不会比一个婴儿所能记得的他出生前的事情更多。失去名字是忘却的开始。

欢呼声低落下去后，伊格尔介绍起每个仙灵，这一大串名字在我耳边叮当作响。他们三三两两地走开，消失在环绕着空地的洞穴中，又拿着绳索和帆布背包出来。有一阵，我想他们是否打算把我捆起来再做一次洗礼，但大多数人对我的痛苦视而不见。他们四处徘徊，只想快些开始，伊格尔大步走到我床前，说：“安尼戴，我们要去捡垃圾。但你得

① 洋葱在英语中和奥尼恩斯是一个词。

待在这里休息。你刚受过不少苦。”

我挣扎着想站起来，但他的手按住我胸口。他看似才六岁，却有着成年人的力气。

“我妈妈在哪里?”我问。

“贝卡和奥尼恩斯会陪着你。休息一下。”他喝了一声，顿时这伙人聚集在他身边。我还没来得及表示反对，他们就毫无声息地消失了，像一群可怕的野狼钻入树林。斯帕克落在后面，回头叫我名字说:“现在你是我们自己人了。”接着她甩开大步，跟上了他们。

我仰面躺下，瞪着天空，忍住了眼泪。夏天的太阳下，云朵飘拂，云影在树林和仙灵的营寨上移动。过去我曾经独自冒险进入过森林，也曾和我父亲一起进来，但我从未想过会深入到这样一个安静、孤独的地方。熟悉的栗树、橡树、榆树在这里长得更高，空地周围的树林显得茂密而不可穿越。到处都是用旧了的树桩和圆木，还有篝火的灰烬。伊格尔坐过的石头上，一只小蜥蜴在晒太阳。不远处，一只箱龟慢吞吞地在落叶间爬行，我坐起来想看个清楚，它就咝咝地缩进壳里去了。

站起来是个错误，这使得我头晕眼花，不辨方向。我想回家躺在床上，舒服地睡在母亲身边，听着她为我的婴儿妹妹们唱歌，但我感到贝卡眼中的寒光。在他身边，奥尼恩斯哼着小调，十指翻飞，专心致志地玩挑棚子。她的花样让我着迷。我筋疲力尽地躺了下来，虽然天气又湿又热，我还是浑身发着抖。下午在沉重的睡眠中昏昏沉沉地度过。我的两个伙伴看着我盯着他们看，但他们一言不发。在半梦半醒间，我疲惫的身架无法动弹，只是回想着那些引我来到这处小树林的事情，担心我回家后会有怎样的麻烦。我睡到一半时睁开眼睛，感觉到一种陌生的悸动。旁边，贝卡和奥尼恩斯在一张毯子下较劲。他骑在她背上，推搡着，咕哝着，她俯卧在地，脸朝向我，绿色的嘴开合着，看到我在看，就朝我露齿一笑。我闭上眼，转过身。在我混乱的脑海中，惊奇和厌恶对彼此张牙舞爪。直到这两位平静下来，我才又睡过去。她自吟自唱，而小青蛙心满意足地打鼾。我的胃像捏紧的拳头一样胀了起来，恶心的感觉如发烧似的冲进了我的身躯。我又惊又怕，思念家里，感到孤单，我想逃跑，离开这个古怪的地方。

3

从夏季的最后两个星期开始，我再次学习读写，我的新妈妈露丝·戴陪着我。她下定决心要把我关在家里，或者放在她耳目所及的范围内，我也很高兴听她的话。阅读，当然不过就是把字形和读音联系起来，牢记搭配、语法规则和语义效果，更要紧的是，记住单词之间的停顿。更难的是写作，这主要难在面对一张白纸，总得想出话来说。而抄写字母表也是桩无趣的事。下午我一般总在用粉笔和擦子在石板上练习书写，一遍遍地写满我的新名字。母亲越来越担心我的强迫性行为，所以我后来就不写了，但之前我还用印刷体尽可能工整地写过“我爱我妈”。后来她发现了很高兴，这种表达使我得到了一整块桃肉馅饼的奖励，而别人只能得到一小块，爸爸也不例外。

当二年级小学生的新鲜感很快就蜕变成一种沉闷的苦痛。学校的作业对我来说不难，但我在另一种象征逻辑学——数学——方面的理解力就落后于同学。我仍然和数字们纠缠不清，它们抽象的外形比加减乘除的基础运算更为繁难。初级自然科学和历史显露的是思考这个世界的方式，这和我在换生灵中的生活经历不一样。举例来说，打个比方，乔治·华盛顿是我国之父，但我不知道他是谁，我也不知道食物链是生物圈中有机物的组织形式，它的准则就是掠夺，每一种生物都把下一种序列更低的生物作为食物来源。这种对自然法则的解释起初让我感觉很不自然。森林里的事情远远比这更实在。生存依靠的是敏锐的本能，而不是对事实的记忆。自从最后的几只狼被慷慨的猎人杀死或赶走后，敌人只剩下了人类。只要我们躲藏起来，就能活下去。

我们努力寻找合适的孩子来交换。这不能随意选择，换生灵找到的孩子必须与他自己被绑架时的年龄一致。我被他们带走时是七岁，离开时也是七岁，虽然我在森林里已经待了将近一个世纪。那个世界的苦难不仅仅是要在野外求生存，还有那漫长而不堪忍受的等待，等待再次回到这个世界。

我刚回来时，之前练出的耐心成了一种美德。我的同学每天下午都盯着时间爬行，等着那等不来的三点铃响。我们二年级生坐在同一个让人变蠢的教室里，从九月到次年六月中旬，除开周末和快乐假日的自由，我们必须八点到校，在接下来的七个小时内规规矩矩。如果老天作美，每天两次和午餐时间，我们会被放到操场上短暂休息。回想起来，在那里一起消磨的工夫和我们各自的时光相比微不足道，但有些事情是以质量而非数量来衡量的。我的同学们把过日子变成了苦差。我期待的是文明，但他们比换生灵更糟糕。戴着肮脏的海军领、穿着蓝色校服的男生无一例外地令人恐惧——挖鼻子、吮手指、打鼾、不干好事、放屁、打嗝，穿衣服不洗，邋邋遢遢。一个叫贺思的男生恃强凌弱，以折磨他人为乐事，偷午餐，在队伍里推推搡搡，在鞋子上撒尿，在操场上打架。其他人要么对他拍马逢迎，怂恿他作恶，要么成为潜在的受害者。有几个男生永远都受压迫，他们很没骨气，有的畏畏缩缩，闷声不响，有的更懦弱，一受欺负就哭叫起来。小小年纪，他们就已被打上生活的烙印，以后无疑会成为职员、经营商、系统分析员或是咨询人员。他们休息回来时带着受虐的痕迹——乌青的眼睛、充血的鼻子、撕划的红痕——但我熟视无睹，不想去拯救他们，虽然这也许是我应该做的。如果我使出真正的力量，只需到位的一拳，就能把这帮坏家伙打发了。

女生们越发没有自尊，她们有自己的方式。她们也表现出许多令人失望的个人习惯，不讲卫生。不是笑起来太大声，就是根本不笑。要么彼此恶意竞争，和男生争锋，要么像老鼠一样躲在柜子里。其中最坏的一个叫海妮丝，三天两头嘲弄、奚落最胆小的女生，让她们抬不起头。她会毫不留情地羞辱她的受害者，比方说，当她们在课堂上尿裤子时。上学第一天的休息时间前，这件事就发生在毫无准备的泰思·伍德郝斯身上，她脸红得像着了火。生平头一遭，我对他人的不幸有了点近似同情的感觉。这个可怜的人因此一直被取笑到情人节。女生们穿格子花呢套衫和白裙，她们靠的是语言而不是肢体来打赢战争。这方面，她们与女妖怪相形见绌，后者狡猾似乌鸦，凶猛如山猫。

这些人类的孩子都是差劲的。有时候在晚上，我盼望自己能回到森林中漫游，吓唬睡在窝里的鸟儿，从晾衣绳上偷衣服，找乐子，而不是一页一页地做家庭作业，为我的同学们烦心。尽管有着种种不是，真实的世界仍然闪闪发光，我决心要忘记过去，再次成为一个真正的男孩。学校生活让我忍无可忍，但我在家中却得到了大大的补偿。妈妈每天下午都等我回家，我意气风发地跨入大门时，她会假装在除尘或烹饪。

“我儿子回来了，”她会这么说，并催我去厨房吃一块果酱面包，喝一杯阿华田，“今天过得怎么样，亨利？”

为她着想，我会撒一两个好听的谎。

“你学了新东西吗？”

我会把在回家路上练习过的东西背诵一遍。她看上去异常的好奇、欢喜，但最后还是会叫我去做讨厌的作业，我通常在晚饭前做完。父亲下班回家前的一段时间，她会准备好我们的晚餐，把我的同伴叫到餐桌旁。作为背景音乐，收录机里放着她最爱听的民歌，我听一遍就学会了，每当磁带分毫无差地重复播放时，我就能和着唱起来。不知是凑巧还是无心而成，我完美地模仿了民谣歌手的唱腔，而且唱得活灵活现，唱一段像一段，唱一句像一句，仿佛同宾·克罗斯贝、弗兰克·辛纳屈、罗丝玛莉·克鲁妮，或乔·斯塔夫再现[①]。妈妈把我的音乐才能看作是情理中事，就好比她眼中的我是那样出色、迷人，又天生聪慧。她喜欢听我唱歌，常常关掉收录机，央求我再唱一遍。

“给我们再唱一首《开往梦乡的火车》，就是好孩子。”

父亲第一次听到我的表演，评价不佳，“你从哪里学来的？现在你唱得像百灵鸟，迟早有一天连调子都不会哼。”

“我不晓得。可能我以前没在听。”

“开玩笑吗？她白天黑夜都开着那个吵吵嚷嚷的东西，放你的纳特·金·科尔[②]和爵士乐，还有《何时你能带我跳舞？》，真好像你妈生了一对双胞胎……你说你没在听，是什么意思？”

“专心听，我是说。”

“你应该专心到你的家庭作业上去，专心帮你妈妈做家务。”

“如果你专心听，而不是只听歌词，很快就会学会调子了。”

他摇摇头，点起一支骆驼香烟，“要听长辈的话，卡鲁索[③]，如果你愿意的话。”

于是我留神不在爸爸身边做完美的模仿。

玛丽和伊丽莎白则相反，她们年纪尚小不懂事，不假思索地接受了我初露头角的模仿才能。事实上，她们一直要我唱歌，特别是还在摇篮里的时候，那时我就炫耀所有的新歌，如《麦瑞兹·多斯》和《三条小鱼》。但屡试不爽的是，每当我唱起《飞越彩虹》[④]，她们就像被敲昏似的睡了过去。

我和戴家相处的日子很快就变得融洽安闲，只要我待在屋里或教

---

① 都是美国流行歌手，彼此风格不同。

② 著名黑人歌手。

③ 著名男高音歌唱家。

④ 《飞越彩虹》是 1939 年《绿野仙踪》的主题曲，由女主角朱迪·加兰演唱。

室里，就一切顺利。天气突然转凉，转眼间，树叶变成一片绚丽的红黄色，色调如此鲜丽，以致我看到树木就觉得眼睛刺痛。我厌恨这些提醒丛林生活的明快的东西。十月使我的感官紊乱，万圣节前几周，这种晕眩达到高潮。我知道有一伙一伙的孩子讨要坚果和糖果，在广场点篝火，和镇民们玩弄恶作剧。相信我，我们妖怪也有恶作剧的份儿——把门拉开，把南瓜砸碎，用肥皂在图书馆窗玻璃上画卡通魔鬼。我没有经历过的是孩子们的胡闹，这甚至连学校也参与进去。离这个大日子还有两周的时候，修女们开始筹划班级派对，到处布置、装修。她们在黑板上沿挂上橙色和黑色的绉纸，在墙上贴纸裁的南瓜和黑猫。我们认真地用硬板纸裁出吓人的东西，把自己的艺术作品用胶水粘合起来，虽然它们着实不怎么样。母亲们赞助烘制饼干和坚果巧克力蛋糕，做爆米花和冰糖苹果。化装是允许的——实际上，是被期待的。我清楚地记得我和母亲谈到过这个话题。

“我们在学校有个万圣节派对，老师要我们穿‘捣蛋还是给糖’的装扮，不要穿校服。我想化装成换生灵。”

“那是什么？”

“你知道的，妖怪。”

“我不太清楚那是什么。是和魔鬼一样的东西吗？”

“不是。”

“是鬼怪？还是盗尸鬼？”

“都不是。”

“大概是个小吸血鬼？”

“我不吸血，妈妈。”

“也许是个仙灵？”

我号啕大哭。近两个月来，我第一次发脾气，用我本来的野性声音尖叫。这个声音吓倒了她。

"看在上帝的分上，亨利。你把我吓疯了，把死人都叫醒了，叫得跟女妖似的。不给你过万圣节了。"

我想告诉她，女妖天性敏感，她们会流泪哭泣，但从不嚎叫。但我没说，而是打开了泪闸，哭得像双胞胎妹妹一样。她把我拉过去，拥在怀里。

"好了，我只不过开个玩笑。"她抬起我的下巴，看着我的眼睛，"我只是不知道妖怪是什么。听着，去当个海盗怎么样？你会喜欢的，是吗？"

最后，我穿起了马裤和蓬袖衬衫，头上绑了条围巾，戴了一对埃尔罗·弗林[①]似的耳环。万圣节当天，整个教室里都是鬼怪、巫婆和流浪人，我是学校里唯一的海盗，说不定在全国也是独一无二的。老师打着拍子，让我唱《特迪熊的野餐》，这是我们派对的恐怖游戏之一。我正常的说话声是和亨利·戴一样的尖声尖气，但当我唱起"如果你今晚进入森林"，唱腔和录音带里弗兰克·德佛尔的低音一模一样。这种模仿使每个人为之震惊。整首歌中，卡塞琳娜·海妮丝躲在黑暗的角落里惊慌地抽泣。大多数孩子张口结舌，在面具和化装下大口喘息，不知道该相信什么才好。我记得泰思·伍德郝斯坐在那里，两眼一眨不眨，好似意识到一个大骗局，但没法揭穿谜底。但修女们知道得更清楚。一曲终了，她们像企鹅一样交头接耳，然后一致点头，当胸划十字。

"捣蛋还是给糖"的活动还有许多值得期待的。傍晚，父亲开车把我送到镇上，他等着我，我则顺着大街走过一排排房屋，到处寻找其他穿着难看化装服的孩子。没有妖怪出现，只有一只黑猫企图横穿马路。我用十足的猫声嘶叫起来，它吓得掉转尾巴躲进一丛忍冬树里。邪恶的笑容闪过我的脸庞。我还没有失去所有的本事，这很好。

---

① 二十世纪三四十年代好莱坞著名男星，饰演过海盗角色。

4

薄暮时分，鸦群飞向光秃秃的橡树枝条上过夜。它们接二连三地投入丛林，黑影遮住了西斜的余光。被绑架的经历在我脑海中仍然鲜活，这使我畏畏缩缩，精神不振，不信任森林里的任何生物。我想念家里人，然而夜以继日，只有每天出现的鸟群来做时间的标记。它们总是来来回回，使人心感慰藉。待到树叶飘零，赤裸的枝丫伸向天空，我不再害怕鸦群了，而开始盼望它们优雅的降临，它们在冬季天空中掠过的剪影，成为我新生活不可或缺的部分。

仙灵们将我当成自己人，教会我林子里的规矩，我渐渐地喜欢上了每一个人。除了斯帕克、伊格尔、贝卡和奥尼恩斯，还有另外七个。三个女孩形影不离——齐维和布鲁玛金头发，长雀斑，娴雅镇定，她们的跟屁虫卡维素芮是个看起来不到五岁的话痨子。她粲然微笑时，乳牙犹如一串珍珠闪闪发亮，哈哈大笑时，单薄的肩膀摇晃扭动。一旦她发现什么非常有趣或刺激的东西，就会像只蝙蝠似的飞掠过去，跳着圆圈舞或 8 字舞冲过空地。

除开首领伊格尔和落落寡合的贝卡，男孩们分成两组。在我记忆之中，劳格诺和赞扎拉让我想起镇上意大利货商的两个儿子。他们身材细瘦，皮肤橄榄色，头上都有乱蓬蓬的黑色发卷，脾气发作得快，但消得更快。另一对是斯茂拉赫与鲁契克，他们情同手足，但相差十万八千里。斯茂拉赫的个头仅次于贝卡，老是专心致志地干着手头的活儿，如同一只正在拽蚯蚓的知更鸟那样勤恳而又不被人注意。他的好友鲁契克是我们中间最矮小的，总是在挥开额头上一束老鼠尾巴似的、不服帖的漆黑发卷。他的眼眸蓝如夏日晴空，泄露了他对朋友们的深情厚谊，尽管有时他试图装出一副冷淡的样子。

伊格尔是队伍的领袖，也最为年长，他不厌其烦地解说丛林法则，给我演示如何捕捉青蛙和鱼，如何从落叶的凹处采集露水，如何区分可食用的蘑菇和致命的毒菌，以及其他许多生存技巧。最好的向导也比不过经验，但在起初的大部分时间内，我都被悉心照料着。他们中至少会有两个一直看守着我，我不得离开营寨周围，并且受到严厉警告，一有人迹的风吹草动，就要躲藏起来。

“如果他们抓住了你，会把你当成魔鬼，”伊格尔对我说，“还会把你锁起来，或者更糟，把你丢进火里，试试看他们是否认对了。”

“你就会像火柴一样烧起来。”劳格诺说。

“会变成一股烟，然后什么都没了。”赞扎拉说，卡维素芮则围着篝火跳舞演示，一圈一圈地跳向黑暗中去。

第一场严霜来临时，一支小分队通宵外出，回来时抱满毛衣、夹克和鞋子，留守人员则裹着鹿皮簌簌发抖。

“你是最小的，”伊格尔对我说，“你先来挑衣服和靴子。”

斯茂拉赫站在一堆鞋子后面朝我招手。我注意到他自己还赤裸着脚。我在各种儿童马靴、方头皮鞋、帆布网球鞋和不成对的靴子里翻找，最后挑了一双全新的黑白色尖头鞋，看起来尺寸合适。

“那双会弄伤你的脚踝。”

“这双怎么样？”我问着，拿起网球鞋，“我也许能塞得进去。”我站在冰冷的地上，脚底感到又湿又冷。

斯茂拉赫翻了一通，挑出一双我所见到过的最难看的棕色皮鞋。他弯折鞋底时，皮面吱嘎作响，鞋带像是盘曲的蛇，每个鞋尖都钉着一块小钢板。“相信我，这双能让你整个冬天都暖和舒适，而且能穿很长时间。”

“但它们太小了。”

“难道你不知道自己已经缩小了吗？”他顽皮地一笑，伸手进裤袋里掏出双厚厚的羊毛袜，“这双是我特地为你找的。”

大家都赞叹地倒抽一口气。他们给了我针织衫和防水夹克，这些能让我在最潮湿的日子里保持干燥。

随着夜晚渐长渐冷，我们把草垫和单薄的床换成了厚厚的动物毛皮和偷来的毯子。我们十二个挤成一团睡觉。我非常喜欢这种舒服感，虽然我大多数朋友都有难闻的口气和臭味。部分原因是食物的改变，从食物丰盛的夏季到食物渐少的秋末再到一片荒芜的冬季。有几个可怜的家伙在森林里待得太久，完全放弃了对人类社会的希望。事实上，好多位都压根儿没有这方面的需求，他们和动物一样生活，难得洗个澡，用小树枝清洁一下牙齿。就连一只狐狸也会舔后腿，可是有些仙灵是最肮脏的野兽。

第一个冬天，我渴望着能和狩猎者们一起在早晨出去寻觅食物和其他补给。这些小偷就像晨昏聚集的乌鸦享受着离开据点的自由，而我却被留下，忍受着讨厌的贝卡和他的同伴奥尼恩斯的看护，或者是老赞扎拉和劳格诺，他们整天吵吵嚷嚷，朝刺探我们藏货的鸟儿和松鼠丢坚果壳和石块。

一个阴暗的早晨，伊格尔自己留下来看管我，可以说走运的是，我的朋友斯茂拉赫与他作伴。他们用干树皮和薄荷油泡了一壶茶，我们望着一场冷雨，我打开了这话题。

“你们为什么不让我和其他人一起去？”

“我最怕你会跑走，想回到你来的地方，但你办不到，安尼戴。如今你是我们的人了。”伊格尔抿了口茶，盯着远远的某处。他悠悠地停了一下，让他的智慧沉入我的头脑，然后继续说，“另一方面，你证明了你是我们部落的好成员。你采集火柴，剥橡果，叫你挖一个单独的新洞你就挖。你正在学习真正的顺从和尊重。我观察着你，安尼戴，你把我们的生活学得很好。”

斯茂拉赫注视着渐渐熄灭的火焰，用秘语说了些什么，所有的元音和硬邦邦的辅音都黏糊糊的。伊格尔思索了一下这个秘密的句子，将自己的想法考虑再三后说出。直到现在，我还是不明白人们是怎么想的，他们是怎样解决生活之谜的。协商告一段落，伊格尔继续研究地平线。

“今天下午，你和鲁契克、我一起来。”斯茂拉赫对我说，还鬼鬼祟祟地使了个眼色，“其他人一回来，我们就带你去看周围的地形。”

“你最好穿暖和些，”伊格尔建议说，“雨很快就会变了。”

话音方落，雪花开始夹杂着雨点落下，几分钟后，就降下一场大雪。仙灵队被突如其来的严酷天气赶回了家，他们缓步回营时，我们还坐在老地方。在这个国度，我们居住的这块地方冬天有时来得早，但通常第一场雪会在圣诞节后才下。暴风雪刮起来时，我第一次想到圣诞节是否已经结束，还有至少感恩节已经偷偷溜走了，而万圣节几乎肯定已过。我想着我的家人仍然每天在树林中寻找我。也许他们以为我死了，这让我感到难过，希望自己能报个平安。

在家里，妈妈会打开盛着装饰品的箱子，清理马厩和马槽，把花环挂上楼梯栏杆。上一个圣诞节，爸爸带我去砍了一棵小冷杉运回家，我想他现在会不会觉得悲伤，因为我不能帮他挑选合适的树木。我还思念我年幼的妹妹们。她们是否在走路，说话，梦见圣诞老人，奇怪我到底出了什么事？

“今天是什么日子？”我问鲁契克，他在换暖和的衣服。

他舔了舔手指，伸进风里，“礼拜二？”

“不，我是问今年的几月几号？”

“我不知道。从现象来看，可能是十一月底，十二月初了吧。但是说到时间和天气，记忆会开玩笑，靠不住的。”

毕竟圣诞节还没过。我决定从此以后要观察日子，以合适的方式来庆祝这个节日，尽管其他人并不关心节日之类的事。

“你知道我从哪里可以弄到一张纸，一支铅笔？”

他用力穿上靴子，“你要这些东西干吗？”

“我想做个日历。”

“日历？在这儿做日历，你会用掉一大堆纸，无数铅笔。我会教你怎么观察天空中的太阳，怎么留意活的东西。它们足以让你知道时间。”

“但如果我想画画或给某人写张便条呢？”

鲁契克拉上拉链，“写字？给谁？我们大多数人都彻底忘记了怎么写字，那些没忘记的，本来也就没学过。你最好用说的，别把你的想法和感受写下来，这或多或少会长久留存下来。这样会造成隐患，小宝贝。”

“但我喜欢画画。”

我们穿过空地，斯茂拉赫和伊格尔站得像两棵高高的树，正在交谈。因为鲁契克是我们中间最矮的，他得费点力才能跟上我。他在我身边一蹦一跳地前进，继续他的发言。

“这么说，你是个艺术家啰，是吗？没有铅笔和纸？你不知道以前的艺术家都是自己做纸笔的吗？用动物皮和鸟毛来做。墨水用煤灰和唾液来做。他们就是这样干的，更早的年代，他们在石头上刻画。我会教你怎么留下标记，如果你要纸，我会给你，但得过段时间。”

我们跟上首领后，伊格尔拍了拍我肩膀说：“安尼戴，你赢得了信任。听这两位的话，注意他们的动作。”

鲁契克、斯茂拉赫和我出发进入森林，我回头挥手告别。其他仙灵扎堆而坐，互相围拢着来抵御寒冷，任凭雪花落在身上，傻气而坚忍地待在露天。

能从营寨里出来，我极度兴奋，但我的同伴全力控制我的好奇心。我笨拙的动作惊飞了一群窝里的鸽子，之后他们又任凭我在藤蔓上绊了一脚。鸟群猛冲上天，鸣叫响成一片，羽毛纷纷飘落。斯茂拉赫把手指竖在唇边，我领会了这暗示。我学着他们，动作变得优美起来，我们走得很轻，能听见盖过我们脚步声的落雪声。寂静自有一番魅力和雅致，所有的感官都敏锐起来，尤其是听觉。远处有一根小树枝折断的声音，斯茂拉赫和鲁契克就立刻朝声源抬起头，确定它的来因。他们指给我那些原本隐藏起来、却被寂静暴露了的东西：一头野鸡从灌木丛中伸长脖子打探我们，一只乌鸦在树枝间跳来跳去，一只浣熊在窝里打鼾。在天光完全被吞没之前，我们渡过湿地，来到河的泥岸。水边正在结冰，细听之下，有结冻的“咔咔”声。一只鸭子顺水游下，每片雪花触碰水面都发出轻微的嘶嘶声。阳光如低语般渐渐暗弱，消失。

“听——”斯茂拉赫屏住呼吸，“听这个。”

转眼间，雪变成冰雨，滴滴答答地扣在落叶上，石头上，垂枝上，奏出一曲自然界的小小交响乐。我们离开河岸，到一片常绿树林中躲避。针叶上裹着冰晶，像穿着洁净的夹克衫。鲁契克拉出用绳子挂在他脖子上的革袋，先拿出一张小纸片，然后是一大撮干燥的、晒黑了的草叶样纤维，看上去像是烟叶。他手指敏捷，飞快地一舔，就卷好一支细细的香烟。他从革袋的另一处取出几支木制火柴，放在手掌里数了数，留下一支，其余全放回防水袋中。他在大拇指指甲上划燃火柴，让它烧成火苗，点上香烟的一头。斯茂拉赫已经掘了个洞，深度足以到达下层的针叶和球果。他小心地从朋友指尖上拿过燃烧的火柴，在洞里点起来。不久，我们就有了一堆火来烘烤手掌和指尖了。鲁契克把烟递给斯茂拉赫，他深深吸了一口，把烟含了好久，终于呼了出来，这效果就像笑话里的妙语那样一下子打动人心。

“让这孩子吸一口。”斯茂拉赫提议说。

“我不知道怎么吸烟。”

“跟我学，”鲁契克的声音从牙缝里透出来，“但不管你做什么，别把这件事告诉伊格尔，也别告诉其他人。”

我就着发热的卷烟吸了一口，被烟呛着，咳嗽起来。他们咯咯直笑，一直笑到他们吸尽最后一片烟叶。常绿树下的空气里含着浓重的奇香，我觉得头晕目眩，有点儿恶心。鲁契克和斯茂拉赫也同样受到了影响，但他们看似只觉心满意足，既警觉又平静。冰雹开始减弱，寂静像失去的朋友再度归来。

“你听见了吗？”

“什么？”我问。

鲁契克朝我嘘了一声，“你先听听看，看你能否听到。”过了一阵子，我听到了一个声音，虽然熟悉，但不知这声音是什么，从哪来的。

鲁契克跳起来，叫起他的朋友，“是辆小汽车，小宝贝。你追赶过汽车吗？”

我摇摇头，想他肯定把我和狗混淆了。我的两个同伴牵起我的手离开，跑得比我所能想象的速度更快。世界在旋转，树木林立的地方变成一片片模糊不清的黑暗。泥雪被踢飞，溅在我们的裤子上，我们达到了一种令人眩晕的疯狂速度。灌木丛渐渐茂密，他们松开我的手，一个接一个跑上小径。树枝抽打在我脸上，我脚下一绊，跌倒在泥泞里。我挣扎站起，浑身又冷又湿又脏，意识到数月来我首次孤独一人。恐惧攫住了我，我对着世界张开眼睛，竖起耳朵，拼命想找到我的朋友们。集中注意力后，我的前额蹿起一阵剧痛，但我忍住疼痛，听到他们在远处踏雪奔跑。我觉得自己的感官中产生了一种新的强大的魔力，因为我能清晰地看到他们，虽然我知道他们应该是在很远的前方，远在视线之外。我把脚下的路看得一清二楚，于是奋起直追，曾经为难我的树木、枝条如今似乎已不成障碍。我在林中飞驰，仿佛一只麻雀穿越篱笆间的空隙，不假思索就能在合适的时机收拢翅膀，飞翔而过。

当我赶上的时候，我看到他们正站在距离森林边缘不远的粗松树底下。我们面前有条马路，路上停着辆车，前灯在薄雾笼罩的黑暗中打出一道道的亮光，碎裂的金属格栅在柏油路面上闪光。透过敞开的驾驶室的车门，空空的车厢里亮着一盏小灯。车况的异常促使我走上前去，但朋友们有力的胳膊将我拉回。一个人影从暗中出现，走到亮处，是一个穿着鲜红色大衣的年轻纤瘦的女人。她一手捂着额头，慢慢地弯下身子，伸出另一只胳膊，摸向躺在路上的一团黑色的东西。

“她撞到了一头鹿。”鲁契克说道，话音中有种悲哀。她为它倒伏的身影烦恼不堪，她掠开面前的头发，另一只手捂着嘴唇。

“它死了吗？”我问。

“魔法是，”斯茂拉赫悄声说道，“把气吹进它嘴里。它没死，只是撞昏了。”

鲁契克轻声对我说：“我们会等到她离开，这样你就能给它吹气了。”

“我？”

“你不知道吗？你现在是个仙灵了，和我们一样，我们能干什么，你就能干什么。”

这个说法使我为之忘形。一个仙灵？我立刻想知道这是否是真的，我想要试验我的能力。于是我挣脱朋友们，从阴影下朝鹿走去。女人站在孤零零的马路中间，左顾右盼看是否有车经过。她没有注意到我，直到我出现在那里，蹲到动物面前，手放在它温暖的体侧，它的脉搏在我脉搏边上跳动。我用手环住鹿的吻部，往它温热的嘴里吹气。几乎是眨眼间，这头野兽抬起头，将我顶开，摇晃着站起来。有片刻它看着我，随即把尾巴像白色军旗似的举起来以示警告，接着便跳进黑暗中去了。如果说我们——动物、女人和我自己——为事态转变而感到吃惊，这实在远远不足形容当时的情形。她看起来给弄糊涂了，于是我朝她微笑。这时，我的同伴开始提高声音呼唤我。

“你是谁?”她用红大衣把自己裹得更紧。或者至少，我以为这是她说的话，她的声音听起来很奇怪，仿佛是在水里说的。我看着地面，想到我自己并不知道真正的答案。她的脸靠近得足以让我发现她唇边绽开的微笑，还有眼镜后面浅蓝绿色的虹膜。她的眼睛光彩照人。

“我们要走了。”从黑暗中伸出一只手抓住我肩膀，斯茂拉赫将我拖入灌木丛，我想这是否是一场梦。我们躲在乱草丛中，她寻找我们，但最终放弃，钻进汽车开走了。当时我还不知道，在未来十几年间，她是我遇见的最后一个人类。尾灯在山上、树木间蜿蜒而行，最后再也看不见了。

在郁闷的沉默中，我们打道回府。半路上，鲁契克提出建议：“你不能把今晚发生的事告诉任何人。离人类远远的，要满足于你的身份。”我们在途中编造了必要的故事来解释我们为何离开这么长时间，对水流和野景做了一番描述。我们的故事讲述之后流传开来，但我从未忘记那个红衣女人的秘密。后来，当我开始怀疑地面上的世界，记忆中这次鲜明而又唯一的邂逅就提醒我，这不是一个神话。

5

我在戴家过上了安稳的日子。我们都还在梦乡中时，父亲已经出门上班，在他离开之后到我上学之前的那段金色晨光，真令人舒服。母亲在炉边煮燕麦粥，或者用平底锅煎早餐。双胞胎迈着蹒跚的脚步在厨房里东寻西找。落地窗隔开了外面的世界，将景色框成一幅幅画。戴氏家园长久以来就是个耕作的农场，虽然现在已经放弃了农作，遗迹仍然保留着。一个旧谷仓现在被用作车库，上面的红漆已经酸化成了深紫色。挡在设施前的围栅一条接一条地倒下。大约有一英亩左右的农田正泛出玉米的绿芽，但是无人耕种，只有父亲每年十月才会除一下荆棘。戴家是本地第一家放弃农作的，此后几年里，他们的远邻们也纷纷学样，将宅第和地皮卖给开发商。但当我还是个孩子时，那里仍然是一方安静、寂寞的土地。

长大的诀窍就是记住要长大。化身为亨利·戴，在心理上需要去关注他生活的点点滴滴，但为变身所作的准备并不包括弄清对象的家庭历史——对以前生日聚会的记忆，以及其他私事——那些人们必须假装记住的事情。历史能轻而易举地伪造，只要跟一个人粘在一起足够久，就能了解任何事情。但总还有突发事件和百密一疏的时候，这说明了假扮他人身份是多么危险。好在我家几乎不和别人往来，因为老屋茕茕孑立在乡村深处的一块小农地上。

快过第一个圣诞节时，某天，母亲正在楼上照顾哭闹的姐妹，我在壁炉旁无所事事，这时大门上响起了敲门声。门廊处站着一个男人，他将软呢帽拿在手里，发油里淡淡的药物清香混合着一股刚刚吸过的雪茄烟味。他咧开嘴笑了，好像一下子认出了我，但我从未见过他。

“亨利·戴，”他说，“我可不会忘了你。”

我怔在门口，在记忆中搜寻这人身份的一切线索。他鞋后跟“咔嚓”一声，微一弯腰，从我身边跨过，走进大厅，鬼鬼祟祟地朝楼上瞟了一眼，“你母亲在吗？她好吗？”

中午的这个时候几乎没有人会来拜访，除了偶尔有住在附近的农妇或是我同学的母亲们会来，驾车从镇上送来新鲜的蛋糕和新鲜的闲话。我们对亨利展开侦察时，除了他父亲和送奶工，没有其他男人来过这屋子。

那男人把帽子扔在餐具柜上，又转过身对着我：“亨利，有多久没见了？可能上次见还是你妈妈的生日吧？你看上去连胡子都没长。你爸爸没喂好你吗？”

我盯着这个陌生人，不知该说什么。

“快上楼告诉你妈妈我来了。去吧，孩子。”

“我该说谁来了？”

“啊，当然是你查理叔叔了。”

“但我没有叔叔。”

这人哈哈大笑，接着皱起眉头，嘴唇紧紧抿成一条线。“你没事吧，亨利宝贝？”他弯下腰看着我的眼睛，“嗯，我不是你的亲叔叔，孩子，而是你妈妈的最老的老朋友。可以这么说，我是你们家的朋友。”

我母亲不请自来地从楼梯上下来，这可把我救了。她一看到这个陌生人，就张开双臂奔过去拥抱他。趁他们团聚之时，我溜走了。

这次亲密访问和几周后的惊吓相比，还不算怎么糟。在最初几年，我还有换生灵的所有本领，听觉和狐狸一般灵敏。无论在屋子里的哪个房间，我都能窃听到父母毫不设防的对话。一天晚上，我听到爸爸在枕边说着他的怀疑。

“最近你有没有注意到这个孩子有点古怪？”

她钻进被子，躺在他身边，“古怪？”

“他在家里到处唱歌。”

“他有副好嗓子。”

“还有那些手指。”

我看了看我的双手，与其他孩子相比，我的手指长得出奇，不成比例。

“我觉得他能成为一个钢琴家。比利，我们应该让他去上课。”

“还有脚趾。”

我在楼上的床上蜷起脚趾。

“还有，整个冬天他好像一点也没长高，也没长胖。”

“他要多晒晒太阳。”

老家伙翻过身来对她说：“我就是觉得，他是个奇怪的孩子。”

“比利……别说了。”

那晚，我决定要变成一个真正的男孩，并开始非常留心怎样才能让人觉得我正常。错误一旦铸成，就无可挽救。我不能大幅度缩短我的手指脚趾来招致更多的怀疑，但我能在每天晚上将我身体的其他部分拉伸一点儿，变得和其他孩子一样。我还得出结论，要尽量避着爸爸。

弹钢琴这个主意提醒了我，可以这样来讨好母亲。特别是在星期天，她不听收音机里的歌曲时，会放古典音乐的唱片。巴赫使我的头脑随着沉埋的往事旋转，从遥远的过去荡起一个回声。但我得想个办法来提起我的兴趣，又不能让妈妈发觉她的私房话无论多么小声多么私密都会被我听到。幸运的是，双胞胎提供了解决方案。圣诞节时，远方的祖父母送给她们一台玩具钢琴。它和面包篮差不多大，只能弹出一个八度音阶。从大年初一开始，琴键上就蒙了一层灰。我把这个玩具抢救了出来，坐在幼儿室里，弹奏那遥远的记忆中隐隐约约的曲调。妹妹们和往常一样被迷住了，我在钢琴有限的音域上测试记忆时，她们像是练瑜伽似的端坐在地上。母亲手里拿着抹布经过，站在门口静听。我用眼角余光看到她正看着我，我用潇洒的一挥结束曲子时，她的掌声不出意料地响起。

从做完功课到吃晚饭的短暂时间里，我弹了各种各样的调子，慢慢地展露出我的天分，但她还需要更多的鼓励。我的计谋在不经意间展开，方法简单。我透露说学校里的孩子有半数都在上音乐课，但其实只有一两个。开车出去时，我把车窗下面的侧板当作琴键，手指不停地打节拍，直到父亲命我停下。帮母亲擦碟子时，我哼着一些熟悉曲子的开头几节，比如贝多芬《第九交响曲》。我没有恳求，只是等待时机，等她相信这个主意是她自己的想法。亨利八岁生日前的那个星期六，父母开车带我进城去见一个教钢琴的人，这时，我的策略告一段落。

我们把双胞胎交给邻居照管，三个人坐进父亲车子的前排，穿着我们最好的衣服，在那个春天的早晨出发了。车子驶过我上学的镇子，我们停下来望弥撒，然后开上通往城里的高速公路。闪着光泽的小汽车在柏油马路上迤逦前行，我们加速并入这条两端不断延长的能量带。我们的速度比我一生中任何一次都快，而我已将近有一百年没有去过城里了。比利像老朋友似的驾驶着德苏鲁 49，一手掌着方向盘，另一条空着的胳膊横在母亲和我背后的座位上。老西班牙征服者[①]从方向盘中央盯着我们，爸爸转弯时，这个探险家的眼睛似乎也跟着我们。

随着我们开近城市，最先出现的是郊区的工厂，巨大的烟囱喷吐黑云，里面的炉子燃烧着火的心脏。马路转了个弯——猛然间，建筑物

① 德苏鲁是一位十六世纪西班牙殖民者的名字，故有此说，下文的“探险家”也是此意。

铺向天际。城区的庞大规模让我敛声屏气，我们越是接近，它就越加壮阔，然后我们突然就进入了车水马龙的街道。阴影加深、变暗。十字路口，一辆电车嘎嘎开过，它的天线在上面的电线上爆出火花。车门像风箱似的拉开，一群穿着春衣、戴着帽子的人涌出来，他们站在街上的水泥安全岛上，等待红绿灯转变。百货商店的橱窗上映着购物者和交警的身影，和最新陈列的商品融合在一起，女士套裙和男士西装穿在模特儿身上。起初那些模特儿把我弄迷糊了，它们看起来栩栩如生，但摆出的姿态纹丝不动。

“我不知道你为什么觉得有必要为了这事大老远来城里。你知道我不喜欢进城。从来都找不到停车位。”

妈妈伸出右臂。“那边有个位置，我们运气好吧？”

在上升的电梯里，父亲伸手进外套口袋里摸出一支骆驼香烟，电梯门在第五层上打开，他点燃了烟。我们早到了几分钟，他们还在争辩是否应当进去，我已走到门口跨了进去。马丁先生也许不是一个仙灵，但看上去却很有仙灵风范。他又高又瘦，长长的白发剪成乱蓬蓬的童花头，穿一件紫红色旧西装。克里斯托夫·罗宾①长大成人，变得彬彬有礼。他身后立着一架我所见过的最美丽的机器。这架大钢琴披着亮黑色的漆料，将房间中所有的活力都吸聚到它撑起的琴盖上。这些琴键在宁静中把持着发出任何一个美丽音符的可能。我万分震撼，连他第一次发问都没回答。

“有何贵干，小伙子？”

“我叫亨利·戴，我到这儿来学习你会的所有东西。”

“亲爱的小伙子，”他叹道，“这恐怕是不可能的。”

我走到钢琴前，坐在琴凳上。琴键打开我悠远的记忆，那是一位严

---

① 克里斯托夫·罗宾是迪斯尼动画片《小熊维尼寻找罗宾》中的小男孩。这里用来比喻马丁先生。

厉的德国指导老师命令我加快节奏。我尽可能舒张手指，看看自己的跨度，然后把它们放在白键上，没有发出一点额外的声音。马丁先生悄悄移步到我身后，从我肩后审视着我的手指，“你以前弹过吗？”

“很久以前……”

“给我弹一个中央C，戴先生。”

我不假思索地用右手拇指侧面按下了一个键。

我的父母走进房间，礼貌地清了清嗓子以示到来。马丁先生转过身，大步过去与他们见礼。他们握手和介绍时，我从音阶的中间往两边弹。钢琴的音调抖擞起强有力的神经，唤醒我记忆中的曲谱。我头脑中有一个声音要求我 heissbliütig，heissbliütig[①]——更富激情，更有感觉。

“你们说他是个初学者。”

“他是，”我母亲回答说，“我想他以前连真正的钢琴都没见过。”

“这孩子是天才。”

为了好玩，我用给妹妹们演奏的方法弹起《小星星，亮晶晶》。我谨慎地只用了一根手指，好似这架大钢琴只是个玩具。

“他自学的，”妈妈说，“在一架小钢琴上弹，就是您在玩具管弦乐器店看到的那种。他还会唱歌，唱得跟鸟儿似的。”

爸爸飞快地瞥了我一眼。马丁先生忙于评价我母亲，没有注意到这无言的交流。母亲滔滔不绝地历数我的才能，但没人在听。我缓慢地、断断续续地练习我的肖邦，伪装得如此巧妙，甚至老资格的马丁都没有听出这个曲调来。

“戴先生，戴夫人，我同意收下你们的儿子。但我最低的要求是，一次要学八周，每周是周三下午和周六，我来教这个孩子。”接着他用

---

① 德文：热血澎湃，热血澎湃。

比耳语高不了多少的声音提出了费用。父亲又点了一支骆驼烟，走到窗前。

“但是对于您的儿子——”现在他跟我妈妈说话了——“亨利是我闻所未闻的天才音乐家，对于他，我只收一半学费，但必须来上十六周的课。四个月。我们会知道他能学到什么程度。”

我弹起基础性的《生日快乐》。父亲吸完烟，拍了拍我肩膀，示意我们要走了。他走到妈妈身边，轻轻握住她的膀子。

“星期一我会给您打电话，”他说，“三点半。我们会考虑考虑。”

马丁先生微微鞠躬，看定我的眼睛，“小伙子，你有天赋。”

回家路上，我看着城市在后视镜中倒退、消失。妈妈喋喋不休地梦想着未来，计划着我们的生活。比利两只手锁定在方向盘上，注意力集中在路上，什么话也没说。

“我要买一些下蛋的母鸡，我要干这个。还记得你说过，你想把我们的地方变回真正的农场？我要从一窝小鸡开始，我们卖掉鸡蛋，然后当然能付这笔款子。想想吧，我们自己每天早晨能吃到新鲜鸡蛋。亨利能坐学校巴士去换乘电车，再坐电车进城。星期六你能送他去电车站吗？”

“我要做杂活赚钱。”

“你看，比利，他多想学啊？他是个天才，马丁先生说的。他是个多么有教养的人。你这辈子见过这样的钢琴吗？他一定每天都擦它。”

父亲把车窗摇下一寸，一股新鲜空气呼啸而入。

“你没听见他弹《生日快乐》就像他一直在弹似的？这是他想要的，这是我想要的。甜心。”

“他什么时候练习呢，露丝？就连我也知道他得每天弹，我也许付得起钢琴课的学费，但我肯定买不起一架钢琴放在家里。”

“学校里有钢琴，”我说，“没人用它。我肯定我开口的话，他们会让我放学后……”

“那你的家庭作业和你说过你来做的家务怎么办？我不想看到你成绩下滑。”

“9乘9等于81。Separate拼作S-E-P-A-R-A-T-E。奥本海默发明了原子弹，它照顾了日本人。圣三位一体是圣父、圣子和圣灵，这个神圣之谜无人能解。”

“好吧，爱因斯坦。你去学学看，但只能八周。去求个心安。你母亲来卖鸡蛋赚钱，你帮忙养小鸡。他们在你学校里教过你那个吗？”

露丝注视着他的面容，目光中有种难得的爱意和惊讶。两人都露出一种会意的、羞涩的淡淡笑容，我不解其中之意。我坐在他们中间，沐浴在此刻的温暖中，丝毫不为我不是他们的孩子而感到内疚。我们开车向前，这是一个快乐小家庭最为幸福的一刻。

当我们穿过一条离家不远的高架桥时，下方的河岸闪过一丝悸动。我恐惧地看到一队换生灵排队走过一块空地，走进发芽的树木和灌木丛，转眼间就消失了。这些奇怪的孩子行动像鹿一样敏捷。我的父母没有看见他们，但我一想到下面的那些生物，就脸上发烧，冷汗直冒，很快打起寒战来。他们还在，我惊慌失措，因为我已经几乎忘记了他们。他们会揭发我的过去，我一阵恶心，差点要央求父亲在路边停车。但他又点了一支烟，把车窗开大了些，新鲜空气减轻了我的晕眩，但没有减轻我的恐惧。

妈妈打破了沉默，“马丁先生不是让我们学四个月吗？”

“我星期一会给他打电话，达成协议。让我们先试两个月，其实，就是开个头。看看这孩子是否喜欢。”

此后八年，我都学钢琴，这是我生命中所有最快乐的时光。如果我上学得早，修女们就会高兴地让我在餐厅的竖式钢琴上练习。后来，他们让我去教堂学管风琴，我成了教区有史以来最年轻的管风琴候补手。

生活循序渐进，训练乐在其中。早晨，我把手探入母鸡温暖的肚子底下收集鸡蛋，下午，我把手指放在琴键上琢磨我的技艺。每周三和周六的进城让我美滋滋地离开农场和家，进入文明世界。我不再是野性的东西，而是一种有文化的生物，正再次走在成为演奏家的路上。

6

从一开始记录早年的回忆，我就和所有人一样被时间玩弄于股掌之间。我的父母早已离开了我的世界，却又活了过来。那个红衣女子，虽然只见过一次，却长留在我心中，比我昨天做过的事、早餐吃的是蓟草加蜂蜜还是博伊森莓[①]记得还清楚。我的妹妹们如今已人到中年，但对我而言她们永远是婴孩，一对一模一样的小天使，卷卷的头发，胖乎乎的，像幼崽一样地不能自立。回忆，用期望和悔恨将我们梦醒的生活弄得狼狈不堪，当时间在不经意间脱了节，也许只有它才是我们尘世间唯一的慰藉。

第一次夜间林中探险让我筋疲力尽。我躺在一堆外套、毯子和毛皮之下，到了次日中午，我发烧了。赞扎拉递给我一杯热茶和一碗难喝的肉汤，跟我说“喝吧，喝吧，抿下去”。但我一口都咽不下。不管他们在我身上加多少层盖被，我就是没法暖和起来。到了晚上，我不由自主地浑身打冷颤，牙齿格格直响，骨骼酸痛。

睡眠带来奇怪而又可怕的噩梦，所有事情似乎都一下子发生了。我的家人闯入我的梦中。他们手挽手在一个地洞前站成半圆，沉默无言。父亲抓住我的脚踝，把我从藏身的树洞里拖出来，让我站在地上。然后他又伸手进去拉住那两个双胞胎的脚踝，把她们举到半空中，女孩们又害怕又开心，咯咯直笑。母亲劝说父亲：“别对这孩子太厉害了。你去

① 博伊森莓是黑莓、悬钩子和罗甘莓的杂交品种，因培育者博伊森而得名。

哪儿了？去哪儿了？”

接着我到了路上，一辆老福特弧形的光照下，那头鹿气若游丝地躺在公路上，我让自己的呼吸节奏与它合拍，那个有一双浅绿色眼睛的红衣女子说：“你是谁？”她弯下腰来，对着我的脸，两手捧着我的脸颊吻我的唇，我又变成了一个男孩。我。但我记不得自己的名字。

安尼戴。和我一样的一个野孩子，一个名叫斯帕克的女孩，凑过来吻了我的前额，她的嘴唇使我火烫的皮肤感到清凉。在她身后，橡树叶子变成上千只乌鸦，它们一起起飞，翅膀扇起一阵巨大的、盘绕歌唱的旋风。这嗡嗡的一群逃离天际之后，寂静再次降临，曙光初照。我追赶着鸟群，跑得又快又急，身体两侧的皮肤裂开口子，心脏在肋骨上敲得咚咚直响，直到一条散发着死亡气息的、奔腾的黑色河流出现在我面前。我聚精会神地望向对岸，河岸上手挽着手在一个地洞边站成半圆的，是我的父母、那个红衣女子、我的两个妹妹，还有一个男孩，但不是我。他们像石头一样站着，像树一样站着，瞪着空地。如果我鼓起勇气跳进水里，也许能到他们身边，但黑色河水会一下子将我卷走？于是我站在岸上，喊出来的声音听不到，喊出来的话无人能懂。

我不知道自己发烧昏迷了多久。一个晚上，一天，两天，一个星期，还是一年？或者更久？我醒过来时，头顶上是潮湿的铅色天空，我觉得暖和舒服，虽然胳膊和腿都僵硬地抽搐，体内像被刮空了一般生痛。照顾我的劳格诺和赞扎拉在打牌，把我的肚子当作桌子。他们的游戏毫无逻辑可言，因为他们从来没想过要偷一副完整的纸牌。他们把很多不同牌里的残张凑在一起，弄出了一副上百张的牌。他们两只手里都抓得满满的，剩余的牌则在我的肚子上横七竖八的。

“你有五点吗？”劳格诺问。

赞扎拉挠了挠头皮。

劳格诺举起五个手指，朝他大叫："五点，五点。"

"自己找。"

他找起来了，把一张又一张的牌翻过来，直到他找到一张配对的，接着他兴高采烈地把牌举起来，再让赞扎拉出牌。

"你是个骗子，劳格诺。"

"你是个吸血鬼。"

我咳嗽一声，让他们知道我醒了。

"嘿，看啊，小家伙，他醒了。"

赞扎拉把他又湿又冷的手放在我额头，说："我给你拿点吃的吧。来杯茶吧？"

"你睡了很长时间，小家伙。这就是你跟那些小子出去的代价。那些爱尔兰小子没一个好的。"

我环视营寨找我的朋友们，但其他人中午总是不在。

"今天是什么日子？"我问。

赞扎拉伸出舌头尝了尝空气："我说是星期二。"

"不，我是说今天是这个月的几号。"

"小家伙，我连这个月是哪个月都不确定呢。"

劳格诺插话说："肯定快到春天了。白天在一寸一寸地变长。"

"我错过圣诞节了吗？"这么多年来，我第一次想家。

男孩们耸了耸肩膀。

"我错过圣诞老人了吗？"

"他是谁？"

"我怎么才能从这儿出去？"

劳格诺指着一条被两株常绿树遮挡着的小径。

"我怎么才能回家？"

他们眼珠往上一翻，牵着手转身就溜走了。我想哭，但没有眼泪。

一阵狂风从西边刮来，把黑云推过天际。我缩在毯子下，观察着瞬息万变的天色，独自咀嚼着自己的麻烦，直到其他人乘风归来。他们对我也不多看一眼，好像我不过是每天经过的路上的一块泥巴而已。伊格尔敲打一块燧石，撞出一团小小的火焰，点着了蜡烛。齐维和布鲁玛这两个女孩打开我们快要耗尽的食品柜，翻出所剩无几的食物。她们用一把非常锋利的刀，三下五除二就把一只冻得半僵的松鼠剥了皮。斯帕克把干草药弄碎，放进我们的旧茶壶里，然后注入蓄水池里汲来的水。卡维素芮用平底锅烤松果。不下厨的男孩们脱下湿透的鞋子和靴子，换上他们昨天的装束，现在是又干又硬了。他们做这些日常家务活井然有序，没有片言只语，他们已经发展出一套为过夜做准备的科学方法。松鼠又在火上烤时，斯茂拉赫过来查看我，发现我清醒着，不由大喜。

“安尼戴，你又活过来了。”

他拉住我的手，把我扯起来。我们抱在一起，但他将我抱得太紧，弄得我的腰都痛了。他环着我的肩膀把我带到火边，几个仙灵和我打招呼，表示惊奇和放心。贝卡无动于衷地冷笑一声，伊格尔听见我的问好，耸了耸肩继续抱着胳膊等待上菜。我们吃的是松鼠和坚果，大家都狼吞虎咽地吃，停不下来。我咬了一口带筋的肉，就把锡盘推到了一旁。火光映着每个人的脸，他们嘴唇上的油腻给笑容镀上了光彩。

晚餐后，鲁契克示意我靠近，他在我耳边低声说，他藏了一件东西，要给我个惊喜。我们朝营寨外走去，落日最后几缕粉色的光照亮小径。夹在两块大石头中间的是四个小小的信封。

“拿去吧。”他搬起上面的重石，哼唧着说，在他“砰”地砸下这块石头之前，我飞快地抽出信封。鲁契克把手伸进衬衫里拿他的私藏革袋，从里面取出一小截削尖的铅笔，递给我，神态变得谨慎起来，“圣诞节快乐，小宝贝。让你大吃一惊的东西。”

“这么说今天是圣诞节？”

鲁契克环视周围，看是否有人在听，“你没错过圣诞节。”

“圣诞节快乐。”我说。我撕开礼物，弄坏了这些珍贵的信封。后来，我丢失了其中两封信，但它们无论是内容还是信纸本身都无甚价值。一封装的是注有支付款额的抵押存根，在鲁契克的要求下，我把支票给他去用作卷烟纸了。另外丢失的一封是写给地方报纸编辑的信，公开指责哈利·杜鲁门，措辞激烈。这张报纸正反面的空白处都涂满了潦草的字迹，已经没用了。另两封有较多的空白处，其中一封的行距特别宽，可以让我写东西。

最亲爱的：

那晚对我来说意义重大，我不明白为何从那晚起，你就不打电话也不写信了。我很不解。你告诉我你爱我，我也爱你，但你仍然没有回复我最近的三封信，你家里和你办公室的电话也无人应答。我不常做我们在汽车里做的那种事，只因为你对我说你爱我，你不停地说，而且说得那么痛苦难受。我想让你知道，我不是那种女孩。

我是那种爱你的女孩，是那种希望一个绅士能有绅士举止的女孩。

请给我回信，或者最好给我打电话。我不怎么生气，但是很困惑，如果我得不到你的回音，我会发疯的。

我爱你，你知道吗？

爱你的玛莎

一九五〇年二月二日

当时，我认为这封信是我所知道的对于真爱最为真切的表达。它不好读，因为玛莎字迹潦草，不过好在字体很大，像印刷体。第二封信比第一封更让我摸不着头脑，它也只占用了一页纸正面的四分之三。

亲爱的妈妈和爸爸：

言辞不足以表达我对失去亲爱的娜娜所感到的悲伤和同情。她是个好女人，心地善良，如今她去了一个更好的所在。我很抱歉没能回家，因为路费不够。因此，只能借这封信言不尽意地传达我真诚的哀思。

冬天快过去了，这是一个寒冷而悲伤的结局。生活是不公平的，你们失去了娜娜，而我，几乎失去了一切。

你们的儿子

一九五〇年二月三日

当营寨里的女孩们知道有这两封信时，坚持要我读给众人听。她们好奇的不仅仅是信的内容，还有我自称能识文断字，因为营寨里没有人耐烦多读多写。有些是没有学过，其他人则是选择了忘记。我们围着篝火坐成一圈，虽然有些词我不认识，或不能完全领会其中之意，我还是尽我所能读给他们听。

“你们对‘最亲爱的’怎么想？”我读完后，斯帕克这样问大家。

“他是流氓，是无赖。”奥尼恩斯说。

齐维捋开她金色的鬈发，叹了口气，脸蛋在火光中映亮。“我不明白为什么‘最亲爱的’不给玛莎写回信，但和‘你们的儿子’的问题相比，这不算什么。”

“是啊，”卡维素芮插嘴说，“说不定‘你们的儿子’和玛莎应该结婚，然后他们都能幸福地生活了。”

“嗯，我希望‘妈妈和爸爸’找到娜娜。”布鲁玛补充说。

这场混乱的谈话一直持续到晚上。她们对另一个世界虚构着充满诗意的故事。我不明白她们何以会同情、关怀和悲伤。她们对认知范围之外的东西感同身受，而且这种情感取之不竭。然而我却急着想要她们快些离开，那样我就可以练习写字了。但女孩们逗留到篝火烧成灰烬，然后又一起依偎在盖毯下继续讨论，探讨着写信人的命运，他们的话题，还有他们的读者。我想用纸就得等。夜晚冷得刺骨，很快我们十二个都拥挤在了一块。当最后有人在毯子下一动，我突然想起今天是什么日子。“圣诞节快乐！”我说，但我的祝福只换来嘲笑：“闭嘴！”“睡觉。”黎明前的漫漫长夜里，一只脚踢了我下巴，一条肘子撞了我肚子，还有一个膝盖敲到了我酸痛的肋骨。在黑暗的角落里，贝卡趴在一个女孩身上，女孩呻吟着。我忍受着他们一阵阵的骚扰，等待天明，那些信贴在我的胸口。

曙光照亮了一层高空卷云，它们被染成五颜六色，从东方的天际开始发亮，然后像柔和的蜡笔画一般飘拂开去。树木的枝丫将天空分割成万花筒。红日升起来时，图案不停地变化着颜色，最后一切消散成蓝白色。我起身下床，尽情享受天光，天色已经亮到能够画画和写字了。我拿出纸笔，在腿上放一块冷冰冰的石板，把抵押存根对折成四格，然后沿着折痕划了个十字，分出四块画区。手中握着铅笔，感觉既奇怪又熟悉。在第一个格子里，我按照记忆画出了母亲和父亲、两个襁褓中的妹妹和我自己，都是全身像，站成笔直的一排。我看着自己的作品，觉得他们又粗糙又不均匀，对自己失望不已。下一个格子里，我画了穿过森林的马路、路上的鹿、女人、汽车、同一视角的斯茂拉赫和鲁契克。例如光线就在汽车上画个圆圈，从圆圈上拉出两条直线，一直画到框线的另一角。鹿画得更像狗，我真想要一支带橡皮头的黄铅笔。第三个格子里是一棵伐倒的圣诞树，上面挂满了装饰物，地上铺着一堆礼物。最后的格子里，我画了一个正在溺水的男孩。他五花大绑，沉到了水波之下。

那天下午傍晚时分，我把这张纸拿给斯茂拉赫看，他一把抓住我的手，带我跑到一丛茂密的冬青树后藏起来。他查看四周，确定除我俩外别无他人，接着他小心翼翼地把纸折了两折交还给我。

“你把这些东西画下来，要更加小心。”

“怎么啦？”

“如果被伊格尔发现，你就会知道怎么啦。你要知道，安尼戴，他不接受和另一边的任何联系，而那个女人……”

“穿红衣服的那个？”

“他害怕被发现。”斯茂拉赫抓起画纸塞进我的外套口袋，“有些东西最好只有你自己知道。”他说罢，朝我眨眨眼，吹起口哨走开了。

写字比画画更痛苦。有些字母——B、G、R、W——让我的手抽筋。刚开始写的那阵子，有时我的K倒着弯，S划溜了，F一不小心写成了E，还有一些别的错误。如今当我回顾早年岁月时，就觉得好笑，但在当时，我的书法让我惭愧、尴尬不已。比字母更麻烦的是单词。我拼不出“豆子”，标点一个都没有。词汇就够我烦的，更别提文风、措辞、句子结构、多样性、形容词副词，以及其他诸如此类的东西。我不停地写着。句子得一点一点地挤出来，一旦写完，它们就像是我的感觉或我想说的话的次品，就像横在白色田野里的愁眉苦脸的栅栏。但那天早晨我坚持不懈地用我掌握的所有字眼，写下所有我还记得的事。到了中午，这张纸正反两面的空白处都写满了我被诱拐和探险的经历，还有我来到此地前的模糊记忆。我忘掉的比记得的更多，我忘了自己的名字、妹妹们的名字、我亲爱的床、我的学校、我的书本、我长大后想干什么。总有一天，这些全都会还给我，但如果没有鲁契克的信，我就完全迷失了。我在最后的空白处挤出最后一个词后，就去找鲁契克。纸用完了，我要再找些来。

7

十岁那年，我开始当众表演。为了感谢修女们让我使用学校的钢琴，我答应在每年的圣诞节汇演上弹奏开幕音乐。我的音乐促使父母们就座，孩子们则脱下大衣和围巾，露出里面或淘气或正经的装扮。我的老师马丁先生和我同演一个节目，其中包括巴赫、施特劳斯和贝多芬的曲子，压轴曲是向阿诺德·勋伯格[①]致敬的《六首钢琴小品》，他去年过世了。我们觉得最后一支“现代”曲虽然对我们的听众而言并不耳熟，但却不怎么卖弄地展示了我的演奏曲目之广。圣诞节汇演的前一天，放学后，我为修女们表演完这三十分钟的节目，但这个曲目只换来她们头巾底下的横眉竖目。

“很精彩，亨利，真的非常出色，”院长说。她是由一群乱纷纷的乌鸦组成的修道院的院长，“除了最后一首。”

“勋伯格的？”

“是的，很有意思。”她站起来走到姐妹们前面，来回踱步，在空气中寻找措辞，“你会别的什么吗？”

“别的，院长？”

“一些更加应时的，也许？”

“应时，院长？”

“一些大家可能知道的？”

---

① 阿诺德·勋伯格（Arnold Schoenberg，1874—1951），奥地利作曲家。

“我不确定我是否明白您的意思。”

她转身直接对我说：“你会什么圣诞节歌曲吗？赞美诗？《平安夜》或许会吧？或者《听啊，天使唱高声》——我想这是门德尔松的。如果你会弹贝多芬，你就会弹门德尔松。”

“您要圣诞颂歌？”

“不止是赞美诗，”她继续迈步，往下拉了拉修道服，“你可以弹《铃儿响叮当》或《白色圣诞节》。”

“那是《假日酒店》① 里的曲子，”另一个修女插话说，“宾·克罗斯比，弗雷德·阿斯泰尔，还有马乔里·雷诺兹。哦，但你太小了。”

“你们有没有看过《圣母玛利亚的钟声》②？”这位三年级教师问她的姐妹，“他弹那个不是很好吗？”

“我真喜欢《孤儿乐园》③——你们知道，是米基·鲁尼演的那个。”

院长捻着念珠，打断了她们，“你当然会几首圣诞歌吧？”

那晚我垂头丧气地回家，在父亲发明的纸制键盘上练习这些无足轻重的东西。第二天傍晚的表演，我修改了原定节目的一半，在末尾补上了几首颂歌。我保留了勋伯格，不用说，它当然是一败涂地。我把圣诞音乐演奏得异常出色，下面掌声雷动。我听着他们的捧场，暗道：“白痴。”我一次次地鞠躬，心中的厌恶感在他们响亮的掌声和口哨声中膨胀开来。后来我在人海中张望，认出了我的父母和邻居，他们都兴高采烈，向我致以真诚的赞赏之情，因为他们多少预料到会听到喜爱的老歌，节日的暖意油然而生。没有一种礼物能比想要的礼物更受欢迎。掌声持续不断，我开始头晕。我的父亲站起来了，脸上挂着真正的微笑。

---

① 《假日酒店》是1942年的圣诞影片，后面提到的三个人都在此片中饰演角色，都是当时的明星。

② 1945年的美国电影。

③ 1938年的美国电影。

我快要晕倒了。我想要更多。

这次的辉煌经历建立在一个简单的事实上：我的音乐天赋是人类的天赋，森林里没有钢琴。随着魔力慢慢减弱，我的艺术才能却在增长。我对那些将我掠走百年的人日渐隔膜，而我唯一的盼望和祈祷是要他们离开我。自从首场演出那晚开始，我好似被一分为二：半个我继续跟马丁先生学艺——他注重古典中的经典，要么狂弹古代作曲家的曲子，直到我能像雷神一样锤打，要么用最轻柔的按触让琴键低吟细语；另半个我扩展了我的保留节目，考虑听众们大概喜欢听什么，比如我母亲就欣赏收录机里的民谣。我喜欢《十二平均律曲集》[①]中的赋格曲和《全心全意》[②]，它们天衣无缝，但我搞起流行音乐后，就开始接到奇怪的活儿，去学校舞会和生日宴会上弹琴。马丁先生起初反对我把天分用在副业上，但我哭着告诉他我要赚钱付学费，他当场就将自己的课酬缩减了四分之一。有了存下来的钱、我赚到的外快、母亲日渐发达的鸡蛋和小鸡生意，在我十二岁生日时，我们终于把一架二手的竖式钢琴买回了家。

“这是什么？”父亲回家后问道，那天钢琴到家了，它漂亮的机械装在一个红木箱里。

“是钢琴。”母亲回答说。

“这我知道。它怎么会在这儿？”

“搬钢琴的人。”

他从烟盒里抽出一支香烟，一晃点着，“露丝，我知道有人把它搬来。但它到底是怎么来的？”

“为亨利买的。这样他可以练琴。”

“我们买不起钢琴。”

---

① 巴赫的作品。

② 应该是一首流行歌曲。

“我们买了。我和亨利。”

“有我弹琴赚来的钱。”我补充说。

“还有卖鸡和鸡蛋的钱。”

“你们买的？”

“马丁先生的建议。亨利的生日礼物。”

“好吧，那么，生日快乐。”他边说边走出屋子。

一有机会我就弹琴。在此后的数年中，我每天都在琴键上花几个小时，被音符俘虏了。音乐将我擒住，犹如滚滚波涛把我的自我意识推向内心深处，仿佛除了这一个，世上再无其他声音。第一个夏天，我让双腿额外多长了一寸，为的是能够踏实地踩在钢琴的踏板上。在家里、学校和镇上，我到处练琴，尽我所能地舒展手指。指尖的指肉变得光滑，如羽毛般敏感。我的双肩佝偻着，我的梦中尽是一波又一波的音阶。随着我技术的熟练和理解力的增长，我越加认识到音乐的力量处处显现在日常生活之中。关键是要让人们听到弱拍和音符之间看似无足轻重的休止，还有曲调之间的空白。若用这种一丝不苟的逻辑学来表情达意，人就能弹奏一切，或者诉说一切。音乐教给我很强的自控能力。

父亲受不了我练琴，也许这正是因为他意识到我已经达到了什么水平。他会离开屋子，退缩到房子里最远的角落，或者随便找个借口出门。在妈妈和我买来钢琴的几周后，他也把我们的第一台电视机带回了家，又过了一周，来了个人在屋顶上装天线。晚上，父亲会看《理所当然》或《杰奎·格里森表演》[①]，命我降低音量。但是他越来越多的做法是直接离开。

“我出去开个车。”他已经戴上了帽子。

“你不是出去喝酒吧，我希望。”

---

① 分别是广播剧和电视剧，都是美国二十世纪五十年代流行的大众娱乐节目。

“我可能会和朋友们去喝一点。”

“别弄太晚了。”

半夜过后，他才摇摇晃晃地进来，唱着歌或自言自语，踩到女孩们的玩具或走过钢琴时小腿撞上琴凳，就骂骂咧咧的。只要天气允许，每个周末他都在户外劳作，更换百叶窗、粉刷房子、重修鸡舍。他不待在壁炉边了，因为他不想听音乐。对于玛丽和伊丽莎白，他是个尽心的父亲，仍然把她们抱在膝上逗弄，为她们的鬈发和裙子瞎操心，对刚画出来的粗糙作品或用棒棒积木搭起来的小屋大加赞美，还会坐到桌边玩过家家什么的。但他对我很是冷漠，在我没法理解他心思时，我疑心他对我的音乐热情觉得别扭，也许他觉得艺术腐蚀了我，把我弄得不像个男孩。我们谈话的时候，他会因为我忘做家务而责备我，要么就是斥骂我考试和写作的成绩不够优秀。

某个周六他开车到电车站接我回家，他作了番努力来和我交流、来理解我。收音机中，爱尔兰圣母队和海军队对决的橄榄球赛拉开了序幕，其中一个队非常精彩地触地得分。

“这个怎么样？你听到了吗？”

我望着窗外，右手在靠手上轻扣着一个曲子。

“你喜欢橄榄球吗？”他问。

“不晓得。它还行吧。”

“你到底喜欢什么运动？棒球？篮球？哪天想出去打猎吗？”

我什么都没说。想到要和比利·戴还有一杆猎枪在一起，我就觉得害怕。森林中有魔鬼出没。车子开了几公里，我们沉默着。

“你怎么会从早到晚除了弹钢琴别的什么也不干？”

“我喜欢音乐。我弹得棒。”

“这倒没错，但老实说，你有没有停下来想过，你能试点别的什么换换口味？你知不知道生活中除了音乐还有很多别的？”

假如他是我的亲生父亲，我会对他无比失望。这人没有眼力，没有生活激情，而我庆幸我们实际上并无关系。汽车从树阴下驶过，窗玻璃暗下来，我在自己的影像中看到了亨利父亲映在玻璃上的形象，而我看起来就是他的后代。曾几何时，我有真正的父亲。我能听见他的声音："Ich erkenne dich！ Du willst nur meinen Sohn！"[①] 他的目光在猫头鹰似的眼镜后面狂野地跳动，记忆的幻象随即消失了。我感觉比利・戴用眼角余光打量着我，寻思到底发生了什么？我怎么会有这样一个儿子？

"我正在想，我开始喜欢女孩子了。"我主动说。他笑了，抓了抓我的头发，又点了一支骆驼香烟，这是个确定的信号，他对我的回答感到满意。关于我男子气概的话题再也没有提起。

一个基本事实就这样擦肩而过。到处都有姑娘兜来兜去。我在学校里对她们上心，在教堂里和她们挤眉弄眼，每次音乐表演都给她们弹曲子。姑娘们仿佛从虚空中一跃而出，她们来了，一切都不复从前。我一天十次坠入爱河：一个大约二十五六岁的年长女子，穿着灰大衣出现在灰色街角，乌黑头发的图书管理员每周二早晨来买一打鸡蛋，还有扎着马尾辫的跳绳女孩，有嗓音甜美的女孩和穿短袜和喇叭裙的女孩。到了六年级，泰思・伍德郝斯试图用微笑掩藏她的胸罩吊带。趣味书页上的金发姑娘，赛德・查里斯，保利特・戈达德，玛丽莲・梦露[②]。每个曲线玲珑的人，她们的诱惑不仅在于外表，她们还让世界熠熠生辉。有些女人用内心的陀螺仪来督促自己，还有些好比穿着冰鞋在生活表面滑过。有些女人透过双眼表达她们的苦难生活，还有些用音乐般的笑声围绕着你。她们着衣的风格。红发，金发，黑肤。我喜欢她们每一个人。女人们和你调情：你从哪里得来这么长的眼睫毛？从送奶工那里。女孩则脉脉含羞，一个字也不说。

---

① 德文：我认得你！你只能是我的儿子！

② 都是著名女影星。

然而最好的姑娘是喜欢音乐的。每次演出，我都能从一群时不时地感到厌倦或压根不感兴趣的听众中寻出听音乐的她们来。这些女孩的回视让我不安，但至少她们在听，还有就是那些闭着双眼、抬着下巴、专注于我演奏的人。其他听众就会用指甲抠牙齿，用小指挖耳朵，指节扳得咯咯响，不掩住嘴就大呼小叫，张望其他女孩（或男孩），或者看他们的表。表演结束后，总有许多听众会上前来说几句话，和我握手，或站在我身边。这种演出后的会面最有价值，我很高兴听到他们的赞誉，回答问题，只要与此同时，我能揭下这些女人和女孩的热情面具。

不幸的是，这些音乐会和独奏会次数极少，而且间隔很长，当我快进入青春期时，邀请我去聚会和展览上表演古典音乐的人就少了。许多追捧者都对一个十龄神童感兴趣，但当我长到十几岁，四肢长大，粉刺点点时，新奇感就丧失了。而且说实话，我厌倦了哈农和车尔尼的练习曲①，还有我老师年复一年小题大做的肖邦练习曲也总是淡而无味。我又在变化了，我发现我古老的力量正随着荷尔蒙的增长而起伏。我本想只当一个男孩，但似乎一夜之间，我变得想长大成人了。在我高中一年级的期中，在经过几个月的寻思和与母亲沉闷的对抗后，我灵机一动，有个办法可以将我对音乐的热情和对女孩的兴趣合而为一：我要组建自己的乐队。

① 都是训练键盘弹奏能力的练习曲。

8

“我有东西要给你。”

最后的严寒冬日困住了大家。一场暴风雪和冰冻三尺的气温使得营寨外面寸步难行。我们大多数人都饥寒交迫，日夜缩在毯子下打盹。斯帕克站在我跟前，面带微笑，背后藏着一个惊喜。微风把她长长的黑发吹到脸上，她不耐烦地像拉窗帘一样，把它撩到一边。

“醒醒，瞌睡虫，看我找到了什么。”

我站起来，身上还紧紧裹着鹿皮抵御寒冷。她掏出一个信封，雪白的信封在她皮肤皲裂的手上轮廓鲜明。我拿过来打开，抽出一张问候卡，正面画着颗大大的红心。我不小心失手让信封滑落到地上，她飞快地弯腰捡起。

“看，安尼戴，”她说，她用冻僵的手指沿着折线仔细地撕开信封，“如果你想到把它展开，你就有一张两面的纸，正面只有邮票和地址，反面是张白纸。”她把卡片拿过去，“瞧，你能在这张的正反面画画，还能在里面沿着这些字的外围画。”斯帕克在雪地里踮着足尖一蹦一跳，大约既是因为开心，也是为了驱走严寒，而通常她冷漠得像块石头，好像没法和其他人交流似的。

“别客气。你还会更感激我呢。我踏着雪去把这个弄回来时，你和所有这些笨蛋们可都还正舒舒服服地把冬天睡过去呢。”

“我该怎么谢你？”

“给我取暖。”她来到我身边，我打开鹿皮毯让她钻进来，她抱着我，冰冷的手和四肢让我睡意全消。大家都睡着了，我们缩入边上的一堆毯子底下，呼呼大睡。次日早晨我醒来，头靠在她胸口上。斯帕克一条胳膊围着我，另一只手里捏着那张卡片。她醒来时，眨巴着翠绿色的眼睛迎接早晨。她的第一个请求是让我读卡片里的字句：

> 只要一想起你，亲爱的朋友，
> 所有的失落和悲伤烟消云散。
>
> 莎士比亚，《十四行诗集》第三十首

没有落款，没有地址，用墨水写在信封上的名字都已经被湿雪融掉了。

“你觉得这是什么意思？”

“我不知道，”我对她说，“谁是莎士比亚？”这名字似乎有点耳熟。

“他的朋友解决了他所有的麻烦，只要他想到他……或是她。”

太阳升上树梢，温暖了我们安静的营寨。我开始听到融化的声音：积雪从杉树枝上脱落，冰块开裂，冰柱融化、滴水。我想独自和卡片待在一起，我的铅笔像火焰余烬般在口袋里燃烧。

“你要写什么？”

“我要做一个日历，但我不知道该怎么做。你知道今天是什么日子吗？”

“每天都一样。”

“你难道不想知道今天是什么日子吗？”

斯帕克扭动身子穿好外套，让我也穿起来。她带我走过空地，来到营寨附近的最高处，这是西北侧的一列山岭，是个难以翻越的地带，下面是由质地疏散的页岩形成的陡峭山坡。我们爬到顶峰时，我两腿酸痛，喘不过气来。她则跺着脚让我静下来倾听。我们一动不动地等着。

除了正在融化的群山，一片寂静。

“要我听什么呢？”

“集中注意力。”她说。

我集中注意力，但除了偶尔一两声五子雀的笑声、枝条和树干的嘎吱声外，我什么都没有听见。我耸了耸肩膀。

“再集中一点。”

我听得太专心了，脑壳内发出一阵剧烈的头痛：我甚至能听到她放松的呼吸声，她的心跳声，还有遥远处有节奏的振动声，那起先听起来像是一群物体发出的粗重的声音，但很快就集中到了某一个体上。变速的嗡嗡声，低沉的飞溅声，偶尔的喇叭声，轮胎在马路上的滚动声，我意识到我们在听远处的交通。

“棒极了，”我告诉她，“是汽车。”

“注意听。你听到了什么？”

我的头快裂了，但我还是集中精神。“很多汽车？”我猜测说。

“对了。”她露齿一笑，“很多很多汽车。早晨的交通。”

我还是没明白。

“人们去上班。在城里。学校班车和孩子们。早晨有很多汽车。这表示今天是工作日，不是星期天。星期天静悄悄的，没有那么多汽车经过。”

她把裸露的手指举到空中，又放进嘴里尝了尝，“我想今天是星期一。”她说。

“我见过这个做法。你是怎么知道的呢？”

“那些汽车都排放烟气，工厂也排放烟气。星期天，路上没有那么多汽车，工厂也关门了。你几乎尝不到一点烟味。星期一就多一点。到了星期五晚上，空气尝起来就像嘴里塞满了煤。”她又舔了舔手指，“肯定是星期一。现在让我看看你的信吧。”

我递给她情人卡和信封，她查看起来，指着邮票上的邮戳说：“你还记得是情人节是哪天吗？”

“二月十四日。”我骄傲地说道，仿佛在数学课上正确地回答了问题。眼前闪过一个女人的形象，她穿着黑白相间的衣服，在黑板上写着数字。

“对的，你看到这个了吗？”她指着邮戳，上面的日期排成半圆：周一，一九五〇年二月十三日，上午。“那是你的莎士比亚把它投进邮筒的时间。在星期一。这表示他们在星期一上午盖了邮戳。”

“这么说，今天是情人节？情人节快乐。”

“不，安尼戴。你得学会读这些标记，看懂它们的意思。推论一下。如果今天是星期一，那怎么可能是情人节呢？我们怎能在一封信丢失之前找到它呢？如果我是昨天找到的这封信，而今天是星期一，今天又怎么可能是情人节呢？”

我被弄糊涂了，觉得很累，头痛起来。

“二月十三日是上一个星期一。如果这张卡片已经寄出了一个多礼拜，它就已被弄坏了。我昨天找到它，把它带给你。昨天是个安静的日子，没有很多汽车，是个星期天。今天必定是下个星期一。”

她使我彻底怀疑起自己的推理能力来。

“很简单。今天是星期一，一九五〇年二月二十日。你确实需要一个日历。”她伸手问我要铅笔，我高兴地递给她。她在卡片反面画了一排七个格子，分别写上一、二、三、四、五、六、日代表一周的天数。接着她在边上的竖格中写下了一年所有的月份，在另一侧，写下了从一到三十一的数字。她写的时候，问我每个月的天数，还唱了一首熟悉的歌帮我记忆，但我们都忘了闰年，这迟早会让我犯错。她从口袋中拿出三个小金属圆片，声明说如果我想跟上时间，我只能每天早上把圆片移到日历的下一格上，并记得要在每周末和月末的时候从头开始。

斯帕克常常告诉我一些显而易见的答案，其他人都没有这样一清二楚的想象力和创造力。她施展洞察力的时候，注视着我，声音中的颤动消失了。一缕头发逃脱了出来，将她的脸蛋分成两半。她用两只粗糙的、红通通的手拢起头发，别到耳后，我盯着她看时，她就朝我微笑。“安尼戴，如果你忘了，就来找我。”她走了，穿过树林，越过山岭，离开了营寨，把我和我的日历单独留下。我凝视着她的背影在林木间移动，融入到大自然中去。她消失后，我所能想到的只是这个日子：一九五〇年二月二十日。我丢失了太多的时间。

远远的山脚下，其他人正在臭烘烘的毯子和毛皮下酣然而眠。只要我倾听交通声，跟着声音找到源头，就能回到人群中间，那些汽车中有一辆停在我面前，带我回家。司机会看见一个男孩站在路边，会停在我前头。我会等她，等那个红衣女子来救我。我没有逃跑，而是等在原地，不像上次那样吓着她。她俯下身与我对视，把她的头发甩到脸后。“你是谁?”我想起父母和小妹妹的面容，告诉这有着一双浅绿眼眸的女人我住在何处，如何回家。她让我爬进她的汽车。我坐在她身边，告诉她我的故事，而她把手放在我后脑勺上，说着一切都会好的。车子停在我家门口，我跳下车，我母亲正在晾衣绳上晒衣服，妹妹穿着她的黄裙子，挥动双臂朝我蹒跚走来。“我找到了您的儿子。”女人这么说。我父亲从一辆红色的消防车上下来，“我们到处找你找了很久。”之后，吃了炸鸡和饼干，我们回到林中拯救我的朋友斯茂拉赫、鲁契克和斯帕克，他们和我们一起生活、上学、回家，暖和、平安又健康。我所要做的就是集中注意力，跟随文明的声音。我竭力向天际眺望，但毫无所见。我侧耳倾听，但毫无所闻。我试图回忆，但却想不起自己的名字。

我把三个硬币放进口袋，翻过日历，大声把莎士比亚念给自己听：“只要一想起你，亲爱的朋友……”睡在山下洞中的那些人是我的朋友。我掏出铅笔，开始写下我所能记得的东西。自那以后，已经过去了很多年，我不止一次写下这个故事，但开头就是我独自站在山岭上。我的手指冻僵了，下山回营时，毯子呼唤着我，答应我会有温暖的梦乡。

斯帕克的情人节礼物之后不久，另一件礼物也送到了我手中。鲁契克从一次远征劫掠中把它带回来，像圣诞老人在圣诞树下解开他的口袋。“这个，小宝贝，是给你的。这是你在这世上的所有梦想。足够装下你的每个梦。奇迹中的奇迹，也是干的。纸。”

他给我一本硬面抄，是学生做作业用的那种，纸页上划着横线，以规范字句的位置。扉页上是校名和题目“作文练习簿”。封底是一个小方框，里面印有一则警告：如遇原子弹袭击，拉上窗帘，躺在课桌下，不要惊慌。练习簿里有作者的姓名：托马斯·麦克伊内斯，他把大名写在衬页上。这些已变了色的纸张上写满了他难以辨认的字迹，墨水是锈褐色的。据我所知，这是一篇小说，或是小说的一部分，因为在最后一页上，文章结束在半句话上，而封底的内面写着神秘兮兮的“见他本”。这多年来，我试图阅读这篇小说，但这个故事的意图使我不解。在我看来，作文簿的美丽之处在于麦克伊内斯是由着自己的性子来写的。八十八页的纸，他只写了每一页的单面。我把本子倒过来，从另一头写我的故事。如今这本日记已经和其他很多东西一起化为灰烬，但我能说出它的基本内容：一本自然主义者的日记，记录的是我在森林中的生活观察，最后还画了找到的各种东西——一本记录我生命中最美好岁月的日记。

我的编年史和日历帮我跟上流逝的时光，它节奏轻快。好多年我都怀抱希望，但没有人来找我。悲哀就像时间的暗流，而失望如同云影般来去。那些年里也有我的朋友和同伴带来的欢乐，我在内心长大时，一件不经意的小事把男孩赶走了。

大多数年份，三月中旬停雪，几周后冰开始融化，绿色的生命萌芽，昆虫孵化出来，鸟儿飞回来了，鱼和青蛙准备捕食。春天立刻就让我们恢复了元气，随着白天的加长，我们的探索兴趣也在增长。我们会扔掉皮毛，弄坏毯子，脱下外套和鞋子。五月的第一个暖日，我们有九个人会去河里清洁我们发臭的身体，淹死头发里的寄生虫，刮掉结成块的脏土和污垢。布鲁玛曾在一家加油站里偷来一条肥皂，我们在这次焕然一新的洗澡中把它擦到变成小碎片。卵石滩上白白的身体，擦得通体粉红、干净。

蒲公英花不知从何处开出，姜葱在草地上冒芽，我们的奥尼恩斯大快朵颐，吃着洋葱头和青草，把牙齿和嘴唇都染成绿色，散发着臭气，味觉迟钝，到了最后，她的皮肤也散发出一股辛辣的、又苦又甜的气味。鲁契克和斯茂拉赫把蒲公英汁挤出来做成味道醇厚的酿制品。我的日历帮忙追踪莓果的游行队伍：六月有草莓，之后是野蓝莓、醋栗、接骨木果，还有其他许多。在山岭上的一片树林中，斯帕克和我找到了侵略山坡的悬钩子红色军队。七月里我们有很多日子都在荆棘丛中采集甜果。黑莓是最后成熟的，每次见到我们夜宴的第一罐黑莓时，我就心中难过，因为这些黑宝石预告着夏季的结束。

我们中间好吃昆虫的人对暖和季节的丰盛食物欢欣鼓舞，虽然吃臭虫必然是一种需要日渐培养起来的品味。每个仙灵都有各自的特殊喜好，但都喜欢搞捕捉。劳格诺只吃他从蜘蛛网里捉来的苍蝇。贝卡是个美食家，吃任何他看到的虫子，蠕动的、飞翔的、滑行的、扭动的。他会从一截腐朽的木头里寻到一窝白蚁，在泥潭里找到一群鼻涕虫，或者长满蛆的动物残骸，他挖下去，生吃这些恶心的生物。他耐心地坐在一小堆篝火边，当蛾子飞近他的脸，就用舌头凭空抓住它们。卡维素芮是另一位出了名的爱吃臭虫的，但至少她还会煮一煮。她在加热的石块上烤幼虫和母虫，把它们烤得爆裂开来，像烤肉一般褐色松脆，这个我还能接受。蚱蜢腿会卡在你牙缝里，还有蚂蚁，如果不事先烘烤一下，会沿着你的舌头、喉咙一路咬下去。

来到森林之前，我从未杀生，但我们都是狩猎兼采集者，假如不偶尔在餐中加点蛋白质，身体都会受损。我们吃松鼠、鼹鼠、田鼠、鱼和鸟儿，虽然把它们的蛋从窝里偷出来要费一番打斗。我们也吃大家伙，如一头死鹿。我不喜欢死了很久的东西。特别是在夏末秋初，整个部落会一起聚餐，在烤扦上烧烤一头不幸的动物。没有谁会在满天星空下打死一头野兔，但正如斯帕克所言，只要是田园情怀都会屈服于欲望。

我在森林中的第四个年头里，有那么一会儿让我的记忆无比深刻。斯帕克与我溜出营寨，她带我去果林，蜜蜂把巢穴藏在那里。我们停在一棵灰色的老山茱萸下。

“安尼戴，爬到那上面去，伸手进去，你就会找到最甜美的花蜜了。”

在她的要求下，虽然蜜蜂嗡嗡叫着，我还是攀上了树干，慢慢接近树洞。我牢牢抓紧树枝，看到她仰望的脸蛋，眼中闪动着期待。

“上去，”她在下面喊道，“小心点。别把它们惹急了。”

第一下叮咬像针刺一样让我悚然一惊，第二三下就疼痛起来，但我决心已定。我还没有看到蜂蜜，就已经摸到了，还没有摸到，就闻到了。手掌和手腕因毒液而肿胀起来，脸和裸露的皮肤也红肿了，我从树杈上掉下来，摔到地上，手里抓满蜂巢。她低头看我，又是惊愕又是感激。我们在愤怒的蜂群追赶下逃命，在一个向阳的山坡上逃过了它们。躺在长长的新草上，我们吮吸着每一滴蜂蜜，吃着蜡一样的蜂巢，最后嘴唇、下巴和手都粘在一起。我们喝着蜂皇浆，胃里沉甸甸地装着花蜜，奢侈地享受着甜蜜的痛苦。舔干净蜂蜜后，斯帕克开始拔我脸上和手上剩余的蜂针，我一缩，她就笑。她除去我手上最后一把匕首后，翻过我的手，吻了我的掌心。

“你真是个笨蛋，安尼戴。”但她的眼神背叛了她的话，她的微笑仿佛撕裂夏空的闪电，一闪即逝。

9

“听听这个。”我的朋友奥斯卡把一张唱片放在转盘上，小心地放下指针。四十五转的唱片发出“砰砰”和“嘶嘶”的声音，接着主旋律开始了。是四段式的嘟哇音乐[①]，有企鹅乐队的《大地天使》和乌鸦乐队的《唧》，他坐到床沿上，闭上眼，把这些有难度的和声区分开来，先唱高音，然后唱低音。或者他会放一曲迈尔斯的新爵士乐连复段，也可能是戴夫·布鲁克的，找出其中的对位旋律，竖起耳朵听喇叭下几不可闻的钢琴声。整个高中时代，我们常常如此在他房间里花上几个小时，懒洋洋地听着他大量收藏的那些古怪唱片，分析、争论曲子的微妙之处。奥斯卡·拉甫对音乐的热情让我惭愧自己的志向。他在高中时的外号是“白色的黑鬼”，因为他非常地不合群，冷若冰霜，整天若有所思。奥斯卡就是这样一个局外人，与他相比，我倒自觉正常。他比我高一级，但他欢迎我进入他的生活。我父亲认为奥斯卡比布兰多还粗野，但我母亲透过现象看本质，把他当儿子一样疼爱。我在组建乐队时，第一个找的就是他。

自从“亨利·戴五人组”成立后，奥斯卡就和我共进退，后来还经历了几个版本：“亨利·戴四人组”、“四马夫”、“亨利和白日光”、“幻想乐队”，最后干脆变成“亨利·戴”。不幸的是，我们没能一起将这个乐队维持几个月：我们的第一个击鼓手退了学，参加了海军陆战队，我

---

① 一种蓝调与摇滚乐的音乐风格，以人声为主，流行于上世纪五六十年代的美国本土。

们最好的吉他手也搬走了，因为他父亲调去了爱荷华州的达文波特。大多数人都退出了，因为他们没法像音乐师那样来对待乐队。只有奥斯卡和他的单簧管坚持下来。我们在一起有两个原因：其一是他能把任何一支喇叭都吹得很棒，尤其是他喜欢的那支；其二是他已经到了能开车的年龄，也有自己的汽车——一辆朴实的红白色贝尔艾尔 54。我们什么都演奏，从高中舞会到婚礼到偶尔夜总会的晚间演出。我们的优点是带来听觉享受，而非任何预想之中的酷劲，我们能给任何听众演奏任何音乐。

在一场迷死听众的爵士表演之后，奥斯卡开车载我们回家，收音机开得震天响，小伙子们兴致高昂。那个夏日的深夜，他把其他人放下车后，我们停在了我父母家门口。飞蛾在前灯的照明中疯狂跳舞，蟋蟀富有节奏的歌声使周围越发寂静。星星和弦月点缀在无精打采的天空中。我们下车坐在贝尔艾尔的车篷上，望着黑暗，不愿这夜晚结束。

“伙计，我们是毒气，”他说，“我们毙了他们。我们演奏《现在嗨》的时候，你有没有看到那个家伙？好像他从来没有听过这种声音。”

“老兄，我快累死了。”

“哦，你太酷，太酷了。”

“你自己也不差。”我往车上挪了挪，以免从车篷上滑下来。我的脚还没有够到地面，于是我在心里哼着调子甩起腿来。奥斯卡取下夹在耳后的香烟，用打火机“噗”的一下点燃，把烟圈向夜空中吹去，后一个烟圈打破了前一个。

“你是从哪里学的钢琴，戴？我是说，你还是个孩子呢。只有十五岁，对吗？”

“练习，老兄，练习。”

他不再眺望星星，转过脸来看我：“你能够演奏出任何你想要的东西。练习不会给你灵魂。”

“这几年我都在上课。在城里。跟一个叫马丁的家伙，他曾和爱乐乐团同台演奏过。清一色的古典音乐。学了古典音乐，理解低档次的音乐就更容易了。”

“这我明白。”他递给我一支香烟，我深深吸了一口，知道他在里面加了大麻。

“但有时候我觉得自己被撕成了两半。我爸妈想要我继续跟马丁先生上课。你知道，学交响乐或独奏曲。”

“就像列勃拉斯[①]。”奥斯卡嘻嘻笑道。

“住嘴。”

“搞同性恋。”

“住嘴。”我在他肩上捶了一拳。

“别急，伙计，”他抚摸着胳膊，“你能办到的，想要怎样就能怎样。我水平很好，但你却好得简直没治了。好像你一辈子都在搞音乐似的，要么天生是个音乐家。”

也许是麻醉品让我吐露真言，也许是夏夜的感觉、演出后的兴奋，或是因为奥斯卡是我第一位真正的朋友，更或许是我渴望告诉某个人，任何一个。

“奥斯卡，我承认，我根本不是亨利·戴，而是一个在森林生活了很久很久的妖怪。”

他猛笑起来，一缕烟气从他鼻孔中冒出来。

“我是说真的，伙计，我们偷了真正的亨利·戴，绑架了他，我变成了他。我们交换了身份，但没人知道。我过着他的生活，我猜想他也过着我的生活。在变成换生灵之前，我是另外一个人，是一个德国男孩，或在别的什么讲德语的地方。我都不记得了，不过能点点滴滴地

---

① 美国著名钢琴家，是同性恋者，1987 年因患艾滋病去世。但下文“同性恋”一词在英文中和“仙灵”是同一个词，或许造成说者无意、听者有心的效果。

回想起来，我在那里弹了很久的钢琴，后来换生灵偷走了我，现在我回到了人类中间，几乎不记得过去了，但好像我一部分是亨利·戴，一部分又是曾经的我。当时我肯定是个很酷的音乐家，因为这是唯一的解释。”

“这可太妙了，伙计。那么真正的亨利在哪里？”

“在森林里的某个地方。也可能死了。他可能会死，这种事时有发生，但更可能的是藏在森林里。”

“比方说他现在正在看着我们？”他跳下车，对着黑暗轻声说道，“亨利？那是你吗？”

“闭嘴，老兄。有这可能的。但他们害怕人类，这我知道。”

“他们是谁？”

“换生灵。这就是为什么你看不到他们。”

“他们为什么怕我们？好像我们应该怕他们才是。”

“曾经是那样，老兄，但大家已经不再相信神话和仙灵传说了。”

“但如果亨利在那里，正在看着我们，想把他的身体要回来，而他现在爬了过来，伙计，爬过来抓住了你？”他飞快地伸出手，抓住我的脚踝。

我尖叫起来，被这种简单的玩笑捉弄了，觉得不好意思。奥斯卡趴在车篷上，冲我大笑，“伙计，你是恐怖电影看多了。”

“不，事实是……”我在他胳膊上打了一下。

“你的地窖里有豆荚，对吗[①]？”

我还想再打他，但很快意识到我的故事听起来有多么荒谬，于是我也开始大笑。无论奥斯卡是否还记得那个晚上，他再也没有提起此事，他可能觉得我是在幻想。他开车走了，咯咯笑个不停，而我说出真

---

① 指的是著名童话《杰克和豌豆》，说的是男孩杰克种了一棵能长到天上的豌豆，并从豌豆茎上爬到了一个奇幻世界中去。奥斯卡是说亨利异想天开。

相后，觉得心里空荡荡的。我将亨利·戴扮演得如此成功，乃至无人怀疑这个真实的故事。甚至我的父亲，那个天生疑神疑鬼的人，也相信了我，或至少他把疑虑藏到了灵魂深处。

我家的底楼像洞穴一般又黑又静。楼上，每个人都睡熟了。我打开厨房的灯，倒了一杯水。被亮光引来的蛾子飞来撞去，在窗子上拍打着翅膀。它们上下扑腾，发出一种带有威胁和预兆的声音。我关了灯，它们飞走了。在再度降临的黑暗中，我搜寻着移动的身影，倾听树木间的脚步声，但什么动静都没有。我轻轻上楼去看我的小妹妹们。

当玛丽和伊丽莎白还小时，我常常担心她们会被妖怪抓走，再换两个换生灵回来。我知道他们的伎俩、本事和骗术，也知道他们会两次，甚至三次，光顾同一个家庭。距此不远流传着这样一个故事，早在 18 世纪 70 年代，丘齐家中有七个孩子被偷换成了换生灵，一个接一个，每个都在七岁那年，后来再也没有丘齐的骨肉了，只有假货，可怜那对父母就和一群异族生活在一起。我的妹妹很可能被相中，我观察着她们行为和外貌上能说明问题的变化——突然变得迷人了，或者某种脱离生活的表现——那就表明可能被替换了。

我告诫双胞胎要离树林和任何阴影处远远的。“危险的蛇啊，熊啊，野猫啊会等在我们这里附近。不要跟陌生人说话。为什么要出去玩呢？”我问道，“电视里有绝对好看有趣的东西。”

“但我喜欢探险。”伊丽莎白说。

“如果我们从不离家，我们怎么能找到回家的路呢？”玛丽补充说。

“你们见过响尾蛇吗？嗯，我可见过，还有铜头蛇和水蝮蛇。被咬一口，你们就麻痹了，肢体发黑，接着就死了。你们觉得你们能比一头熊跑得更快或爬得更快吗？它们爬树比猫还厉害，它们会抓住你们的腿，把你们一口吞下去。你们有没有看到过一头嘴边吐白沫的浣熊？”

“我什么都不要看了。”伊丽莎白哭着说。

“如果我们不知道什么是危险，又怎能避开危险呢？”玛丽问道。

“危险就在那里。你们走在外面，在一根老木头上绊一跤，摔伤了腿，没人会找到你们。你们还会被困在暴风雪中，到处都刮着风，你们连自家大门都找不到，第二天早晨他们会发现你们冻得像根冰棍似的，就在离家门十步不到的地方。”

“够了。”她们齐声叫起来，走开去看《好迪嘟迪》或《连衫裤房间》[①]了。但我知道，我在学校或和乐队排练的时候，她们会无视我的警告。她们回家的时候，膝盖和屁股上沾着草汁，裸露的皮肤上有扁虱，鬈发上有小树枝，连衫裤里有青蛙，呼吸里有股危险的味道。

但那一晚，她们是沉睡的羊羔，我父母房间边上的两扇门在打鼾。父亲在睡梦中唤了我的名字，但时间太晚了，我没敢应声。屋子变得异常沉寂。我说出了自己最黑暗的秘密，但没有结果，于是我去睡觉了，睡得和往常一样安稳。

他们说，一个人永不忘怀他的初恋，但我懊悔地承认，我不记得她的名字，也不记得她的其他什么——除了记得她是我第一个看到的裸身女孩。因为要讲故事，我就把她叫做莎莉吧，也许这本来就是她的名字。向奥斯卡坦白的那个夏天过后，我继续随马丁先生上课，她也在那里。学年末期她走了，再回来时，已经脱胎换骨，成为一个令人艳羡、崇拜和迷恋的对象。我也和其他人一样怀有无名的欲火，但她却选择了我。她的感情，我感激地照单全收。冬季独奏会上，她鼓起勇气和我说话，而之前我留意她的曲线已有数月之久。我们穿着正装一起站在后台，忍受着我们个人钢琴表演前的等待。最小的孩子最先出场，因为痛苦的折磨最好当作开胃品呈上。

---

① 都是著名儿童节目。

“你是在哪里学的钢琴?”她低声问道，当时正演奏着一支烦人而缓慢的小步舞曲。

“就在这里。我是说跟马丁先生学的。”

“你棒得不像话。”她笑了。在她评价的鼓舞下，我弹出了我最激动人心的独奏曲。此后几个月，我们慢慢认识了。她会待在乐室里，听我将同一支曲子弹了一遍又一遍，听马丁先生暴躁地低声说：“柔板，柔板。”周六，我们会共进午餐，在蜡纸上铺上三明治，聊当天的课程。通常我口袋里总有演奏得来的几个美元，因此我们能去看场演出，或买个冰激凌或汽水。我们的交谈集中在十五岁孩子的话题上：学校、朋友、让人受不了的父母，还有就我们自己的情况——钢琴。我谈论得更多的是音乐：作曲家、马丁先生、唱片、爵士乐和古典乐的密切关系，以及我自己那一派瞎扯的学说。这不是对话，倒更像是独白。我不知道该如何倾听，如何把她摒除在外，又如何安静地享受她的陪伴。她或许本是个可爱的人。

太阳开始蒸热春天的空气，我们到公园中散步，通常我会避免去那儿，因为它很像森林。但黄水仙开花了，看起来浪漫无边。城市里的喷泉打开了，这是春天的另一个象征，我们坐在水边，久久地看着瀑布。我不知道该怎么去做我想做的事，怎么问，怎么说，甚至不知道该怎么提起这个话题。莎莉救了我。

“亨利?”她问道，声音提高了八度，“亨利，我们已经在一块散步、吃饭、看电影有三个多月了。这段时间里，我在想：你是否喜欢我?”

“我当然喜欢。”

“如果你像你说的那样喜欢我，为什么从不来牵我的手?”

我握住她的手，惊讶她手指的热度，掌心的汗水。

“你为什么从来不吻我?”

第一次，我直直地瞪着她的眼睛。她看起来好像正在表达一个哲学问题。我不知道该怎么接吻，就匆匆忙忙地做了，如今后悔没有多吻一会儿，即便只是为了记住这种感觉。她的手指插入我涂了发油的头发，这引起了意料之外的反应，我学了她的动作，但一个谜在我心中蔓延开来。我不知道下一步该做什么。如果不是她突然发现应该去赶电车，我们可能还是坐在那里，傻乎乎地看着彼此的脸。在去和我父亲碰头的路上，我谴责了自己的感情。在我这一回人类的生活中，我正“爱”着我的家人，但我从未“爱”过一个外人。我情不自禁，但这太危险。感情因为欲望而更加迷惑。我数着时间等待下一个周六，迫不及待地想见她。

好在是她采取了主动。当我们在佩恩剧院黑黢黢的包厢里搂脖子亲嘴时，她抓住我的手放在她胸口，在我的触碰下她浑身颤动。她提示一切，她想到要啃耳朵，她第一个摸大腿。我们后来在一起时都不怎么说话了，而我也不知道莎莉究竟计划着什么，或者就那种事情而言，她到底有没有想过。难怪我喜欢这个女孩，不管她叫什么名字，当她提出要我假装生病逃马丁先生的课时，我欣然答应。

我们搭电车去南边她父母家。在明媚的阳光下爬山上她家，我汗流浃背，但莎莉习惯了走远路，在人行道上两步并一步跳着，还取笑我跟不上。她家坐落在高处，占地不大，紧挨着岩石一侧。她向我保证说，她父母不在家，他们一整天都开车去了乡下。

“我们有自己的地盘了。你想来杯柠檬汁吗？”

倒不如她穿条围裙，而我抽一个烟斗。她端来饮料，坐在长沙发上。我一口喝完饮料，坐在她父亲的安乐椅上。我们坐着，我们等着。我听到自己心里传来铙钹的铿锵声。

“亨利，你为什么不过来和我坐在一块？”

我就像一只顺从的巴儿狗，摇着尾巴，拖着舌头奔过去。我们十指交握。我笑了。她笑了。一个长吻——你能吻多久？我的手摸到她衬衫底下的肚子，这激发了被压抑的原始冲动。我翻过身压在她身上。她抓住我的腰。

“亨利，亨利，这太过分了。”莎莉喘着气，摇着手给自己打扇。我滚开去，撅起嘴嘘气。我怎会误解了她的表示？

莎莉飞快地脱衣，我几乎没有看清这变化。像是按了一下按钮，她的衬衫、胸罩、裙子、衬裙、袜子、内裤都纷纷脱落。她一边脱，一边厚颜看着我，笑得很美。我真爱她。当然，我在博物馆里见过图画，贝蒂·佩吉的写真画和法国明信片，但图像缺少广度和深度，且艺术并非生活。我身体的一半被拉上前去，竭力想去抚摸她的肌肤，但微乎其微的可能性让我停下来。我朝她跨出一步。

“别，别，别。我已经让你看了我的，现在你要让我看你的。”

自从小时候在游泳池中当着他人面脱衣之后，我再也没有做过这种事，这回可不是个陌生人，想到这光景，我就觉得尴尬。但很难就此拒绝一个裸体女孩的请求。于是我脱衣服了，整个过程中都看见她看着我。我脱到内裤时，注意到她的峡谷中有一小片三角形的毛，而我那里寸毛不生。我希望这种状况是女性独有的，我脱下内裤，她脸上闪过惊骇和沮丧的神情。她倒抽口气，手按在嘴上。我低头看了看，又抬头看她，感到十分困惑。

“我的天呐，亨利，”她说，“你看起来像个小男孩。”

我遮住自己。

“这是我见到过的最小的家伙。”

我恼怒地从地上拿起衣服。

“对不起，但你看起来和我八岁的表弟一样。”莎莉开始从地上捡起她的衣服，“亨利，别生气。”

但我气坏了，不是气她，而是气我自己。从她开口说话那刻起，我意识到自己忘了什么。在所有方面，我都是十五岁的模样，但我忽视了最重要的部位之一。我穿衣服时脸面尽丧，想起过去几年中自己所受的痛苦和折磨。我从嘴里拔掉乳牙，舒展、拉伸骨骼、肌肉和皮肤，长成一个少年，但却忘了青春期发育。她恳求我留下来，道歉说不该取笑我，甚至还说了大小不成问题，这其实是那种可爱型的，但无论她说什么做什么，都不能减轻我的羞耻。我再也没有和她说话，除了最基本的打招呼。她从我生活中消失了，好似被偷走了一样，我现在想，她是否原谅了我，是否忘记了那个下午。

拉伸挽救了我的情形，但这种运动给我造成痛苦，也造成意料之外的后果。首先是那种好奇的感觉，以典型的方式弄得一塌糊涂，但更为有趣的是，我发现只要想象着莎莉或其他尤物，结果就会在意料之中。但如果想着讨厌的东西——森林，棒球，琶音——我就能推迟或者避免那种结果。第二个后果说起来更不安，也许是因为弹簧床面吱呀作响惹恼了父亲，一天晚上他闯进我房间，抓了个现行，虽然我身上盖着被子。他抬眼看天花板。

“亨利，你在干什么？”

我停下手。有个表示清白的解释，但我不能说。

“别以为我不知道。”

知道什么？我想问。

“如果你再做，眼睛会瞎掉的。”

我眨着眼。

他走出房间。我翻过身，把脸压在冷冰冰的枕头上。我的本领一直在减退。千里眼，顺风耳，飞毛腿——都没有了，而我操纵自己外表的能力也在退化。我越来越像我一直想成为的人类，但我并没有为此高兴。我陷在床垫里，缩在被子下面，捶打枕头，扭着被子，徒劳无功地想舒服一下。一切寻欢的盼望都随着我的勃起渐渐平息，代之而起的是一阵阵的粗粝的孤独感。我觉得陷在了永无尽头的童年里，命中注定在他们掌控下生活，假父母一天十几次皱着怀疑的眉头。在森林里，我得数着时间等待自己换生，多年如一日地过着。在青春期的焦虑中，我度日如年。夜晚漫无止境。

几个小时后我冒着汗醒来，扔开被子，走到窗边，开窗放入新鲜空气，却发现在草地上，深夜中，有一点红色的烟头，接着我辨认出父亲黑色的身影。他望着幽黑的树林，好似在等待什么从树木间的阴影里跳出来。爸爸回身进来时，抬头朝我房间看了一眼，看到我在窗框里望着他，但他什么也没说。

10

满月在伊格尔的脑袋后面饰起一圈光晕，这让我模模糊糊地想起教堂里的圣人和偶像。他身边站着鲁契克。两人都穿着外出的夹克和鞋子抵御严寒。

“安尼戴，起来穿好衣服。今天早晨你和我们一起去。”

“早晨？”我揉着惺忪的睡眼，“现在是半夜啊。”

“太阳很快就升起来了。你最好赶快。”鲁契克建议说。

我们沿着树林深处的小径潜行，像兔子一样蹦跳自如，爬过荆棘丛，驰过土地，毫不停留。云朵飘过月下，地貌或隐或现。小径横过空荡荡的马路，我们的足音在人行道上响起。我们箭一般穿过空地，穿过农田中成排的庄稼，玉米秆子沙沙低吟，又经过一个在夜色中显得尤其巨大的谷仓，还有一幢被变幻不定的月光染成黄色的农舍。我们飞奔过去时，一头母牛在牛棚里哞了一声，一条狗吠了一下。过了农场，又是另一片树林，另一条马路，接着我们从一座高得令人目眩的桥上越过溪流。到了对岸，伊格尔带领我们钻入一条和马路平行的沟渠，我们蹲在沟盖底下。天色亮起来，变成深紫色。有台机器哧哧地响起来，不久一辆送奶车从上面的路面上经过。

“我们出来得太晚了，”伊格尔说，“他现在更加小心了。安尼戴，今天早上我们要考考你在多大程度上已经成了我们自己人了。”

我朝马路上望去，只见那辆送奶车停在镇外一栋沉寂的平房前，旁边是一家小百货商店，门前有台汽油泵。穿得一身白的送奶工从驾驶座上下来，提着篮子走向边门，然后轻快地回来，手里两只空瓶和铁丝网撞得叮当响。我被这幅场景吸引住了，差点忘了要跟上跑在前头的同伴。在一个距离加油站不到十米的涵洞中，我追上他们，他们正在窃窃私语，指指点点，策划着可怕的阴谋。在逐渐聚起的光线下，我们要的东西开始显出轮廓。汽油泵顶上，一只咖啡杯像白色灯塔一般闪闪发亮。

“去拿那个杯子，”伊格尔下令说，“别被人看见。”

朝阳赶跑了浓浓的夜色，我再迟疑下去就有可能会被发现。这是个简单的任务，只需跃过草地和人行道，抓住杯子，然后跑回我们的藏身处即可。但恐惧让我动弹不得。

“脱掉鞋子，”伊格尔建议说，“他们听不到你。”

我脱下低帮鞋，向汽油泵跑去，它红色翅膀的马达拱向天空。我一把抓住杯子，正要往回跑，没想到却听见一种声音，我僵立当场。玻璃彼此碰撞的声音。我想象着加油站主人去牛奶箱取奶瓶，却发现汽油泵那边有异样的动静，大声叫我站住。但此事没有发生。一扇纱门“吱吱”打开，又“砰”地关上。我咽了口唾沫，跑回同伴身边，如获大胜地举起杯子。

“你干得很好，小宝贝。”

“你在空地上耽误时间时，”——伊格尔垂下目光——“我去拿牛奶了。”

瓶口已经打开。伊格尔没有把半寸厚的奶皮摇晃下去，他先给我倒了一些，然后我们三个像酒鬼一样把半加仑的牛奶灌进喉咙，在晨光下干杯。冷牛奶沉入我的胃中，胀起我的肚皮，使得我整个上午都和小偷同伙们在沟渠里酣然大睡。

中午睡醒后，我们小心翼翼地朝镇上走去，在阴影中躲躲藏藏，一看到人就停下脚步。我们只在看起来无人的地方和屋子里停留，到处探查、偷窃、搜寻。我们三个翻过一堵矮石墙，从一棵梨树上偷了大把的水果。每咬一口都是甜蜜的罪恶，摘了太多吃不完，我绝不想扔掉梨子，但我们还是把大部分丢过墙头，扔回果园，让它们在太阳下腐烂。在干洗店的晾衣绳上，我们每个人取了一件干净清洁的衬衫，我为斯帕克偷了件白色套衫。鲁契克从一双袜子里拿了一只放进口袋。“传统。”他咧嘴嘻笑，“每个洗衣日都会丢袜子的秘密。”

天光渐渐淡去，拿着书背着包的孩子们出现了，再过一两个小时，父亲们开着大汽车来了。我们等待太阳落山，之后灯光明灭，人们互道晚安，房屋没入黑暗，犹如一个个泡沫漂入排水沟。有些灯亮着，大概是某个孤独的人夤夜读书，或是失眠的人在四处徘徊，或是健忘的单身汉。伊格尔就像战场上的将军，研究这些时间的标志，然后我们开进街道。

我已有多年未曾透过橱窗玻璃朝玩具店里张望了，也有多年未曾感受到砖角的粗糙表面。镇子仿佛另一个世界，但我每走过一个地方，都有如潮的联想和回忆。在天主教教堂门前，我听到幻想中的唱诗班在唱拉丁文。理发店前纹丝不动的旋转灯让我想起金缕梅花水的味道和剪刀的“咔嚓”声。街角的信箱让我想起情人卡和生日卡。我的学校勾勒出一幅画面：数十成百的孩子们从敞开的大门中涌出来，为暑假而欢呼。虽然如此熟悉，街道却让我心生不安，整洁的角落、笔直的线条、沉重而死寂的围墙，还有窗户清晰的界限。重复的建筑像耸立的迷宫一样逼来。各种标志、词语、警告——“停车”，“此处用餐”，“当日干洗”，“你应该买一台彩电”——没有造就任何神话，只让我无动于衷地去读它们不变的信息。最后，我们到达目的地。

鲁契克爬上一扇窗子，从一个看起来过小过窄的地方滑了进去。他像老鼠过门缝一样把自己缩扁。伊格尔和我站在小巷子里保持警惕，他听到前门的锁轻轻一响，就带我上楼梯去店里，他打开门，鲁契克朝我们淡淡一笑，伊格尔摸了摸他头发。我们悄悄地走近成排货物，经过阿华田和宝科，装在亮色箱子里的谷类，罐头蔬菜、水果、鱼、肉。每种新食品都诱惑着我，但伊格尔不允许任何拖延，他轻声命我“马上来这儿”。他们蹲在底层货架的袋子边，伊格尔用他锋利的拇指指甲一划，就撕开了一个。他舔了舔指尖，蘸了点粉末尝了尝。

“呸……面粉。”

他移了几步，又干了一回。

“更糟……是糖。”

“店员会杀了你。”鲁契克说。

“打扰一下，”我插嘴说，“我识字的。你在找什么？”

鲁契克看着我，仿佛这是他听过的最荒谬的问题。“盐，伙计，盐。”

我指着底层货架，发现即使不懂语言，也可以凭借画面来识别：一个衣着老式的姑娘站在伞下，后面撒着一路盐。“天雨盐撒。”我说，但他们好像不明白我的意思。我们尽量地把帆布背包装满，从前门离开商店，说到这顿瑞典式自助餐[①]，我们可是把东西干掉了不少。我们的重荷使得回家的旅程更为漫长辛苦，直到天亮才到营寨。我后来发现，这些盐是用来保存鱼肉，以备缺货的时节使用，但在当时，我只觉我们搜遍了整个海洋寻宝，却带着一箱沙子回港。

斯帕克拿到新套衫时，瞪大双眼，又惊又喜。她脱掉穿了数月的破烂运动衫，把套衫举到头顶，两条胳膊像鳗鱼一般滑了进去。她一丝不挂的肌肤昙花一现，我心头一跳，调转视线。她坐在毯子上，两条腿蜷在臀下，让我也坐在她身边。

“哦，伟大的猎人，把你拜访旧世界的经历告诉我。说说你的遭遇和英勇行为。给我讲个故事吧。”

“没什么好多说的。我们去商店弄盐。我看到了学校和教堂，我们

---

① 瑞典式自助餐以其丰盛闻名。

还喝了一瓶牛奶。”我从口袋里拿出一只软软的、过熟的梨子，“我还把这个带回来了。”

她把梨放在地上，“再告诉我一些。你还看到了什么？那个世界给你什么感觉？”

“就像我同时记住又忘记了那样。我走到灯光下时就有了影子，有时候是好多个影子，但一走到圆圈外面，影子就消失了。”

“你以前见过影子。灯光越明亮，影子就越明显。”

“那是一种奇怪的光线，而且那个世界里充满了笔直的线条和边角。他们围墙的角落看起来和刀子一般锋利。那不真实，有点吓人。”

“那只是你想象的蒙蔽。把你的印象写到你的书里吧。”斯帕克抚摸着套衫的褶边，“说到书，你看到图书馆了吗？”

“图书馆？”

“他们放书的地方，安尼戴。你没有看见图书馆？”

“我已经全忘了。”但我们说着说着，我就能想起一摞摞陈旧的书，发出“嘘嘘”声的图书管理员，俯着身子阅读的安静的男人和专心的女人。我母亲带我去过那里。我母亲。“斯帕克，我曾经去过那里。他们让我把书带回家，看完再带回去。我有一张纸卡，把我的名字写在书背后的小纸片上。”

“你记得。”

“但我不记得我写了什么。我没写‘安尼戴’。”

她拿起梨子，查看软下去的地方，“给我拿把刀来，安尼戴，我把它切成两半。如果你是好样的，我就带你去图书馆看那些书。”

我们没有像以往那样半夜出发，而是在一个秋高气爽的十月中午走出营寨，没有和他们道别。鲁契克、斯帕克和我走那条去镇上的老路，但我们优哉游哉的，像逛公园，只想在黄昏后到达街道就行。一条宽阔的高速公路将树林隔断，我们得等一段较长的无车时间。我借机巡视一辆辆的汽车，看那个红衣女子会不会开车经过，但我们的视点距离公路太远，没法看清司机。

镇外的加油站上，两个男孩骑着自行车围着汽油泵转圈，绕着懒洋洋的弧线，在余晖下享受最后的乐趣。他们的母亲叫他们吃晚饭，我还没有看清她的脸，她就在关起的门后消失了。鲁契克打头，我们排成一列穿过公路。正走到柏油马路中间，他顿住脚朝西面竖起耳朵。我什么都没听到，但骨子里却感觉到危险正如夏季的暴风雨飞速接近。我们迟疑了一刻，就丢了先机。狗从黑暗中跳出来，差点就要扑到我们身上了，斯帕克抓住我的手叫道："跑！"

两条狗分别追赶我们，龇着牙，吠声和咆哮声响成一片。较大的那条是肌肉发达的牧羊犬，它追着鲁契克，鲁契克朝镇子方向飞奔。斯帕克和我跑回树林，一头猎犬汪汪叫着追我们。我们跑到树丛中，她一把将我拉了上去，我离地有两米时才意识到自己在爬一棵小无花果树。斯帕克回身对着狗，狗朝她扑去，但她一个侧步，抓住它后颈，把它丢进了灌木丛。那条狗在半空中大叫，落地时砸断了树枝，极其痛苦而困惑地挣扎站起。它回头看了看这个女孩，尾巴夹在腿间溜走了。

德国牧羊犬从公路的另一个方向奔来，在鲁契克身边亦步亦趋，好似一只养了很长时间的宠物。他们在我们面前齐步停下，那条狗摇着尾巴，舔起鲁契克的手指。"你还记得上一位换生灵吗，斯帕克？那个德国男孩。"

"你不应该提到……"

"血淋淋的狗牙他能派得上用处。我逃命的时候突然想到，我们那个伙计曾经唱过一首古老的催眠曲。"

"晚安？[①]"

---

① 原文为德文。

他唱道："晚安，晚安，玫瑰带给你。[①]"那条狗低鸣起来。鲁契克在它头顶打了一下，"音乐能使野兽安静下来。"

"是心灵，"她说，"那句话是这样的：'音乐有抚慰粗野心灵的魅力。'[②]"

"别告诉他，"鲁契克突然喊道，"再见，宝贝。[③]回家去吧。"狗跑开了。

"这太可怕了。"我说。

鲁契克装出一副毫不在意的样子，卷起一支烟，"还有更可怕的。人类更可怕。"

"假如我们碰到人，就装哑巴，"斯帕克教导说，"他们会把我们当成一帮孩子，叫我们回家。我说话时你就点头，但什么都别说。"我环顾空荡荡的马路，有点盼望能遇见一个人，但似乎所有的人都在家里，吃晚饭，给孩子洗澡，准备睡觉了。在许多家中，有种怪异的蓝色光芒从里面透出来。

图书馆庄严地坐落在一个绿树成荫的街区中间。斯帕克的动作就像是她以前多次走过这条路，上锁的门轻而易举地被攻下了。鲁契克带我们绕到后面的楼梯，指着主墙体上水泥裂开形成的一道缝。

"我觉得我没法钻进去。我的头太大了，身体也没那么瘦。"

"鲁契克是只老鼠，"斯帕克说，"看着他，跟他学。"

他告诉我让骨骼变软的秘密。窍门是要像老鼠或蝙蝠那样思考，只是想着自己能变得多软。"第一次会痛的，伙计，好事情开头都这样，但除此之外别无他法。这是信念的问题，还有练习。"

他从缝隙中消失了，斯帕克跟着他进去，长长地呼了口气。从那个

---

①③ 原文为德文。

② 这句话是十八世纪英国剧作家威廉姆·康格里夫的名言。英语中"野兽"（beast）和"心灵"（breast）字形、读音接近，故鲁契克有所混淆。

狭小的地方挤进去让我痛得无言以表，额角上的擦伤过了几周才痊愈。把自己变软后，我得记着让自己的肌肉绷紧一段时间，否则胳膊或腿就有变形的危险。但鲁契克毫发无损，他练出来的，这样挤压已经习以为常了。

图书馆下面爬行的通道黑黢黢的，有种不祥之感，斯帕克擦亮一根火柴，火焰燃烧起希望。她把火苗碰了碰烛芯，蜡烛又点亮了防风灯，闻起来有股霉味和煤油味。每点亮一次，房间的进深和样子就更为清晰。建筑物的后室建筑在一个缓坡上，因此地面从我们的入口往上倾斜，入口可以相当舒服地站着，但在对面墙下，要休息只能坐着。我没法告诉你，我在对墙的天花板上撞了多少次脑袋。这个房间是偶然造起来的，是在老图书馆大楼下增加设备时形成的一个空间。因为不是造在同一个地基上，这个房间夏季比外边热，而冬季寒冷砭骨。在灯光下，我看到有人已经添设了一些温馨的东西——一个垫子做成的吊床，几个饮料容器，西北角上，还有一个用废弃的毯子做成的安乐椅似的东西。鲁契克开始拨弄他的烟囊，斯帕克说如果他定要吸烟，就得出去。他喃喃抱怨着从缝隙中溜出去了。

“安尼戴，你觉得怎么样？有点土气，但还是……文明。”

“这太棒了。”

“你还没有看到最好的地方。那是我带你来的全部理由。”斯帕克示意我跟上，我们快速从斜坡走到后墙。她探手上去转动一个旋钮，天花板上掉下一块板。她顷刻间就从洞口翻了上去，离开了。我跪在原地，等她回来，抬眼看着空荡荡的地方。突然间，她的脸出现在方框里。

“你来吗？”她低声说。

我跟她进了图书馆。下面房间暗淡的光线在室内消散了，但我仍然能够看清楚，我的心朝这个景象飞扑而去——一排接着一排，一个书架叠着一个书架，从地板到天花板，整整一个书城。斯帕克转过身问我：“现在，我们应该先读什么呢？”

11

结局来得正是时候。我不仅学会了马丁先生所教的一切，还学厌了——练习、节目、规矩、让人生烦的八十八个琴键。十六岁后，我开始找借口旷课，而且还不能伤母亲的心。事实就是这样，我是个很棒的，甚至可以说是杰出的钢琴师，但我并不伟大。是的，至今我是我们这个偏僻的村庄中最好的，毫无疑问在本州的这个角落里也是最好的，或许在周围几个地区也首屈一指，但是放眼更广阔的天地，就不是了。我缺少世界一流的钢琴家所具备的激情和内心燃烧的火焰。想到未来，选择令人恐惧。难道要像马丁先生一样，在完成二流事业之后以教习学生度日？我宁可到妓院里弹琴。

一天早晨用餐时，我打开了这个话题："妈，我想我没法再提高了。"

"提高什么？"她边打鸡蛋边问。

"弹琴，音乐。我想我只能到此为止。"

她把鸡蛋糊倒进平底锅。一碰到黄油和烧热的铁锅，蛋糊就爆溅起来，嗞嗞作响，她一言不发地搅拌着。她递给我一碟炒蛋和吐司，我沉默地吃起来。她坐在对面用餐，和我隔开一张桌子，手里拿着咖啡杯。"亨利，"她柔声说，唤起我的注意，"你还记不记得你小时候，有一天离家出走？"

我不记得，但我在咀嚼之间点了点头，以示记得。

"那天天气很好，也很热，热得要命。我想洗个澡凉快些。我最受不了天热了。我叫你看着玛丽和伊丽莎白，你却跑到树林子里不见了。你还记得吗？”

我不可能记得，但我还是点头，咽下最后一口橙汁。

“我把女孩们抱上床再回来时，你已经没了踪影。”她说着往事，眼眶渐渐湿了。“我们到山上去找你，但找不到。天快黑了，我打电话叫你父亲回来，我们又打给警察局和消防队，一起找你找了几个小时，在夜里叫着你的名字。”她的目光从我身上掠过，仿佛要从心灵上把往事消去。

“还有鸡蛋吗，妈？”

她用勺子朝炉子挥了一下，我自己过去拿了。“天暗下来的时候，我很为你害怕。谁知道树林里有什么东西呢？我曾经在多尼戈尔[①]认识过一个女人，她的孩子就是被偷走的。那是一个晴朗的夏日，她出去采草莓，孩子留在毯子上睡觉。回来时，孩子没了，再也没有找到过。真可怜，一点踪迹都没有，只有草地上的一块压痕。”

我在蛋上撒了胡椒粉，又开动了。

“我想你是迷路了，想要妈妈，但我到不了你身边，我恳求上帝让你回家。他们总算找到了你，这就像你得了第二条命。一旦放弃，就等于扔掉了你的第二条命，那是你的上帝给的。那是上天的赐福，你应该发挥你的天赋。”

“上学要迟到了。”我用剩下的面包把碟子擦干净，吻了下她的额头，就出去了。在走下前阶时，我后悔没能表现得更强硬些。我大部分的生活都被优柔寡断所左右，我感谢命运替我做出仲裁，把我从抉择和为行为负责中解脱出来。

那年冬季独奏会时，仅是看到钢琴，听到琴声，就够我反胃了。我

---

① 爱尔兰最北部的郡。

不能把马丁先生彻底撇开，让我父母伤心，所以只好假装一切正常。我们早早到达音乐厅，我把父母留在门口找座位，自己到后台溜达。舞台周围乱七八糟的东西还是没变。音乐厅两翼到处都是学生，他们的手指在平面物上练习，为登场做心理准备。马丁先生在众人之间踱步，点数人头，安慰那些怯场的、不耐烦的、不乐意的学生。“你是我的得意门生，”他说，“我教过的最好的学生。这群人中唯有你是真正的钢琴家。让他们哭吧，亨利。”说着，他将一朵康乃馨别在我的翻领上。他把帷幕卷起、拉开，让脚灯照亮舞台，以便举行集会。我的出场是压台戏，因此有的是时间躲在后台，抽起一支从父亲烟盒里顺手牵来的骆驼香烟。冬夜已经降临，空气清爽而寒冽。一只老鼠被我站在过道里的身影吓着，停下来瞪着我。我露出牙齿，发出“嘶嘶”声，朝它怒目而视，但吓不倒它。曾几何时，这种动物还是怕我的。

在那个寒夜里，我觉得自己完全是个人类，因为想到温暖的音乐厅而精神振奋。如果这将是我的告别演出，我决意要给他们一些能记住我的东西。我仿佛用鞭子抽打着琴键，时而雷霆万钧，时而行云流水，所有泛音的力道都恰到好处。琴弦还没有停止鸣唱，许多观众就从座位上站起来抢先鼓掌。他们心醉神迷，朝我大声欢呼，热烈的欢呼声使我几乎忘怀自己对这整件事有多么痛恨。马丁先生在后台第一个迎接我，眼中含着喜悦的泪花，高嚷“绝妙啊”。接着来了其他学生，一半毫不掩饰他们的敌意，另一半嫉妒不已，勉强拿出高风亮节向我致意，认为我的演出让他们相形见绌。然后是父母、妹妹、朋友、邻居、各方音乐爱好者。他们围着演奏者，我身边聚集的人最多，直到大多数祝福者退去，我才看见那个红衣女子。

我母亲用湿手帕擦拭我脸颊上的口红，这时这个女子进入我的视野。她的出现毫无异状，给人良好印象。她大约四十岁，深褐色的头发下是一张聪明面孔，但我不明白她那双浅绿色的眸子为何那般注视着我。她凝视、审查、研究、思索，像是在挖掘一个深藏的秘密。我根本不认识她。

“打扰了，”她说，“请问你是安德鲁·戴吗？”

“是亨利·戴。”我纠正她。

“对，是亨利。你的演奏太棒了。”

“谢谢。”我朝父母转过身，他们表示要走了。

也许看到了我的侧面，也许是我转身这个简单动作让她联想到了什么，她倒抽口气，猛地捂住嘴。“你是他，”她说，“你是那个小男孩。”

我向她侧目微笑。

“你是那天晚上我在树林里看见的人。在路上？和那头鹿在一块？”她开始拔高音调。“不记得了吗？我看见你和其他男孩子在路上。肯定是八九年前的事了。你们都长大了，一切都变了，但你是那个男孩没错。我为你担心过。”

“夫人，我不知道您在说些什么。”我转身要走，但她抓住我胳膊。

“那是你。我撞上那头鹿时，头在仪表盘上磕伤了，起先我以为自己在做梦，你从林子里出来……”

我发出一声叫喊，整个房间为之一静。这一声野性十足的叫喊惊骇了每个人，包括我自己。我没想到我还保留着这种发出非人声音的能力。我母亲插手了。

“放开我儿子，”她对她说，“你弄疼他胳膊了。”

“看，夫人，”我说，“我不认识你。”

我父亲走到我们三个中间。“这是怎么回事？”

女子的眼中怒火闪动。“我见过你家孩子。一天晚上我从乡下开车回家，那头鹿跳到路上，正好冲到我车前。我扭转方向盘想避开它，但我车子的缓冲器擦到了它。我不知道该怎么办，只好下车看看能做什么。”

她把注意力从我父亲那里移开，开始对我说话。“这孩子从树林里出来，大约七八岁的样子。你的儿子。他比那鹿还让我吃惊得厉害。他不知从哪里冒出来，直接走到鹿跟前，好像这是世上最正常不过的事。接着他俯身到它的嘴巴上或者鼻子上或者那随便你怎么叫的地方。简直无法置信，他把手笼在它鼻口上，吹了几口气。就像施法。那鹿身体滚了一下，弯腿就站起来了，跑开了。这是我经历过的最不可思议的事。”

这时我意识到她遇见的是换生灵，但我知道自己从未见过她。有些换生灵乐意给野生动物灵气，但我从不做这等傻事。

“我在车灯下把那孩子看得很清楚，”她说，“虽然没怎么看清他林子里的伙伴。那是你。你到底是谁？”

“我不认识她。”

我母亲听呆了，辩解说：“那不可能是亨利。听着，他七岁时从家里跑丢过一次，但后来这些年我再也没有让他离开我的视线。他晚上从不独自出去。”

女子的口气软了下来，目光搜寻着信心的迹象。“他看着我，我问他叫什么名字，他跑走了。从那晚起，我想……”

我父亲用他罕见的温和语调插话说：“很抱歉，但您一定搞错了。每个人在这世上都有另一个与他长得一模一样的人。可能您看到的那个和我儿子长得有点像。很抱歉造成您的困扰。”她直勾勾地盯着他的眼睛，从中找寻确定的成分，但他提供的只有处变不惊的安慰。他从她胳膊上取过红外套，为她展开。她穿上衣服，一言不发地离开房间，不再回头，步伐中还残留着愤怒和焦虑。

“你见过这种人？”我母亲问道，“真会讲故事。想想看她居然有这胆量来讲。”

我用眼角余光看到父亲正看着我，这种感觉让我不安。“我们能走了吗？我们能离开这儿吗？”

我们坐进汽车，驶出城外，我宣布了我的决定：“我再也不会去那里了。不再参加独奏会，不再上课，不会再有陌生人到我面前胡说八道。我放弃了。”

有一阵子，我以为父亲会把车开到路边停下。他点了支烟，让我母亲接过话头。

“亨利，你知道我对放弃是什么感受……”

“你没有听见那位女士说什么吗？”玛丽插话说，“她以为你生活在林子里。”

“你连站到一棵树边上都不喜欢的。”伊丽莎白笑道。

“妈，这不关你的感受，是我的感受。”

父亲盯着马路中间的白线。

“你是个敏感的孩子，”母亲继续说，“但你不能让一个讲故事的女人毁了你的生活。你总不会打算告诉我，你要为了一个童话故事而放弃八年的修业。”

“不是因为这个穿红衣服的女人。我已经受够了。只能到此为止了。”

“比尔，你为什么不说话？”

“爸，我厌倦了。厌倦了练习、练习、练习。厌倦了浪费我的星期六。我想我该对自己的生活有所主张。”

他长长地吸了口气，在方向盘上敲着手指。戴家的其他人明白这个信号。回家路上，大家都默不作声。当晚我听到他们在讨论，情绪化的争吵起起落落，声音很响，但我已经丧失远距离窃听的能力。偶尔听到一两句“该死的”或“天杀的”从他嘴里宣泄出来，她可能哭了——我想她是哭了——但也就这样。快午夜时，他冲出屋子，留下一地狼藉驾车呼啸而去。我下楼去看母亲是否已经从痛苦中恢复过来，却发现她平静地坐在厨房里，面前桌上放着一只打开的鞋盒。

“亨利，晚了。”她用绸带把一沓信扎好，放进盒子，“你父亲在北非时，曾经每周写一封信回来。”我很清楚这件事，但她再次旧事重提。怀孕，丈夫在海外打仗，当时两人都十九岁，她和父母住在一起。亨利出生时，她还是独自一人，而我如今几乎已经到了她受苦的年龄。但如果当我是个换生灵来算，我的年纪足够做她祖父。不曾停留的年龄蹑手蹑脚地进入她的心房。

“年轻时你觉得生活容易，什么都过得去，因为你的心智坚强。长大后，你是在星星上，一跌下来，就跌到井底。虽然我已经老了……”

根据我的计算，她现年三十五岁。

“这不等于我忘了年轻是种什么感觉。当然，你的生活要你自己选。我非常希望你能成为钢琴家，亨利，但你能做你想做的事。如果你对此没兴趣，我也理解。”

“妈，想来杯茶吗？”

“好的。”

两周后，圣诞节前的下午，奥斯卡·拉甫和我开车进城，庆祝我新近赢得的独立。自从和莎莉那事过后，我对自己的性能力产生了一些疑问，所以对这趟行程我不是没有过担心。我还在树林里生活时，这群怪物中只有一位能玩这个把戏。他被捉来时为时已晚，童年快过了，即将进入青春期，他给可怜的女性们带来的只有烦恼。我们其他人在身体发育上还不足以干这事。

但那晚，我准备体验性。奥斯卡和我灌下一瓶廉价酒，借酒壮胆，黄昏时去了窑子，姑娘们三句话不离本行。我想说的是，失去童贞的过程既新奇又过瘾，但其实基本上是在黑暗中马虎过去的，而且比我想象的快得多。她皮肤白皙，盛年已过，头顶上银灰色的头发显得风情万种，又诡计多端。她的几条干事规矩之一，就是不能接吻。当我表现出迟疑，不知该从何下手又如何下手时，她一把抓住我那里，插进那个位置。过了一小会儿，剩下的事就是穿衣、付账、祝她圣诞快乐。

当清晨携着缀满礼物的圣诞树来临，穿着睡衣睡袍的家人懒洋洋地出现，我觉得自己正走向全新的生活。妈妈和双胞胎对任何变化都毫无所察，她们做着快乐的事，对彼此送上真诚的爱意和关怀。父亲正相反，他或许已经怀疑我前一晚的放荡。凌晨两点左右我回家时，起居室里充满骆驼香烟的味道，好像他一直在等我，直到奥斯卡的车子开进车道才进去睡觉。那个昏昏欲睡的节日里，父亲在家走动的架势，就像一头公熊在它的领地里闻到另一头雄性的气味。他什么都没说，只是直愣愣地盯着我看，态度粗鲁，还有一两回怒叱。此后我们的相处一直都不融洽。还有一年半，我就高中毕业，离家去上大学了，所以我们彼此躲着对方，偶然碰面也几乎不说话。有一半时间，他将我当陌生人看待。

我记得有两次他走出自己的内心世界，这两次都让我不安。冬季独奏会上那件事发生之后，过了几个月，他又提起那个红衣女人和她的奇怪故事。当时我们正在拆毁母亲的鸡舍，因为已经卖掉了母鸡、鸡蛋和小鸡，大赚了一笔。他问那个问题时，到处是铁锹、发出刺耳声的钉子、拆下来的废料。

“嗯，你还记得那个女人和她讲的男孩和鹿的事吗？”他又从框架上剥下一块木板，“你是怎么想的？你觉得真有其事？”

“对我来说没法相信，不过我想可能会有这种事吧。她看起来对自己坚信不疑。”

他正在和一颗生锈的钉子较劲，嘴里发出用力的哼哼声。“就是说也可能是真的？那你怎么解释她认为那个人是你？”

“我没说那是真的。她看起来相信那回事，但这不大可能，不是吗？而且不管怎么说，就算她碰到过这种事，她也认错了人。我不在那里。”

“说不定那人和你很像？”他全力以赴拔那颗钉子，仅存的墙壁“哗啦”倒下，只剩下光秃秃的框架暴露在外。

“有这可能。”我说，“我使她想起曾经见到过的人。你不是告诉过她，每个人在这世上都有另一个和他一模一样的人？或许她见到了我的魔鬼兄弟？”

他打量了一下框架，“用力踢几脚就能倒了。”他放倒框架，装到卡车上开走了。

第二次发生在一年后。天蒙蒙亮，他的声音吵醒了我，我跟着声音走出卧室，穿过漆黑的门廊。羽毛般轻柔的晨雾笼在草地上，他背对着我，站在濡湿的草地中央，面朝一排冷杉呼唤着我的名字。在他前面三米的地方，有一溜深色的足迹通向树林。他木然站在原地，好像惊动了一头野兽，令它在惊惶失措中逃走了。但我没看到任何动物。我走近时，几下焦躁的呼唤“亨利”的声音逐渐低弱，回荡在空中。接着，他跪倒下来，头弯到地上，静静地哭泣。我轻轻走回屋里，当他进来时，我假装在读体育版。父亲盯着我耸起在报纸后面的身影，我修长的手指环着一杯咖啡。他睡袍的腰带湿透了，像铁链一样拖过地板。他身上湿漉漉的，头发蓬乱，胡子没刮，看起来老很多，但或许却是我一直没留意他在变老。他的双手像中风一样颤抖，从口袋里掏出一支骆驼香烟来。烟受了潮，他试了几次还是点不燃，就把整包香烟捏扁了扔进垃圾桶。我把一杯咖啡放到他面前，他瞪着白汽，好似我递给他的是毒药。

“爸，你没事吧？你看上去很糟糕。”

“你。”他的手指像把枪似的指着我，但他再没说什么。整个上午，这个字悬在半空中，我想此后我再也没有听见他叫我“亨利”。

12

我们去教堂偷蜡烛。即使在深夜，这幢石板镶玻璃的建筑仍然在大街上如此醒目。教堂外面围了铁栅，整体布局呈十字架形，无论从哪个方位走过去，都不会看不到这些标志。十二级的台阶顶端是深褐色的大门，脏污的玻璃窗上的圣经主题镶嵌画反射着月光。屋顶附近，低墙后，躲藏着天使。当我们逼近时，整座大厦像艘船一样地浮现出来，仿佛要将我们一网打尽。斯茂拉赫、斯帕克和我从教堂东首的墓园潜入，溜进牧师没有锁上的侧门。成排的靠背长凳和拱顶形成的空间在黑暗中压在我们身上，空寂也有其重量和实感。不过，我们的视觉一旦适应过来，教堂就显得不那么让人喘不过气了。具有威胁意味的形状消失了，高墙和穹顶仿佛伸手拥抱我们。我们分头行动，斯茂拉赫和斯帕克去右侧的圣器收藏室寻找大蜡烛，我则去另一头祭坛的壁龛里找小一些的香烛。沿着祭坛栏杆走时，好像有什么动作敏捷的东西跟着我，恐惧从我心底油然而生。在一座精致的铁架上，几十支蜡烛像成排的战士一样站在玻璃杯中。我用指甲轻轻敲击投币罐的金属皮，里面的便士就发出声响，划过的火柴散落在空地上。我就着粗糙的石板划亮一根新火柴，一小团火焰燃起来了，好似一只护指套。我立刻后悔点了这火，因为我一抬头就看到一张女人的脸俯视着我。我摇灭亮光，缩到栏杆下面，希望不会被看到。

惊慌和恐惧来得快，去得也快，现在我吃惊的是，在短短的瞬间，心中竟能闪过如此众多的念头。当我看到她的眼睛俯视我时，我想起那个红衣女子，想起我的同学，想起镇上的人、教堂里的人、圣诞节、复活节、万圣节、绑架、溺水、祈祷者、圣母玛利亚，还有我的妹妹们、父亲、母亲。我差点就解开我的身份之谜了。然而，我一开口说“宽恕我”，他们就消失了，而我真实的故事也随之消失。雕像的双眼仿佛在火柴的光芒中闪烁。我望向圣母玛利亚高深莫测的脸庞，她出自一位无名雕塑家之手，是无数崇拜、奉献、想象、祈愿的对象。我把蜡烛装满口袋，感到一阵罪恶感。

在我身后，中央入口处巨大的木门嘎吱嘎吱地开了，进来的是一位忏悔者或是牧师。我们从边门绕出，从墓碑间逃走。虽然墓地里埋着尸体，但其实还没有教堂的一半可怕。我在一块墓碑前停下脚步，手指抚摸着凹下去的文字，突然有种冲动想要点亮火柴查看墓主姓名。但其他人已经翻过铁栅了，我也只好快步赶上，追着他们一路穿过镇子，直到大家都安全地来到图书馆下面。每次遇险都让我们心有余悸，我们坐在毯子上，像群小孩一样咯咯傻笑。我们点起足够的蜡烛，把避难所照得亮堂堂的。斯茂拉赫爬到一个阴暗的角落里，像头狐狸一样蜷起身子，鼻子埋在披着斗篷的胳膊下面。斯帕克和我来到亮处，拿起上次看过的书，并肩而坐，时间在书页翻动声中流逝。

自从她把我带去图书馆，我就爱上这个秘密地方了。起初，我寻找那些童年时代读过的书，那些古老的故事——《格林童话》和《鹅妈妈的故事》，还有绘图本《爱尔兰人麦克》[①]、《给小鸭子让路》、《霍默·普莱斯》[②]——为我模糊的身份提供了另一条线索。但与其说这些故事帮我重回过去，不如说它们让我更加远离过去。看着这些图画，大声朗读文字，我就会希望再度听到母亲的声音，但她走了。我去了几次图书馆后，就把这些童书都放到书架上，再也不看了。反之，我开始走上一条

① 美国作家弗吉尼亚·布顿（1909—1968）的童书。

② 这两本是美国作家罗伯特·麦克克洛茨基（1914—2003）的童书。

斯帕克探索出来的旅程，她来选择，或者说是替我选择了那些装载了我青春兴趣的故事，像《野性的呼唤》、《白芳》[①]，冒险故事和勇敢者的故事。她帮我理解那些我看不懂的字，还替我分析人物和象征意义，以及那些我想象不到的、过分离奇和艰深的情节。她进出书架和无数小说之间的自信鼓舞了我，使我相信自己也有能力去阅读和想象。若不是她，我就会和斯茂拉赫一样，去杂货店偷几本《飞速马车》和《强鼠历险记》这样的漫画书，或者更糟，压根就不读书了。

我们的窝里温暖舒适，她的腿上搁着一卷厚厚的莎士比亚，字体非常小，我的《最后的莫希干人》[②]正读到一半。烛光摇曳，四周寂静，我们只有突然想要分享彼此的喜悦时，才会打扰对方的阅读。

"斯帕克，听这段：'这些林子里的孩子站在一起，对崩溃的大厦指指点点，用他们部落听不懂的话交谈。'"

"听上去像是说我们。这些人是谁？"

我抬起书，让她看封面，镀金的书名印在绿布上。我们回到各自的故事，过了一个小时左右，她再次开口。

"听这段，安尼戴。我读的是《哈姆雷特》，来了这两个家伙。罗森格兰兹和吉尔登斯吞。哈姆雷特和他们打招呼：'好伙计，你们可好？'罗森格兰兹说：'和芸芸众生一个样。'吉尔登斯吞说：'只要不开心过头便是福；我们可不是命运女神帽子上的金纽扣。'"

"他是说他们不走运？"

她大笑，"不是的，不是的。是说不要一再追求好运。"

她的话我一点没懂，但我和她一起大笑，然后去找我上次看到的鹰眼和恩卡斯[③]在哪里。曙光初照，我们收拾东西离去，我告诉她我有多

---

① 这两本是美国作家杰克·伦敦（1876—1916）的小说。

② 美国作家詹姆斯·库柏（1789—1851）的代表作。

③ 这两人是《最后的莫希干人》中的人物。

么喜欢她读给我听的关于命运的那段。

“把它写下来，朋友。如果你在阅读中看到一段想要记住的，就把它记在你的小书里，这样你就能再次读到它，记在心上，随时都能想起来。”

我从书架上拿出我的铅笔和一张卡片，这是我从目录卡片里偷来的。“他们怎么说？”

“罗森格兰兹和吉尔登斯吞说：和芸芸众生一个样。”

“最后的莫希干人。”

“就是我们。”她嫣然一笑，去角落里唤醒我们蒙头大睡的朋友斯茂拉赫。

我们会偷上几本书带回家。寒冷的冬季早晨，躺在床上晒着微弱的阳光，摸出一本薄薄的书，悠闲地读起来，别提有多自在。一本书封面下的内容能是一种罪恶。很多时间，我就在这种幻想中度过，而且一旦学会了如何阅读，我就没法想象我的生活会是别种模样。我身边的芸芸众生并不像我一般热衷于文字。有些人或许会坐下来读一个精彩的故事，但只要一本书里没有图片，他们就兴趣寥寥了。

突击队去镇上，常会带回来一些杂志——《时代》、《生活》或《观察》——我们就会挤在一株老橡树的树阴下看图片。我记得在夏天，一堆膝盖和脚，胳膊肘和肩膀，见缝插针地争夺看图的时机，他们赤裸的皮肤湿漉漉的，和我擦来擦去。我们粘在一起，就像光滑的纸页在潮气里起凸、起皱。新闻和庆典对他们没有吸引力。无论是卡斯特罗、赫鲁晓夫，还是梦露、曼透①，无非只是过时的爱好、有趣的面孔。他们非常喜欢看孩子的照片，特别是奇特、幽默的场景，还有自然界的照片，

① 美国职业棒球明星。

尤其是动物园、马戏团里或远方野外的异域动物。大象背上的男孩能引起轰动，不过和幼象在一起的男孩就能被一连说上几天。最受喜爱的是父母和孩子在一起的照片。

“安尼戴，”奥尼恩斯恳求说，“跟我们讲讲这个爸爸和孩子的故事。”

有着一双明目的女婴从摇篮边上偷偷地看着她快乐地微笑的父亲。我把标题读给他们听：“《襁褓中的快乐：在乔治敦的家中，议员肯尼迪爱怜他刚出生的女儿卡罗琳》。”

我正要翻页，布鲁玛一把按住照片，“等等。我还要再看看这孩子。”

卡维素芮也插话：“我要看这男人。”

他们对另一个世界无比好奇，尤其是这些照片展示的远方，在那个地方，人们成长、恋爱、生育、衰老，周而复始，不像我们拥有无情的永恒。他们不断变化的生活让我们着迷。我们虽然有很多家务杂事，但队伍里总是弥漫着一股百无聊赖的气息。长远来看，我们除了任由时间走过，也没有别的事情好做。

齐维和布鲁玛能花一天的时间来编织彼此的头发，把辫子解开，再从头编起。或者把玩她们偷来的或用棍子和布片做成的玩具娃娃。特别是齐维，她成了一个小妈妈，胸口抱着个破娃娃，把玩具孩子藏在一只用丢弃的野餐篮改成的摇篮里。还有一个娃娃是用另外四个娃娃丢失或断掉的四肢拼凑起来的。一个潮湿的早晨，齐维和布鲁玛在小溪边给她们的娃娃洗澡，我也去岸边和她们一起洗，帮忙清洗尼龙头发，头发柔顺地贴在娃娃的塑料头皮上。

“你们为什么这么喜欢玩你们的娃娃？”

齐维继续干活，没有抬头，但我感觉到她在哭。

“我们在练习，”布鲁玛说，“准备将来轮到我们去换生。我们在练习今后怎么当母亲。”

“齐维，你为什么难过？”

她看了看我，眼中亮晶晶的东西流了下来，“因为等的时间太长了。”

确实如此。我们都在变老，但身体不会变化。我们不会长大。那几个在树林里待了几十年的受苦最多。最淘气的就制造事端，解决想象出来的问题，或者从事看来毫无意义的事业，以此来和无聊抗衡。伊格尔为了保护我们，在过去十年里一直在挖掘一个精密的隧道和地下防护系统。排名第二的贝卡则一直四处晃悠，只要发现没有防备的女性，就抓来拖进灌木丛。

几乎每年春天，劳格诺和赞扎拉都会种植葡萄，希望能用自酿葡萄酒来替换我们的发酵品。当然了，土地怎么施肥也无济于事，白天缺乏足够的光照，还有蛀虫、蜘蛛、昆虫的侵犯，而我的朋友们也不走运。一两株葡萄苗也会发芽，在劳格诺搭好的格子架上盘绕蜿蜒，但这些年从未长出过葡萄。到了九月，他们诅咒着霉运，拔掉剩余的葡萄藤，但等到三月来嘲笑这个梦想时，他们又会从头开始。当我第七次看到他们开垦坚硬的土地，我就问赞扎拉他们为什么要屡败屡战。他停下翻土，倚在豁了口的老铁锹上。

“我们还是人类的小孩时，每天晚餐都有一杯葡萄酒喝。我想再品尝品尝。”

“但你们当然可以去镇上偷一两瓶来。”

“我爸爸是种葡萄的，他的爸爸也种，还有他的爸爸的爸爸的爸爸。”他用泥巴手抹了把额头，“总有一天，我们会种出葡萄的。这地方你就要学会耐心。”

我大部分时间都与鲁契克还有斯茂拉赫在一起，他们教我怎么伐倒一棵树而不被它压到，教我陷阱的几何学和物理学原理，教我徒步追兔子时如何从正确的角度来抓住它。但我最喜欢和斯帕克一起度过的日子。其中最开心的是我的生日。

我仍然记录日历，并选择四月二十三日——莎士比亚的生日——作为我的生日。我在树林里的第十个春天来临了，那个日子是星期六，斯帕克邀请我去图书馆，晚上一起安静地阅读。我们到的时候，房间被装修过了。数十支小蜡烛点满屋子，琥珀色的光芒好比满天繁星下的篝火。门口的裂缝旁边，她早已用粉笔在自制的卷轴上写了生日贺词。那些蜘蛛网、脏地毯、旧垫子之类的破烂都被清理一空，把地方弄得既干净又舒适。她摆开面包和干酪的小小盛宴——这些东西都放在老鼠够不到的地方——不一会儿，水壶快乐地沸腾了，我们的杯子里是真正的茶。

“真是无法置信，斯帕克。”

“感谢上帝，我们把今天定为你的生日，否则我就什么都干不成了。”

后来那天晚上，我从书中抬起头来，望向身边看书的她。光影在她脸上闪动，她很有规律地每隔一段时间就把挡在眼前的一缕头发拂开。她的在场让我分神，我的书没有翻过几页，好些句子得读上几次。深夜，我在她怀抱中醒来。平时我醒来若发现有人趴在我身上，必会把他一脚踢开或搡开，但我依偎着她，盼望这一刻能长久。大多数短蜡烛已经燃尽，我悲哀地发现我们的时间快到头了。

“斯帕克，醒醒。”

她在睡梦中喃喃出声，把我拉得更紧。我撬开她的胳膊滚开去。

“我们得走了。你不觉得皮肤上的空气在变化吗？天快亮了。”

“回来睡觉。”

我收拾起我的东西，“我们再不走，就走不成了。”

她用胳膊肘把自己支起来，“我们能待在这儿。今天是星期天，图书馆关门。我们可以一整天待着读书。没人会在这里。我们可以等天黑了再回去。”

有那么一瞬间，我考虑了她的想法，但一想到白天待在镇上，有可能被来来往往的人发现，我就不寒而栗。

“太冒险了，”我低声说，“万一有人过来呢？警察。看守人。”

她又倒在了毯子上，“相信我。”

“你不来吗？”我在门口问。

“去吧。有时候你真是个孩子。”

从出口挤出去时，我想我是不是做错了。我不喜欢和斯帕克争执，也不喜欢把她独自留下，但她曾经很多时候一个人离群独处。我的念头在两个选择之间蹦来跳去，也许我对斯帕克的挂虑影响了我的方向感，我发现丢下她后，自己很快就迷路了。每转一次弯，就会出现陌生的街道和陌生的房屋，而且我急着逃走，越来越觉得没有头绪，希望渺茫。在镇子边缘，一片小树林把我召唤进它温暖的掩护，我从三条岔路中选了一条，沿着它曲曲折折地往前走。此后想来，我应该待在原地，等到太阳升起，就能把它当指南针，但在当时，我的头脑里塞满了问题。她为我过生日时，究竟是怎么想的？我怎么能用这具永远幼小无用的躯体，来长大成为一个男人？渐渐变浅的银月亮沉下去了，消失了。

一道涓涓细流把小径一分两半，我决定跟着水走。清晨沿着溪流走路是一种宁静的体验，这些树林曾多次出现在我梦境中，我熟悉它们就像熟悉自己的名字。溪流在一条石路下流淌，这条路把我带到一幢孤零零的农舍。从出口处我看到了屋顶，我转了一圈到屋后，这时第一束阳光把门廊染成了金色。

由于光线的缘故，房子看起来像是没有竣工，沉浸在白天和黑夜之间的梦幻中。我有点希望我母亲会从门里出来，叫我回家吃饭。随着光线越来越亮，房子的模样也更加友善，窗户不再虎视眈眈，门也越来越不像一张饥饿的嘴。我跨出树林，走到草坪上，在濡湿的草地上留下一条深色的足迹。突然，门开了，我当场呆若木鸡。一个男人走下阶梯，站在最后第二级台阶上点起一支烟。这人裹着条蓝色的睡袍，又向前跨了一步，抬起脚，吃惊湿气这么重。他边笑边喃喃咒骂着。

虽然我们已经面对面了，这怪物还是没有注意到我。他站在房子边上，我站在树林边上。我想回转身看看他在找什么，但拂晓在我们周围揭开帷幕，我像只野兔一样在越来越亮的晨光中愣住了。缕缕晨雾带着寒气从草坪上升起。他走近，我屏住呼吸。我们之间不足二十步之遥，他站住了。香烟从他指尖坠落。他又朝我跨了一步。眉头担忧地皱了起来，稀疏的头发被风吹动，眼珠在眼窝里跳舞，这样过了漫长的时间，他颤抖着嘴唇开口说话。

“我们？羡慕？”

这些词对我毫无意义可言。

“咀嚼？阿嚏？蜜蜂，休斯敦？”

他发出的声音刺痛了我的耳朵。那一刻，我希望自己睡在斯帕克的怀抱里。他跪倒在湿草上，张开双臂，像是盼望我奔向他。但我糊涂了，不知道他是否想伤害我，所以我转身用我最快的速度跑走。他喉咙里喷出来的可怕而莫名的声音一直跟我到树林深处，突然，奇怪的词语中断了，但我仍然一路跑回了家。

13

电话铃声大作，像是唱着激动的歌，终于有人大发慈悲去接了。门厅靠里是我的寝室，那晚我和一个女大学生在一起，我正要全心全意地关注她一丝不挂的身子。过了一会儿，敲门声响起，奇怪地顿了顿，接着猛擂起来，可怜的女孩吓得差点从我身上摔下去。

“什么事？我正忙着。没看到门把手上挂的领带吗？”

“是亨利·戴吗？”门的另一侧，一个沙哑的声音颤抖着，“你母亲的电话。”

“告诉她我出去了。”

声音降低了八度，“非常抱歉，亨利，但你一定要接这个电话。”

我穿上短裤和套衫，打开门，从这男孩身边冲过去，他垂目看着地板，“你有亲人死了。”

死的是我父亲。母亲提到了汽车，理所当然地，我在万分震惊中猜测是发生了事故。回家后，我从东一言西一语、别人耸起的眉毛，还有含沙射影中得知事情真相。他坐在汽车里，在自己的脑袋上开了一枪，地点是距离大学不到四个街区的停车标志下。没有遗言，没有任何解释。只有一张名片背后写着我的名字和寝室房间号，塞在只剩下一支骆驼香烟的烟盒里。

葬礼前的日子，我都在试图弄清他自杀的原因。自从那个可怕的早晨他看到院子里的什么东西后，他就变本加厉地酗起酒来，虽然他一向是个酒鬼，但在我印象中，他喜欢浅斟慢酌，而不是大口猛灌。他的死因不在喝酒，而在其他。他可能对我产生了疑心，但又找不出真相。我的骗术既谨慎又精明，但在我读大学之后和这个男人少有的几次接触中，他表现冷淡，保持距离，而且态度强硬。他内心有鬼怪折磨着他，但我毫不同情。用一颗子弹，他就抛下了我的母亲和妹妹们，我永远没法原谅他。葬礼前的那几天以及葬礼仪式让我更加坚定信念，是他的自私彻底毁了我们的家。

我母亲倒不怎么伤心，只是困惑不已，她以很好的风度，顶住压力操办各种事项。虽然父亲是自杀的，她还是说服牧师允许把他埋葬在教堂的墓地里[①]，牧师显然是看在她多年如一、每周捐献的分上。当然，不能做弥撒了，为此她有所怨愤，但是怒意也使她感受不到其他情绪了。那对双胞胎已经十四岁了，她们动辄下泪，在殡仪馆里像两只女妖精一样跪趴在封盖的棺材上。我没为他哭。毕竟他不是我父亲，而且那时正是我两年级的春季学期，他死得太不是时候了。我咒骂着他下葬那天的好天气，而且我吃惊的是，居然有一大帮人从几公里外赶来致敬。

根据镇上的习俗，我们要走过整条大街，从太平间一直走到教堂。一辆光鲜的灵车缓缓开在前头，后面跟着上百号人。母亲、妹妹和我走在送葬队伍的最前面。

"这些人都是谁?"我小声问母亲。

她两眼直视前方，声音响亮清晰，"你父亲有很多朋友。军队里的，工作上的，他帮过忙的。你只知道一部分。大马哈鱼可不止只有鱼翅[②]。"

在新叶的树阴下，我们把他放到地下，盖上土。知更鸟和画眉在灌木丛中歌唱。黑色的面纱后，母亲没有流泪，只是站在太阳下，坚强得

---

① 天主教认为自杀是种罪，自杀者不能埋在教堂的墓地里，不能为之做弥撒。

② 大马哈鱼在浅水中洄游时，会露出鱼翅，被捕猎者发现。这个说法类似于"只见树木，不见森林"。

像个士兵。看到她这样，我没法不恨他，恨他对她、对女孩们、对我们的朋友和家人，也对我做出这种事来。我开车载着母亲和妹妹回家接受吊唁，一路上我们谁也没有提起他。

教堂里的女人们用平静的语调迎接我们。屋子里比深夜更显得幽凉、宁静。餐厅的桌子上放着象征团体精神的东西——砂锅面条、大块猪肉、冷炸鸡肉、鸡蛋沙拉、土豆沙拉、掺胡萝卜屑的吉露果子冻沙拉，还有六块馅饼。餐具柜里有新的搅拌器和几瓶汽水，边上是杜松子酒、苏格兰酒、朗姆酒，还有一盆冰。殡仪馆里的鲜花散发着香味，过滤器在疯狂地吐泡沫。母亲在和邻居聊天，问着每道菜分别是谁做的，对每个做菜的人表示谢意和赞扬。玛丽坐在沙发一头，指尖拉拨着裙子上的链子，伊丽莎白坐在另一头，望着前门等客人来。我们到家后一个小时，第一批客人来了——和我父亲一起工作过的人，穿着笔挺、正式的礼服。他们一个接一个，把装着钱的信封递到母亲手上，并笨拙地拥抱她。母亲的朋友查理从费城飞来，但他错过了葬礼。当我取走他的帽子时，他斜觑着我，仿佛我是个陌生人。几个老兵来了，没有人认识这些旧日的恶兆。他们挤在角落里，悼念好伙计比利。

我很快就厌烦他们了，因为这个招待会让我想起独奏会后的那帮人，只不过气氛更阴沉、更无意义罢了。我走到门廊上，脱下黑夹克，拉松领带，调了杯朗姆酒加可乐。葱郁的树在不时吹来的微风中沙沙地响，柔和的阳光温暖着散漫的下午。从屋子里传来客人们的喃喃低语，如波涛一般不停地起伏，不时发出的响亮短促的笑声，则提醒着我们没有人是不可被取代的。我点了支骆驼香烟，凝视着鲜嫩的草坪。

她出现在我身边，茉莉花香水味让她无所遁形。我们飞快地彼此瞟了一眼，微微露出一个笑容，就继续审视草地和远处深色的树林。她的黑裙在领口和袖口镶了道白边，这是最新流行的样式，已经和肯尼迪夫人的时装大不相同。但泰思·伍德郝斯袭用了这种款式却又不显得愚蠢，或许是因为我们凭栏而立时，她的姿态如此娴静。在我这个年龄的任何一个别的姑娘都会觉得有说话的必要，但她把何时开始交谈的决定权让给我。

“谢谢你能来。上次见到你是什么时候？小学？”

“我很难过，亨利。”

我把烟灰弹到院子里，抿了一口饮料。

“有一次我在城里听过你的独奏会，”她说，“四五年前了。后来因为一个穿红衣服的泼妇发生了很多事。还记得你父亲对她是多么的温和？好像她一点也没有发疯，只是记忆出了毛病。我想换了我爸，就会叫她快滚，我妈大概会打她鼻子了。那晚我可崇拜你父亲了。”

我想起了那个红衣女子，但没想起那晚的泰思，我已经多年没有看到她或想到她了。在我的心目中，她仍然还是一个矮小的顽皮姑娘。我放下自己的玻璃杯，做了个大幅度的手势邀请她去旁边的椅子上坐坐。她端庄优雅地坐到我身边，我们的膝盖几乎碰在一起，我恍恍惚惚地盯着她看。她就是那个小学二年级尿湿裤子的女孩，六年级以五十码的冲刺来追打我的女孩。我去上镇上的公立高中时，她坐着巴士去了另一个方向的天主教女校，其间的岁月将她塑造成了一个美丽的年轻女子。

“你还弹钢琴吗？”她问，“我听说你在市里读大学。你学的是音乐吗？”

“作曲，”我告诉她，“学管弦乐和室内乐。我放弃弹钢琴了。在众人面前我总是不自在。你呢？”

“我快读完 LPN 了，就是注册临床护士。但我想拿一个公益事业的硕士学位。看情况吧。”

“看什么情况？”

她把视线转向门口。“看我是不是结婚，看我的男朋友怎么样，我想。”

“听起来你的兴致不是很高。”

她朝我凑过来，脸蛋和我只有一拳之隔，吐出这句话：“是的。”

“为什么呢?”我也悄声问。

仿佛眼睛后面点起一盏灯，她满脸放光，“我有太多的事情想做。帮助那些需要的人。环游世界。谈恋爱。”

男朋友来找她了，纱门在他身后刷地一声碰在门框上。看到她，他露齿一笑。他让我产生一种古怪的感觉，仿佛很久以前我曾在何处见过他，但我想不起在哪见过。我没法甩开我们彼此认识的感觉，但他住在镇子的另一头。他的出现让我像白日撞鬼，好似见到了来自另一个世纪的鬼魂或陌生人。泰思匆忙站起，依偎到他身边。他伸出一只手等我来握。

“我是布瑞恩·安格兰德，”他说，“很遗憾你失去了亲人。”

我咕哝了一句谢谢，继续观察那不变的草坪。泰思的声音让我回过神来。“亨利，祝你作曲走运。”她说，“我会去唱片店找你的作品的。”她带着布瑞恩朝门口走，“真不好意思，我们在这种场合下重叙友谊。”

他们出去时，我叫道：“泰思，我希望你得到你想要的，不会得到你不要的。”她回头朝我一笑。

所有的访客都走后，母亲也来到门廊上。厨房里，玛丽和伊丽莎白在为罩子里的餐碟和水池里的空杯吵闹不休。葬礼那天的最后时光，我和母亲望着夜幕降临前聚集在树顶上的乌鸦。它们从几公里外飞来，像穿着法衣的牧师一样在草地上昂首阔步，然后飞入树枝间消失了。

“我不知道该怎么过下去，亨利。”她坐在摇椅上，没有看我。

我又抿了口朗姆可乐酒。我想象的背景中放着一曲挽歌。

我没回答，她叹了口气，“要混也混得过去。房子基本上是我们的，你父亲的存款也能维持一段时间。我得去找份工作，但只有上帝知道该怎么找。”

“双胞胎能帮忙。”

“姑娘们？要是我能指望着那两位帮我倒杯水，我就要渴死了。亨利，她们现在除了麻烦什么都不是。”她像是才有这个念头，加快了摇椅说，“只要她们不败坏名声，那就够了。那两位。”

我喝完饮料，从口袋里摸出一支皱巴巴的香烟。

她的目光移开了，“你可能要在家待上一阵，到我能自力更生为止。你觉得你能留下吗？”

“我想我能再请一周的假。”

她走到我身边，抓住我的胳膊。“亨利，我需要你在这里。待上几个月，我们把钱存起来。接着你能回去把书念完。你还年轻。这段时间看起来长，过起来快。”

“妈，现在是期中。”

“我知道，我知道。但你会留下来陪你妈吗？”她注视着我，直到我点头，“好孩子。”

结果我远不止待了几个月。我一回家就是几年，学业的中断改变了我的生活。父亲没有留下足够的钱让我完成学业，母亲和姑娘们一起挣扎度日，她们还在念高中。因此我找了个工作。我的朋友奥斯卡·拉甫服完海军兵役归来，用他的积蓄和农商银行的贷款盘下了利尼街上的一家关门的店。在他父兄的帮助下，他把店面改成了酒吧，里面的舞台足够一支四人爵士乐队演出。我们把钢琴从我母亲家里搬了过去。本地有两个家伙的水平能够组建乐队。吉米·卡明斯击鼓，乔治·克诺尔弹低音提琴或吉他。我们把自己叫做“封面男孩”，因为我们表演的就是这个。每周有几个晚上，当我不做吉尼·皮特尼或佛兰凯·瓦利时，我会去泡吧。奥斯卡酒吧里的特约演奏让我走出家门，而且额外的几个美元也能让我帮助家里。我的老朋友会过来坐坐，赞同我重弹钢琴，但我只是勉为其难。第一年年末，泰思来了几次，有时候带着布瑞恩，有时候带着女友。看到她，我就想起我延迟了的梦想。

“你是个神秘的男人，”一晚，乐曲间隙，泰思对我说道，“或者说，在小学里是个神秘的男孩。好像你是从一个与我们完全不同的地方来的。”

我耸了耸肩，弹起《夜中陌生人》的开头几段。她笑起来，眼波流转。“说正经的，亨利，你以前就是个陌生人，孤僻，离群。”

“是吗？那时候我应该对你更好些。”

“哦，算了吧。”她喝醉了，璨然微笑，“你总是活在另一个世界里。”

她的男友向她招手，她离开了。我想着她。在我被迫返家、勉强又回来弹琴的所有结果中，她是唯一好的一处。那天深夜，我回家想着她，想知道她的恋爱关系有多认真，考虑该怎么把她从那个面目似曾相识的家伙手里偷过来。

我因泡吧和弹琴回家很晚。母亲和妹妹们早已睡下，我独自在凌晨三点吃冷冰冰的晚饭。那晚，厨房窗户外面的院子里有些动静。玻璃窗上有亮光一闪而逝，看起来像是头发。我端着碟子去起居室，打开电视机看凌晨档的《第三人》。放到霍莉·马汀斯第一次在门口盯梢哈瑞·赖恩时，我在父亲的椅子上睡着了，后在黎明前醒来，流着汗，浑身发冷、僵硬，仿佛又回到了树林里，和那些魔鬼在一起。

14

我远远地望见她正走在回营的路上，便放下了心。她出现在林木之间，像鹿一样在山岭上腾跃。我急于为图书馆的事道歉，于是抄了林中近路，想在她回家的路上截住她。我脑中嗡嗡响着那个院子里男人的事。我希望能在重要环节变成一片混乱之前，把这事告诉她。斯帕克会很生气，这是理所当然的，但她的同情心会平息任何愤怒。我接近她时，她发现了我，飞快地奔跑起来。如果我没有稍加犹豫再行追赶，可能已经赶上了她，但灌木丛生的地形让我跑不快。我匆忙中在一条倒伏的树枝上戳破了脚趾，扑倒在泥地里。我分开枝叶抬起头来，只见斯帕克已经进入营寨，正和贝卡说话。

“她不想和你说话。”我一到，这只老蛤蟆就这么说，还捏了一下我的肩膀。几个年龄稍大的——伊格尔、劳格诺、赞扎拉、布鲁玛挨到他身边，形成一堵墙。

“但我需要和她谈一谈。”

鲁契克和齐维加入另一派。斯茂拉赫走到我右边的队伍，摇晃着攥紧的拳头。奥尼恩斯走到我左边，露出一个龇牙咧嘴、带着威胁意味的笑容。九个人围着我。伊格尔走进圈子，一根手指戳着我的胸膛。

“你背叛了我们的信任。”

“你在说什么？”

“她跟踪了你，安尼戴。她看到你和那男人在一起。你应该避免和他们发生任何接触，但你却在那里想和他们中的一个交流。”伊格尔把我推倒在地，扬起一地腐烂的树叶。我受了羞辱，飞快地挺身站起。其他人开始恶语相向，这让我越加害怕。

“你知道那有多危险吗？”

“给他一个教训。”

“你明不明白我们不能被发现？”

“那样他就不会忘记了。”

“他们会来抓我们，我们就不得自由了。”

“惩罚他。”

伊格尔不是第一个动手的。背后，有个拳头还是棍子在我腰里捅了一下，我往后一仰，身体空门大开，伊格尔一拳正打在我肚子上，我又朝前拱，口水从我张开的嘴里溅出。他们一下子都扑到我身上，就像一群野狗扑倒一只受伤的猎物。拳头从四面八方而来，刚开始的震惊让位给了疼痛。他们用指甲抓我的脸，从我头上抓下大把头发，把我的肩膀咬出了血。一条强壮的胳膊卡住了我的脖子，堵住了气流。我大口喘息，恶心难受。他们在暴怒中闪动疯狂的目光，愤恨扭曲了他们的面容。他们一个接一个心满意足地走开了，压力有所减轻，但还有几个在踢我的肋骨，嘲笑我，要我站起来，又吼又叫地要我还击。我一点气力都聚不起来。贝卡走开之前还踩了我的手指，伊格尔丢下一句警告，每说一个字就踢我一脚：“别再跟人说话。”

我闭上眼一动不动地躺着。阳光从枝叶间洒下来，温暖了我的身体。我的关节脱落疼痛，手指肿胀抽痛，一只眼睛被打得乌青，鲜血从伤口里淌出来，凝聚在淤伤之下，嘴里有呕吐物和泥土，我在一片混乱中昏了过去。

冷水浇在我的伤口和淤肿上，我醒了过来，第一眼看到斯帕克凑在我身前，擦拭我脸上的血。她身后站着斯茂拉赫和鲁契克，都是满脸关怀。我的血在斯帕克的白套衫上染红了一块。我正要开口，她用湿布按住了我的嘴唇。

“安尼戴，我非常抱歉。我没想要发生这种事。”

“我们也很抱歉，”斯茂拉赫说，“但纪律的道理是无情的。”

卡维素芮从斯帕克肩后探出头来，“我可没动手。”

“你不该离开我，安尼戴。你应该相信我。”

“我没动手。”卡维素芮说道。

鲁契克跪在斯帕克身边，为大家说话：“我们得这么做，那样你就忘不了。你跟人类说话，如果他抓住你，你就永远回不来了。”

“但如果我想回去呢？”

没人看着我的眼睛。卡维素芮哼着小调，其他人沉默着。

“我想那或许是我的亲生父亲，斯帕克。在另一个世界的。也可能他是个魔鬼，是个梦。但他想要我到屋子里去。我以前去过那里。”

“别管他是谁，”斯茂拉赫说，“父亲、母亲、姐妹、兄弟、你范妮姨妈的舅舅。这些都无关紧要。我们才是你的家人。”

我吐出一口夹着泥的鲜血，“家人不会打自家人，即便是有充分理由。”

卡维素芮在我耳边大叫：“我连碰都没碰你！”她绕着大家盘旋跳舞。

“我们是按照纪律办事。”斯帕克说。

“我不想待在这里。我要回我真正的家。”

“安尼戴，你不能，”斯帕克说，“他们以为你走了十年了。你看起来像是才八岁，但你已经快十八了。我们都陷在时间里面。”

鲁契克补充说：“你对他们来说是一个鬼。”

“我想回家。”

斯帕克对我直言不讳：“听着，只有三个可能的选择，回家不是其中之一。”

“对。”斯茂拉赫说。他坐到一个腐朽的树桩上，扳着手指数这些可能性，“第一是你在这里不会变老，不会病死，要死只能是意外。我记得有一个伙伴冬天出去散步，他错误地估计了从桥的顶端到河对岸的距离，而他的一跳也不够远。他掉进河里，沉到冰下淹死了，是冻死的。”

“会发生意外的，”鲁契克也说，“很久以前，你会发现自己被吃掉。狼、美洲狮都在这些地方。你有没有听说过，有一个从北方来的家伙在洞里过冬，春天醒来时身边有一只饿极了的灰熊？一个人能死在各种想象得到的情况下。”

“第二是你摆脱我们，”斯茂拉赫说，“只要离开就行了。你站起来，走开去，独自离群索居。告诉你，我们不鼓励这种态度，我们还需要你在这里帮我们寻找下一个孩子。这可比你想象中假扮成另一个人困难多了。”

“再说，那是种孤独的生活。”卡维素芮说。

“的确，”斯帕克赞同说，“但即使有十几个朋友在身边，也还是会觉得孤独的。”

“如果你那么做，你更有可能遭遇厄运，”鲁契克说，“想想看你掉入沟里爬不出来？你能到哪里去呢？”

斯茂拉赫说：“那些伙计不是常常迷路吗？你迷失在暴风雪中。你睡觉时一只黑寡妇[①]咬了你的拇指。没有人带来奇闻轶事，没有樱草和煮青蛙腿。”

“还有，你能去到比这儿更好的地方吗？”鲁契克问。

“一直一个人，我会发疯的。”卡维素芮又说。

“那么，”鲁契克对她说，“你就得换生了。”

斯帕克望着我身后成排的树木，“第三条路是，你在那一边找到了

① 一种毒蜘蛛，毒性可致命。

合适的孩子，你取代她的地位。”

“这下你把这孩子搞糊涂了，”斯茂拉赫说，“首先你要找到一个孩子，学会他的一切。我们都会观察他，研究他。注意，是远远地观察研究。”

“必须是某个不快乐的孩子。”卡维素芮说。

斯茂拉赫冲她板起脸，“那个无关紧要。我们分组观察那孩子。一些人记录他的习惯，一些人学习他的声音。”

“从姓名开始，”斯帕克说，“收集所有信息：年龄、生日、兄弟姐妹。”

卡维素芮打断了她，“我会离带狗的男孩远远的。狗天性多疑。”

“你得知道足够多的事，”斯帕克说，“才能让人类相信你是他们自己人，是他们的孩子。”

鲁契克小心翼翼地卷着烟说：“我想过我要找一个大家庭，有很多孩子等等，然后挑一个排行中间的，那样他们即使走失一小会儿，也不会有人挂念或注意到。即使我忘了一些细节或模仿中露了马脚，其他人也不见得更聪明。或许挑上十三个孩子中的老六，或者七个孩子中的老四。现在不比从前容易了，妈妈爸爸们都不生那么多孩子。”

“我想再当一次婴儿。”卡维素芮说。

“一旦你做出选择，”斯茂拉赫说，“我们就去抓住那个孩子。他或者她必须是独自一个，否则你会被发现。你听过俄国还是周边地区发生的故事吗？他们发现许多换生灵正在偷一个尖牙齿的哥萨克孩子，那些哥萨克人抓住所有的森林孩子，把他们烧成了脆皮。”

“火是杀死魔鬼的办法，”鲁契克说，“我有没有告诉过你，一个换生灵在调查她打算交换的女孩的房间时被抓了？她听到父母进来的声音，就跳进柜子里，在那里变身。父母打开柜门，看到她在黑暗里玩耍，起初他们什么也没想。但到了晚上，真正的女孩回来了，你想会怎么样？两个孩子肩并肩站着，我们的朋友本来可以解决这种事情，但她还没有学会小女孩的说话方式。那个母亲说：‘你们谁是露西？’真露西就说：‘我是。’另一个露西发出一个能把死人叫醒的声音。她只得从二楼窗口跳出去，一切从头开始。”

当朋友讲故事时，斯茂拉赫显得不知所措，抓着头皮似乎想要记起一个重要的细节，“啊，要用到一点魔法的，当然啰。我们把孩子绑在网里，带他下水。”

卡维素芮转着脚跟嚷道：“那是咒语。你不能忘了那个。”

“如果他受了洗礼，”斯茂拉赫继续说，“他就会浮起来，成为我们的一员。能不回来的只有这三条路，如果是前两条路，我不会把我的鞋子给你。”

卡维素芮用她光光的脚趾在尘土中画了个圈，“还记得那个弹钢琴的德国男孩吗？安尼戴前面的那个？”

斯帕克发出一声短促的嘶叫，抓住卡维素芮的头发拖过来。她坐在她胸口上，把双手放在她脸上，按摩、扭捏她的皮肤，就像摆弄一大团生面粉。那女孩尖叫哭喊，好比一只钢圈套索里的狐狸。斯帕克干完后，卡维素芮脸上呈现出她自己的漂亮面容，一个精准的复制品。她们看起来就像一对双胞胎。

“你把我弄回去。”卡维素芮抱怨说。

“你把我弄回去。”斯帕克一模一样说着她的话。

我没法相信眼前的一幕。

“这就是你的未来，小宝贝。看，换生灵。”斯茂拉赫说，“回到你的过去不是一条路。但当你作为交换者回到他们的世界时，你会留在那里，在他们中间长大，和他们一起生活，随着时间或多或少地变老。等轮到你时，你就会那么做。”

“轮到我？我现在就想回家。我该怎么做？”

“不行，”鲁契克说，“你必须等到我们其他人都走了为止。这是我们世界的自然法则，你不能打破。一个孩子换一个换生灵。当轮到你时，你会从另一个家庭找到一个孩子，不是你离开的那个家。你没法回到你的来处。”

“安尼戴，恐怕你是排在最后。你要有耐心。”

鲁契克和斯茂拉赫带着卡维素芮到忍冬丛后面去帮她整容。他们三个从头到尾都在大笑。“只要把我变得漂亮就行了。”“我们去弄一些有女人照片的杂志。”“嗨，她像奥黛丽·赫本。”最后，他们整好了她的脸，她像只蝙蝠一样从他们的掌握中飞走了。

那天后来，斯帕克对我出奇的好，也许是因为我被打而感到内疚，虽然这是不必要的。她的温柔让我想起母亲的抚摸，或是我自以为记得的母亲的抚摸。我的亲生母亲也可能不过是幻影，或者其他想象出来的东西。我再度忘却，记忆和想象之间的区别模糊了。我看到的那个男人，会是我的父亲吗？我寻思着。他的样子像是认出了我，但我不是他儿子，只是森林里的一个影子。深夜，我把这三条出路写在麦克伊内斯的练习簿上，希望日后能完全理解。其他人睡觉时，斯帕克陪伴着我。星光下，忧虑从她脸上消去，甚至她平日里如此疲惫的眼睛，也闪烁着同情。

“真抱歉，他们伤害了你。”

“不痛的。”我悄声说，但身体僵硬疼痛。

“在这里生活是有补偿的。听。”

一头猫头鹰在林中低飞而过，展开翅膀扑向猎物。斯帕克紧张起来，胳膊上寒毛直竖。

“你永远不会变老，”她说，“你不必担心结婚、生子、找工作。没有白发和皱纹，牙齿不会脱落。你不会需要一根藤条或拐杖。”

我们听到那只猫头鹰飞降出击。老鼠尖叫一声，送命了。

“就像永不长大的孩子。”我说。

“‘和芸芸众生一个样。’”她这句话停留在空气中。我注视着一颗星星，希望能感觉到大地，看到天空移动。这些年来，望着天空随之飘荡的办法多次治愈了我的失眠，但今晚不行了。星星一动不动，地球吱吱作响，好似在转动中被卡住了。斯帕克抬起目光，朝月亮仰起下巴，思考着这个夜晚，虽然我不知道她在想什么。

“斯帕克，他是我父亲吗？”

“我不能告诉你。放开过去吧，安尼戴。就像把蒲公英举到风中。等待合适的时机，种子会四散而去。”她看着我，“你应该睡觉了。”

“我睡不着。我的头脑里都是噪音。”

她把手指放在我唇上，“听。”

什么动静都没有。只有她的存在，我的存在。“我什么都听不到。”

但她能听到遥远的声响，她朝自己的心中望去，仿佛被带到了声音那里。

15

从学校搬回家后，我整天都精神恍惚，夜晚成了可怕的失眠。平日里，我不是在钢琴上敲打一段别人的曲子，就是在吧台后面照应那些常客，他们个个心怀鬼胎。我在奥斯卡酒吧开始按部就班地干活时，他们中间最古怪的那个就来了，叫上一杯威士忌。他把玻璃杯靠着吧台栏杆滑过去，两眼直盯。我走到下一个顾客身边，倒上一杯啤酒，切一片柠檬，再回到那个家伙那里，他的酒一点都没动。他像个精灵，干净，冷静，穿廉价西装，打领带，我发现他的手一直没有从腿上抬起来过。

“怎么啦，先生？你酒都没碰。”

“如果我不碰这杯子就让它移动，这杯酒你会不会让我免费喝？”

“你是什么意思，‘移动’？移动多远？”

“移动多远才能让你相信？”

“不用远，”我上钩了，“只要它动，你就赢了。”

他伸出右手朝它摆动，玻璃杯就在他眼皮底下的吧台上慢慢滑动，滑到距离他左手十来公分处停下。“魔术师从不透露魔术的秘法。我叫汤姆·麦克伊内斯。”

“我叫亨利·戴，”我说，“很多来这里的家伙都会玩把戏，但这是我见过最好的。”

“这杯酒我来付账，”麦克伊内斯说着，在吧台上放下一个美元，“但你还欠我一杯。换个干净杯子吧，如果你高兴的话，戴先生。”

他喝掉第二杯，把原先那杯放回自己身前。此后几小时，他用同一种把戏喝了四个人的酒，但却从不碰第一杯威士忌。整个晚上他都在白喝酒。十一点左右，麦克伊内斯起身回家，那杯酒留在吧台上。

“嗨，麦克，你的酒。”我叫住他。

“我不碰这东西，”他边说边穿上雨衣，“我强烈建议你也不要喝。”

我把杯子举到鼻下闻了闻。

“沉了东西，”他拿出一块藏在左手心里的小磁铁，“但你是知道的，对吧？”

我晃了晃手里的玻璃杯，才发现底部的铁屑。

“这是我对人类研究的一部分，”他说，“研究我们在多大程度上愿意相信看不到的东西。”

麦克伊内斯成了奥斯卡酒吧的常客，后来几年，他每周都来四五次，特别喜欢愚弄那些会耍新把戏和出难题的顾客。有时候他出一个谜语，或玩一个复杂的算术游戏：选一个数字，乘上二，加上七，减去自己的年龄等等，最后那个倒霉蛋发现又得到了第一个数字。还有一个游戏和火柴、纸牌、手法有关。他赢来的酒并不足道，因为他的乐趣在于看到旁人轻易地受骗上当。其他地方他也让人捉摸不透。“封面男孩”晚上表演时，麦克伊内斯就坐在门边。有时候在两曲之间，他会过来和男孩们聊天，所有人中，他和卡明斯相处得最好，卡明斯是朴实思想家的优良典范。但假如我们演奏的曲子不对头，麦克伊内斯一定会消失。我们弹六三或六四年“甲壳虫乐队”的曲子时，他每次听到《你想知道一个秘密吗？》的前奏，就会走人。和众多醉鬼一样，麦克伊内斯多喝几杯后就会更加自在，但他从不撒酒疯，也不会喋喋不休或举止古怪，他只是放松自己的外表，但棱角却更露锋芒。他能一口气喝下很多酒，这点比我知道的任何一个人都厉害。一天晚上奥斯卡问他，怎会有如此与众不同的酒量。

“这关系到对事物的看法。差劲的把戏靠的是小秘密。”

“那大概是什么呢？”

“我不是很清楚。这是一种天赋，说真的，同时也是一种诅咒。不过我告诉你，要喝下这么多，必定有口渴的原因。”

“那么是什么让你口渴呢？老骆驼。”卡明斯大笑。

“现在的年轻人脸皮厚得叫人忍无可忍。要不是那帮初出茅庐的一年级生，还有非得发表作品的麻烦事，我现在还在任教呢。”

“你是个教授？”我问。

“搞人类学。我的专业是研究神话学和神学里的文化仪式。”

卡明斯插嘴说，“说慢点，麦克。我没上过大学。”

“研究人们怎么运用神话和迷信来解释人类的状况。我特别感兴趣的是生育之前的心理状态，曾经写过一本关于大不列颠爱尔兰、斯堪的纳维亚和德国的乡村习俗的书。”

“那么你喝酒是为了旧日激情？”奥斯卡问道，又把问题兜了回去。

“我求上帝让我这样是为了女人。”他看了一下酒吧里的一两位女性，压低声音说，“不，女人一直对我很好。是因为头脑，孩子们。这台无情的思想机器。未来和过去不断的企求就像一堆尸体摞在那里。那是今生的生命，还有所有之前的生命。”

奥斯卡含着簧片问：“生命前的生命？”

“就像重生？”卡明斯问。

“那个我不知道，但我知道有几个特别的人记得以前的事，很久以前发生的事。给他们下咒，你就会惊讶地听到他们内心深处的故事。一个世纪前的事，他们说起来就像发生在昨天和今天一样。”

“‘下咒’？”我问。

“催眠术，麦斯默[①]的咒语，神志清醒的睡眠。超验的昏睡状态。”

---

① 十八世纪著名的幻术师。

奥斯卡面露怀疑，“催眠术。又是你在聚会上玩的把戏。”

“大家知道我催眠过几个人。”麦克伊内斯说，“他们说出自己梦见的故事，简直不可思议，但他们有那么一种感觉和权威，让听的人相信他们说的是真话。被催眠的人会做出奇怪的事来，也会看到奇怪的事。”

卡明斯插话说：“我想被催眠。”

“酒吧关门后待着别走，我来给你做。”

凌晨两点，众人都走后，麦克伊内斯让奥斯卡把灯光打暗，叫乔治和我保持肃静。他坐在吉米身边，让他闭上眼睛。随后麦克伊内斯开始用一种低沉、刻意的声音跟他说话，用生动的细节描述着安静的地方和幽静的环境，我奇怪的是我们居然都没有睡着。麦克伊内斯做了几道测试，检查吉米是否已被催眠。

“抬起你的右臂，在身前举平。这是用世界上最坚硬的钢铁制成的，无论你怎么试，都弄不弯它。”

卡明斯伸出右臂，没法把它弯过来，而且，无论是乔治还是我来试，它都确实像一根真正的铁条。麦克伊内斯又做了几个测试，接着开始提问，卡明斯则用呆板单调的声音回答。“吉米，谁是你最喜欢的音乐家？”

“路易斯·阿姆斯特朗[①]。”

我们窃笑起来。在清醒的时候，他会说是某个摇滚乐鼓手，诸如滚石乐队的查理·沃兹，但绝不会说沙奇摩。

“好。我碰到你的眼睛时，你就睁开眼，之后几分钟之内你就是路易斯·阿姆斯特朗。”

吉米是个瘦削的白种男孩，但当他瞪大那双淡蓝色的眼睛时，样子顿时变了。他的嘴扭曲成阿姆斯特朗著名的大嘴笑，不时地用一条想象

---

① 爵士乐巨人，黑人音乐家。下文的“沙奇摩”是他的别名。

出来的手帕去擦嘴，用沙哑的声音说话。虽然吉米从未在我们任何一个面前唱过歌，这时他却唱起一首老歌《你死了我高兴，你这坏蛋》，而且唱得还不错。接着，他把拇指当做吹口，其他手指当做喇叭，吹出一段爵士曲中的过渡乐句。平日里，卡明斯总是待在他的爵士鼓后面，但此刻他竟然跳上桌子，要为寂静的房间演奏一曲，可他在一摊啤酒上滑了一下，摔到了地上。

麦克伊内斯跑到他身边。“我数到三，打个响指，”他对那具懒洋洋的身体说：“你就醒过来，觉得精神倍爽，就像这一周里你每晚都睡得很好。我要你记住，吉米，当你听到某人说沙奇摩时，你就会情不自禁地想和路易斯·阿姆斯特朗一样唱上几句。能记住吗？”

“唔……呼。”卡明斯精神恍惚地说。

“好，但除此之外，你不会记得这个梦中的其他事情。现在，我要打响指了，你要醒来了，心情愉快，精神倍爽。”

他脸上展开一抹傻笑，醒过来朝我们每个人眨巴眼睛，好似没法设想我们为何都眼睁睁地望着他。问了他一系列问题，他对之前半小时全无记忆。

“难道你也不记得了，”奥斯卡问，“沙奇摩？”

卡明斯开唱道：“哈啰，多莉！”然后突然自己住了口。

“吉米·卡明斯先生是这世上最伟大的嬉皮士。”乔治大笑。

后来几天，我们都不时用“沙奇摩”捉弄卡明斯，直到这个词的咒力慢慢消退。那晚的情景一次次在我眼前重现，此后几周，我缠着麦克伊内斯打听催眠术是怎样产生作用的，但他只说“潜意识浮现后，受压抑的倾向和记忆被释放”。我对他的回答不甚满意，就在白天休息时去了镇上的图书馆，泡在那里查找。从古埃及的沉睡神殿到麦斯默到弗洛伊德，催眠术已经在不同的形式下历经千年，哲学家和科学家们对其有效性争论不休。《国际临床和实验催眠术》杂志中的一篇文章为我了结了这段公案："控制想象进入潜意识的深度的不是临床医学家，而是患者。"我把这页上的这句话撕了下来，藏进口袋，像吟诵咒语一般，时时念叨着。

相信自己可以掌控自己的想象和潜意识后，我终于请麦克伊内斯来给我催眠。他好像知道如何返回那片被遗忘的土地，探入我被压抑的生命，告诉我我是什么人，来自何方。假如这故事是真的，而且揭示了我的德国血统，任何一个听到的人都会嗤之以鼻，把它当作天马行空的幻想。我们都曾听人说过：前世我是克娄芭、莎士比亚、成吉思汗。

难以一笑了之也难以解释清楚的是我在森林里的妖怪生活——尤其是那个可怕的八月夜晚，我变成换生灵偷走了那个男孩。自从我在戴家生活后，我小心谨慎地抹去所有换生灵的痕迹。危险的是，在催眠状态下，我没法想起亨利·戴七岁之前的任何事。我母亲无数次讲起亨利·戴的童年往事，弄得我不仅相信她说的是我自己，有时还觉得自己记得那时的生活。但这种创造出来的记忆犹如玻璃制成。

麦克伊内斯知道我一半的经历，他是从酒吧里零零星星打听来的。他听我说起过我的母亲和妹妹，我中断了的学业。我还告诉他，某晚泰思·伍德郝斯携男友来时，我对她突如其来的钟情。无论我有怎样的心血来潮，都会被理性慢慢驱走。我害怕暴露换生灵的身份，但我更渴望知道德国男孩的真相。

最后一个酒鬼摇摇晃晃地回家睡觉了，奥斯卡关了收银机，收起他的围裙。他出去时，把钥匙甩给我，叫我锁门。麦克伊内斯关了所有的灯，只在酒吧一头留了一盏。男孩们告别离去，麦克伊内斯和我单独留在房间里。惊慌和忧虑抓挠着我的心。万一我说出了真亨利·戴的什么事，而把我自己暴露了可怎么办？如果他来敲诈我，或威胁要去当局告发我可怎么办？我一时想到，我能杀了他，无人会知道他死了。多年来我第一次觉得自己回归野性，又变回了一头动物，本能勃发。但他一开始催眠，我的恐惧就平息了。

在黑沉沉、空荡荡的酒吧里，我们面对面坐在一个小桌子上，我听着麦克伊内斯低沉的说话声，觉得自己好像是石头做成的。他的声音从高远处飘来，用言语控制了我的动作和感觉，把我变成各种形态。听从那个声音的感觉有点像坠入爱河。屈服，放松。我的四肢仿佛被时空吸走一般，被巨大的重力拉直了。灯光消失了，代之而起的是“啪”的一下打亮的投影光束，我脑中的白墙上开始放一场电影。但是这部电影却缺少叙述环节和清晰的视觉风格，没法让我承前启后地理出头绪。没有故事，没有情节，只有人物和感觉。一张脸出现了，说着话，我吓了一大跳。一只冷手抓住了我的脚踝。钢琴发出不谐和的乐音，紧跟着一声大叫。我的脸靠在一个胸口上，一只手抱着我的头靠近乳房。在某个看得清楚的环节上，我瞥见一个男孩飞快地把脸朝我转开。接下来发生的事在惯性和混乱中碰撞，主旋律完全被忽视了。

麦克伊内斯打响指让我从浑噩状态中醒来时，我第一件事就是看钟——凌晨四点。正如卡明斯描述的感觉那样，我也感到出奇地精神，好像已经睡足八个小时，但我脏兮兮的衬衫和额角上乱糟糟的头发否定了这个可能。麦克伊内斯仿佛筋疲力尽，他给自己倒了一杯酒，喝得像个从沙漠回来的人。在空酒吧昏暗的灯光下，他用难以置信和异常激动的眼光打量着我。我递给他一支“骆驼”，我们坐着吸烟，时间已是凌晨。

“我说了什么事吗？”我终于问。

“你懂德语吗？”

“略知一二，”我回答说，“高二时学的。”

“你就像格林兄弟一样讲着德语。”

“我说了什么？你听出了什么？”

“我不确定。Wechselbalg[①] 是什么？”

“我从没听过这个词。”

“你大叫着好像发生了什么可怕的事。和 Teufel 有关。是魔鬼，对吗？”

“我没见过那个人。”

“还有 Feen。是一个敌人吗？”

“大概吧。”

“Kobolden 呢？你看到它们就尖叫起来，不知道它们是什么东西。有印象吗？”

“没有。”

“Entführend？”

“抱歉。”

“我不知道你想说什么。语言混杂在一起。我想，你是和你父母在一起，或者在呼唤你的父母，而且都是用德语说的，什么 mit，mit——那是‘和’，对吗？你想和他们一起去？”

“但我父母不是德国人。”

“你记得的父母是德国人。别的人来了，不是敌人就是魔鬼，或者是 Kobolden，他们想把你带走。”

我吞了口唾沫，又想起了那个情景。

“不知道是谁或什么东西抓走了你，你大叫着妈妈爸爸，还有 Klavier。”

“是钢琴。”

“我从来没有听过这种事，你说你被偷走了。我就问，‘什么时候？’你用德语说了什么，我没听懂，我又问了一遍，你说是五九年，

---

① 这里麦克伊内斯引用亨利的原话，这些德文词的意思分别是“换生灵”、“魔鬼”、“仙灵”、“妖怪”、“绑架”。

我说‘不可能。那只是六年前。’你又说了，说得非常清楚，‘不……一八五九年。’”

麦克伊内斯眨着眼，细细打量我。我在发抖，于是又点了一支烟。我们看着烟，什么都没说。他吸完第一支，用力按灭烟头，烟灰缸差点被他弄破。

“我不知道说什么好。”

“知道我怎么想吗？”麦克伊内斯问，“我觉得你是想起了前生。我想你也许以前是个德国孩子。”

“我觉得不可思议。”

“你听说过换生灵的神话吗？”

“我不相信神话故事。”

“嗯……我问到你父亲时，你只是说‘他知道’。”麦克伊内斯打了个哈欠，天快亮了。“你觉得他知道什么，亨利？你觉得他知道过去吗？”

我知道，但我没说。酒吧里有咖啡，小冰箱里有鸡蛋。我用里间的平底锅做早饭，把心神集中到简单的工作上，让纷乱的情绪平静下来。一缕朦胧、昏暗的晨光穿过窗子。我站在柜台后面，他坐在前面的老座位上，我们吃着炒蛋，喝着黑咖啡。当时，房间看起来乱七八糟，麦克伊内斯双眼疲惫茫然，就像我和父亲最后一次碰面时他的样子。

他戴上帽子，穿上外套。我们尴尬地沉默了片刻，我知道，他不会再回来了。这一晚对这位老资格的教授而言太惊心动魄，也太离奇古怪了。“再见，祝你好运。”

他转动门把时，我大声叫住他。“我的名字是什么，”我问，“在我所谓的前生？”

他连头都没回，“哦，我没想过要问。”

16

一个寒冷的冬日，一记枪声响起，回声在森林中传出数公里远，所有的动物纷纷驻足观望、倾听。猎季的第一枪打响了，仙灵们心头一惊，警惕起来。侦察员们沿着山岭分兵搜寻橘红色和迷彩色的背心和帽子，听着他们在林中跋涉，搜猎鹿、野鸡、火鸡、松鸡、野兔、狐狸和黑熊。有时猎人会带狗，那些狗愚蠢而漂亮——斑点指示犬、猎鸟蹲伏犬、布鲁特克犬、黑棕犬、寻猎犬。狗比它们的主人更为可怕。除非我们掩盖自己留在林中路径上的气味，否则它们就会把我们嗅出来。

我最害怕的是，单独出去时会遇上一只迷路狗，或者有更糟的情况发生。几年后，我们人数已减少，有一群猎犬跟踪我们的痕迹而来，当我们在果园的树阴下休息时，它们出其不意地把我们吓了一跳。它们撵着我们，尖利的牙齿闪着光，咆哮着发出恐吓的声音，我们的第一反应是一起逃命，奔向悬钩子灌木丛的安全地带。我们每逃跑一步，狗就追上两步。它们是刀剑在手的军队，发出古战场上的呐喊，我们在荆棘丛中牺牲了赤裸的皮肤才逃过一劫。它们停在灌木丛外围，迷惑不解地低声叫唤，我们可够幸运的。

然而在那个冬日里，狗还都远在天边。我们只能听见吠声，偶尔一记枪响，嘀咕的咒骂声，或者是猎杀的动静。我有一次看到一只鸭子从天空坠落下来，前一刻还在挣扎着往前飞，后一刻就成了一把飞转的羽毛，“啪”地掉进了水里。那是一九六五或一九六六年的时候，偷猎已经从山谷中绝迹，因此我们需要担心的只是猎季，时间大概是在晚秋和寒假。灿烂明亮的树林落尽了树叶，接着严寒降临，我们开始在幽谷中倾听人类的声音和枪声。我们会出去两三个人，其余则留守在山洞中或树洞里，身上盖着毯子，上面再压一层落叶。我们努力不被发现，就好像我们根本不存在一样。夜晚早早来临的时候和阴雨连绵的日子，我们就可以从紧张而无聊的躲藏生活中喘口气了。我们长期害怕的气味和十一月的腐败气味混杂在一处。

伊格尔、斯茂拉赫和我，三人背靠背坐在山岭上观望，朝阳被低垂的层云遮挡，空气中孕育着雪意。通常伊格尔不会来理睬我，自从几年前我因为想和那个人说话而差点背叛大家之后，他就不睬我了。两组脚步声从南边过来，一组沉重地从灌木丛中踏踩而过，另一组落脚轻轻的。人类踏入了草地。那个男人有种不耐烦的感觉，而那个大约七八岁的男孩，表现出急切的讨好模样。父亲扛着枪，随时准备开火。儿子的枪裂开了，他从灌木丛中钻出来时，很不得劲地扛着。他们穿相同的花呢格子夹克，戴着鸭舌帽，护耳翻下来保暖。我们往前凑了凑身子，一动不动地听他们的谈话。经过这些年来的练习和集中注意力，现在我已经能够窃听到他们的话了。

“我冷。”男孩说。

“这能让你受锻炼。再说，我们还没有找到要找的东西。”

“我们一整天什么也没看到。”

“它们就在这周围，奥斯卡。”

“我只在图片上见过它们。”

“当你看到真家伙，”男人说，“就对准小东西的心脏。”他示意男孩跟上，他们朝东边的背光处去了。

“我们走。”伊格尔说。我们开始跟踪他们，远远地藏好自己。他们停步，我们也停步。我们第二次这样停下来时，我扯了扯斯茂拉赫的袖子。

“我们在干什么？”

“伊格尔认为他可能会找到一个。”

我们继续前进，目标停下时，我们又止步。

“一个什么？”我问。

“一个孩子。”

他们领着我们迂回曲折地走在空荡荡的林径上。没有猎物出现，他们没有打响武器，话也只说了几句。午饭时，他们保持着不快的沉默，我没法理解这两位怎么一点兴致都没有。这两个郁闷的人回到停在路边斜坡上的一辆绿色小货车旁，男孩跨进乘客席。他从卡车前面爬过去时，父亲咕哝了一句：“该死的错误。”伊格尔全神贯注地观察着这两个人，卡车开走时，他读出了牌照号码，并牢牢记住。回家时，斯茂拉赫和我落在后面，伊格尔走在前面，一心思考自己的问题。

“我们为什么要整天跟着他们？他找到一个孩子，你这是什么意思？”

“云层快要撑不住了。”斯茂拉赫查看着暗下来的天空，“你能闻到雨快来了。”

“他要干什么？”我叫道。伊格尔在前头停下脚步，等我们赶上去。

“你和我们在一起多久了，安尼戴？”伊格尔问道，“你的石头日历怎么说？”

自从那天他们对付我后，我就提防着伊格尔，而且学会了恭顺，“我不知道。十二月？十一月？一九六六年？”

他转着眼珠，咬了咬嘴唇，又说，“自从你来了以后，我就在寻找、等待，现在轮到我了，那个孩子可能就是目标。你和斯帕克去镇上看书时，对那辆绿色卡车留个心眼。如果你又看到它，或看到那个男孩或父亲，就告诉我。如果你有勇气跟着他们，找到他生活、读书的地方，他父亲的工作单位，他是否有母亲、姐妹、兄弟、朋友，你就告诉我。”

“当然我会的，伊格尔。我很高兴在图书馆侦查他。”

他让斯茂拉赫和他同行，我跟在后头。冰冷的寒雨落下来了，最后一刻我奔跑起来，总算没有被淋得湿透。伊格尔和鲁契克这些年来挖掘的防空洞在这样狂风呼啸的夜晚倒是一个理想的去处，虽然大多数时候，我都会因为幽闭恐惧症而待不下去。寒冷和潮湿把我赶进了地道，我两只手在黑暗中摸索着，后来我感觉到还有别人在。

“谁在那里？”我喊道。没有回答，只有一个鬼鬼祟祟的模糊声音。

我又喊了一声。

“走开，安尼戴。”是贝卡。

“你走开，讨厌鬼。我是来躲雨的。”

“你哪里来的哪里去。这个洞已经有人了。”

我想和他理论，“让我过去，我会去别处睡觉。”

一个女孩尖叫起来，他也叫起来，“该死，她咬我手指。”

“谁和你在一起？”

斯帕克在黑暗中叫道：“走，安尼戴。我会跟着你出去。”

“可恶。”贝卡咒骂着放她走。我在黑暗里伸出手，她摸到了我的手。我们爬到地面上。她的头发被刺骨的雨浸湿了，紧紧地贴在脑袋上。她头上结了一层薄冰，就像戴了个头盔，水珠凝聚在我们的眼睫毛上，顺着脸颊滑下。我们静静地站着，什么都说不出来。她看起来像是要解释或是道歉，但她的嘴唇颤抖着，牙齿碰得咯咯响。她握着我的手，带我去到另一处地道。我们爬进去，蜷缩在靠近地面的地方，这样既淋不到雨，又碰不到冰冷的泥土。我受不了这样的沉默，就念叨起我们跟踪的那对父子，还有伊格尔的指示。斯帕克只是听着，一言不发。

“把你头发里的水挤干，”她说，“这样会干得快些，水也不会顺着你的鼻子淌。”

“他是什么意思，他找到了一个孩子？”

“我冷，”她说，“又累又难受还生气。我们能不能到早上再说这个，安尼戴？”

“他说我到了这里之后他一直在等，是什么意思？”

“他是下一个。他要和那个男孩交换。”她脱下外套。即使在黑暗中，她白套衫上的反光也足以让我看清她在哪里。

“我不明白他为什么要走。”

她笑我天真，“这是等级制度。从年纪最大的排到年纪最小的。伊格尔发号施令，是因为他是最大的，也是下一个要走的。”

“他多大了？”

她在心里算了算，“我不知道。他大概在这里待了一百年了。”

“你开玩笑，”这个数字差点把我的脑子给炸了，“其他人多大？你多大了？”

“你能让我睡觉吗？我们早上再算这个问题。好了，过来给我取暖。”

到了早晨，斯帕克和我终于谈到了仙灵的历史，我全部写了下来，但那些纸和其他东西一样，都化为灰烬了。我所能做的只是从记忆中把我当日记录的事重新写下来，开头部分是很不准确了，因为斯帕克自己也不知道事情的始末，只能概括或推想。但我还是希望自己能有一份笔记，因为那次谈话已经过去多年，而我整个生命似乎也不过是重建的记忆而已。

我的好朋友们终有一天会离开，这让我深感悲伤。这群人其实在不停地轮换，但轮换的速度如此缓慢，他们看起来就像是永恒的选手了。伊格尔是最大的，接下来是贝卡、布鲁玛、齐维以及双胞胎劳格诺和赞扎拉，他们是十九世纪晚期才来的。奥尼恩斯是在幸运的一九〇〇年来的。斯茂拉赫与鲁契克各是两家的孩子，他们的家庭在二十世纪初年时从爱尔兰的一个村庄中迁出。卡维素芮是法裔加拿大人，她的父母在一九一八年的大流感中丧命。除我之外，斯帕克也很小，她在大萧条的第二年被偷走时才四岁。

“我被交换时，比大多数人都小得多，”她说，“双胞胎除外。起初，序列中有双胞胎，他们只能在很小的时候被偷走。我们又不偷婴儿，那太麻烦了。”

模糊的回忆刺激了我思想的源头。我在哪里认识过双胞胎?

“鲁契克给我取了名，因为他们抓住我时，我是个脸上长雀斑的女孩[①]。大家都排在我前面换生，除了你。你是图腾柱的底端。”

“伊格尔等了一个世纪才等到他?”

“他见识过十二位换生的过程，他得等时间。现在我们都排在他后面。”提到这样的等待，她合上了眼睛。我靠在树干上，为她觉得无助，为自己觉得无望。我并不总想着逃脱，但偶然也会让自己梦想着离开群体，回到自己家中。斯帕克沮丧地垂下脑袋，黑发遮住眼睛，嘴唇张开着，每呼吸一口空气都好像不胜其烦。

“那么我们现在做什么呢?”我问。

她抬起眼，“帮助伊格尔。”

我注意到，她一度洁白的套衫现在领口和袖口都磨损了，我决心在调查那个男孩的时候，再去找一件来。

前门的招牌上红色闪光的字读作“奥斯卡酒吧”，贝卡发现，建筑物后面的空地上停着一辆车，正是那辆猎人的绿色小货车。他和奥尼恩斯跳进后车厢，没有被醉醺醺的司机发现，一路坐到了那个人的乡下房子。他读出信箱上的姓“拉甫”[②]，就笑了起来。他们记住了地点，当晚回来和我们分享这个好消息。手中掌握了信息，伊格尔就启动了侦查任

---

① “斯帕克”和“雀斑”的英文拼写一样。

② “拉甫”和“爱情”的英文拼写一样。

务，轮流派遣队伍去观察那个男孩及其家人，了解他们的活动和习惯。他指示我们要密切关注男孩的性格举止。

“我要知道他的详细生活。他有没有兄弟姐妹、叔叔阿姨、爷爷奶奶？他有没有朋友？他玩什么游戏？有什么爱好或者业余活动？了解这些就知道他和他父母的关系。他们对他怎么样？他是不是喜欢做白日梦？有没有一个人在林子里散步？”

我把他的话记录在麦克伊内斯的作文簿上，寻思我们该如何开展这项任务。伊格尔走过来站在我面前，低头看我记录。

“你，”他说，“就是我们的记录员。我要一份完整的记录。你去当他的传记作者。其他每个人都把自己的所见所闻告诉安尼戴。不要每件小事都来烦我。事情写完后，你就讲出来。这将是我们历史上最完美的转折。给我找一个新生活。”

在我再次见到那个孩子之前，我觉得就像熟知自己一般熟知了他。比方说，卡维素芮发现他跟了叔叔奥斯卡的名。斯茂拉赫能短暂地模仿他的嗓音，齐维运用一种不知名的微积分学来探测他的身高、体重和大致体形。多年来，仙灵们只是混日子，如今他们勤奋起来，几近狂热地投入这项工作。

我被分派到图书馆观察他，但我几乎懒得费工夫去那里找他，他也难得出现一次。他母亲把可怜的孩子一起带出来，留他独自在前面的一块小运动场上。从我的藏身处直接观察是不可能的，因此我就看着他在街那头窗玻璃上的影子，他的形象被扭曲了，变得更小，甚至有点透明。

这个黑头发、浓眉毛的孩子悄悄地唱着歌，爬上一架滑梯，滑下来好几次。他流着鼻涕，每次爬滑梯时就用手背擦掉鼻涕，再把手往油光光的灯芯绒裤上一擦。当他厌倦了滑梯，就走到秋千那里，在明净的蓝天下一下一下地荡着自己。他一直面无表情，而比呼吸声还低的哼歌也总是不变。我观察了他将近一个小时，在那段时间里，他压根没有表达任何情绪，只是满足于自己玩耍，直到他母亲回来。她一来，他的脸上就浮起一个浅笑，一言不发地从秋千上跳下来，拉住她的手，他们就走了。他们的行为和交流把我弄糊涂了。父母和孩子都把这些日常时刻视为理所当然，好像会永无止境一样。

我的父母是否已经完全忘记了我？在许久之前的清晨在我背后大声喊叫的男人必定是我的父亲，我决定要在近日去见他，见我母亲，还有我襁褓中的妹妹。或许就在我们在运动场上绑架了这个不幸的可怜虫之后。秋千停下了，六月初的白天渐渐暗了下来。一只燕子飞来，追逐着铁杆上方的飞虫。这只鸟儿剪动尾巴融入乳白色的薄暮时，我所有的希冀都因这对翅膀而蠢蠢欲动。我为男孩感到难过，但我也知道交换生活是自然法则。他被抓住就意味着伊格尔被释放，对我而言，也就朝队伍的尽头迈了一步。

这孩子不难办到。他的父母几乎不会注意到他的改变，而他朋友极少，因为他是个不会大惊小怪的学生，普普通通，几乎可以让人视而不见。劳格诺和赞扎拉在那家的阁楼里住了几个月，报告说除了豌豆和胡萝卜，那孩子什么都吃，吃饭时爱喝巧克力牛奶，睡在橡胶席上，他很多时间都在起居室中看一个小盒子，那个盒子叫人知道何时该笑，何时睡觉。我们的孩子也很能睡，周末一口气能睡上十二个小时。齐维和布鲁玛报告说，他喜欢在屋子附近的一个沙池里玩耍，他已经在那里用蓝色和灰色的小塑料娃娃堆起了一个生动的场面。这个寂寞的孩子看来满足于就这样子生活下去。我嫉妒他。

无论我们怎么缠伊格尔，他都拒绝听我们的报告。我们已经侦查了奥斯卡一年，大家都为换生做好了准备。麦克伊内斯的纸已快被我用完，再往外派遣任务，不仅浪费时间，也浪费宝贵的纸张。伊格尔目中无人，心烦意乱，又被领导的责任所累，他把自己封闭了起来，好像既渴望得到自由，又对自由畏首畏尾。他以往的坚忍克制变成了暴躁易怒。一次，齐维来吃饭时，眼睛底下红肿了一块。

“你怎么啦？”

“那狗娘养的。伊格尔打了我，我只不过问他准备好了没有。他以为我说的是准备好要走，但我指的是准备好吃饭。”

没有人知道该对她说什么才好。

“我等不及要他走了。我烦死这只老螃蟹了。或许新来的孩子会好。”

我从餐桌旁站起来，冲出营寨找伊格尔，决定跟他把话说清楚，但他不在他通常待的地方。我把头探入他一条地道的入口，大声呼叫，但没有回音。也许他去侦查那个男孩了。没有人知道他在哪里，我几个小时都在绕圈，后来无意间看到他独自待在河边，盯着自己在水面涟漪上的倒影。他看起来如此孤独，我忘记了愤怒，静静地蹲在他身旁。

“伊格尔，你还好吧？”我对水里的倒影说。

“你还记得吗？”他问，“你的前生？”

“隐约记得。我有时梦见我父母和一个妹妹，有时候是两个妹妹。还有一个穿红衣服的女人。但不是，不是很真切。”

“我已经离开了这么长时间。我不确信自己知道该怎么回去。”

“斯帕克说有三个选择，但我们都只有一个结局。”

“斯帕克，”他啐了口她的名字，“她是个笨孩子，几乎和你一样笨，安尼戴。”

“你应该读我们的报告，那能帮助你换生。”

“我会很高兴摆脱这些蠢蛋。让她早上来见我。安尼戴，我不想和你说话。让贝卡来做你的报告。”

他站起来，拍拍裤子上的泥土，走开了。我希望他就此永远消失。

17

我久已忘怀的往事从窗帘后向外窥视。麦克伊内斯在催眠中提出的问题将我压抑了一个多世纪的记忆打捞起来，潜伏的记忆碎片开始侵入我的生活。有时候我们在演奏西蒙与加芬克尔[①]的曲子，搞二流模仿时，我嘴里会突然冒出一句德国话来。乐队里的男孩以为我唱溜了嘴，我们向观众稍稍道歉后，再从头开始。有时候我在勾引一个年轻女人时，发现她的脸变成了换生灵的模样。小孩一哭，我就想他是人类还是被丢在门口的捣蛋鬼。一张六岁亨利第一天上学的照片，提醒我自己什么都不是。我看到自己的影像叠加在上面，我的脸映在玻璃镜框上，覆盖着他的脸，我就想他发生了什么事，我又发生了什么事。我不再是魔鬼了，但也不是亨利·戴。我费尽力气要想起自己的名字，但每次一靠近，那个德国男孩就溜走了。

摆脱这种困扰的唯一办法是让自己想点别的。只要一想到遥远的过去，我就强迫自己把心思放到音乐上去，在心里变换指法和五度循环，低声哼曲子，用歌声将黑暗的想法推开。我又漫不经心地考虑起当作曲家的事来，虽然我大学时代的热情已经淡了，而时间也不知不觉地过去了两年。我从日常生活中看似随意的各种声音中提炼出节奏，写成乐句，再变成乐章。我常常睡几个小时后就回奥斯卡酒吧，煮一壶咖啡，把我头脑中的音符写下来。我只有一架钢琴，因此就得在空荡荡的酒吧

① 美国流行音乐史上著名的二重唱组合，代表作《寂寞之声》。

里把整个交响乐队想象出来，刚开始写的曲子里都是我对自己身份胡乱无际的想法。没有完成的曲子尝试着回到过去，回归我真正的本然。有那么几年，我寻找这个声音，把它塑造成形，又丢在一边，因为当时作曲这件事就和我的名字一样不可捉摸。

大多数上午，酒吧都是我的乐室。奥斯卡中午才过来，乔治和吉米通常下午三点左右过来排练，喝几杯啤酒——我有充分的时间来藏好自己的作品。一九六七年的一个夏日午后，大约一两点钟，我们还没开始练习，我三心二意地弹着钢琴，乔治、吉米和奥斯卡在尝试几种和弦变奏和节奏，但他们主要是在吸烟喝酒。这地区的孩子已经放假两周，厌倦了起来，骑着单车在大街上来来回回。他们的头和肩膀在窗玻璃前一闪而过。路易斯·拉甫的绿色小货车开到了外面，过了一会儿，酒吧门推开，送进一蓬湿漉漉的头发。路易斯无力地垂着双肩，木然无语地站在门口。奥斯卡搁下喇叭，走过去和他哥哥说话。他们的声音太低听不到，但身体却泄露了悲伤的心情。路易斯低着头，手放在鼻梁上，像是忍着眼泪，乔治、吉米和我坐在椅子上看，不知道该说什么或做什么。奥斯卡把他哥哥带到吧台，给他倒了一大杯酒，路易斯一饮而尽。他用袖子擦了擦嘴，像一个问号似的弯下腰，前额靠在栏杆上，我们都围了过去。

“他的儿子失踪了，”奥斯卡说，“从昨晚开始。警察、消防队和营救队都出动寻找，但还没有找到。他只有八岁，伙计。”

“他长得什么样？”乔治问，“叫什么名字？走失了多久？你最后一次在哪里看到他？”

路易斯挺直了肩膀，“他叫奥斯卡，跟我这个弟弟的名。就是你平时看到的那种最普通的孩子。棕色头发，棕色眼睛，大概这么高。”他伸出手，在离地面约一米半处比划了一下。

“他什么时候走失的？”我问。

“他上面穿着一件棒球衫，下面穿短裤，深蓝色——他母亲觉得是这样。脚上是高帮的查克·泰勒鞋。昨天晚上，吃完饭他去屋后玩。天还亮着。他就这么消失了。”他对他弟弟说，“我到处叫你。”

奥斯卡撅起嘴摇摇头，“对不起，伙计，我出去找乐子了。”

乔治开始朝门口走出，“没时间忏悔了。我们要去找失踪的孩子。”

我们去了森林。奥斯卡和路易斯乘在货车驾驶室里，乔治、吉米和我坐在后车厢里，热浪掀起车厢里残留的肥料气味。货车沿着从树林中开出来的防火通道颠簸前进，停下来时扬起一片灰尘。搜寻队停在一个峡谷中，大约是我家往西一公里的地方，这是他们把镇上唯一一台灭火器排进森林的极限长度。消防队队长靠在这台大型的设备上，大口灌着一瓶可乐，他的脸和弄脏了的白衬衫一比，就像个警报器。我们一行走下货车，我闻到附近金银花的香味就陶醉了。蜜蜂在花朵间巡游，我们朝队长走过去时，他们用懒洋洋的目光打量我们。蚱蜢被我们的脚步声惊起，跳进了更深的草丛中。空地周围长着一大丛野生覆盆子和有毒的常青藤，这让我想起森林的两面性。我跟着小伙子们走上一条临时开辟出来的小径，不停地回头看看队长和他的红色消防车，直到他们从视野中消失。

侦探犬在远处吠叫，嗅到了一种气味。我们鱼贯而行了几百米，枝叶投下浓密的树阴，近晚时分看起来天色已暗。每隔一会儿，就有人叫着孩子的名字，声音悬在空气里，又慢慢散失在温暖的昏暗光线中。我们一路从有树阴的地方走到没有树阴的地方，在一座小山坡顶上停下。

“这样不行，”奥斯卡说，“我们为什么不分头去找？”

虽然我讨厌独自待在森林中，但我没法反驳他，否则难免被视为胆小鬼。

“我们九点钟在这里碰头。”奥斯卡冷静地下了决定，看着他的表，数着分针的走动。我们一边等着，一边看着我们自己的表。

“四点半。”他终于说。

“我是四点三十五。”乔治说。

我几乎在同时开口：“二十几分。”

“五点二十五。”吉米说。

路易斯甩着手腕，摘下他的手表，把表放到耳边听，“奇怪——我的表停了。”他瞪着表面说，“七点半。那正是我最后一次看到他的时间。”

我们面面相觑，一时间都迷惑不已。奥斯卡又看了看他的表。

“好了，好了，听我的信号，调整你们的表。现在是四点三十五分。”

我们调整了指针和表盘。我想这个时间是否如此重要。

“计划是这样的。路易斯和我走这条路。亨利，你走对面的那条路。乔治和吉米，你们两个分别走相反的两条路。”他指着指南针上的四个方向说。“走去还要能走回来。每个人走一百米就折断一根树枝放在路的同一边，我们九点钟在这里会合。到时候天应该黑了。当然，如果你们在那之前找到了他，就回到消防车那边去。”

我们分头离开，朋友们走在灌木丛中的脚步声渐渐消失。自从和亨利·戴换生后，我不敢再进森林。小路两旁都是高大的林木，潮湿的空气就像一块散发着腐朽气味的毯子。我每走一步，脚下的树枝和树叶就“嘎扎嘎扎”地响，这声音使我越加孤单。我停下脚步，声音也停止了。我呼唤着孩子，但并没有多大的劲头，也不盼望会有回音。寂静带来一种久已忘怀的感觉，那是我野外生活的记忆，还有永远陷在这个危险世界中的苦痛。我寻找了二十分钟，就在一株倒伏的矮松树干上坐下来。衬衫浸透了汗水，贴在身上，我拿出一块手帕来擦额头。远远的，一只啄木鸟在敲打一棵树。五子雀从树干上跳下来，断断续续地发出鸣音。在一棵死去的松树枝条上，一队蚂蚁正来回跑着，往一个方向运送一个秘密货物，另一队则回头跑向食物来源。在散落的树叶之间，小红花在银色的苔藓丛中探出它们针尖大小的脑袋。我抬起一根木头，下面是一片腐朽阴湿的泥土，球潮虫卷成一个球，长腿蜘蛛因生活突然被打扰而发起狂来。胖乎乎、亮晶晶的虫子钻进木头底部的小洞里，我想象着这根朽木中有着怎样的暗室，那里有我所不知道的生活。我忘了时间。看了一眼表，我陡然一惊，已经浪费了将近两个小时。我站起来，叫了一声男孩的名字，但没有回音，我就继续找下去。在林子的更深处，树木林立，枝叶交错，绿色的叶子犹如雨珠般美丽，我陶醉在这番景致中。每一步都充满新鲜感，但又如此熟悉，我希望能被什么突然出现的东西吓一跳，但森林就像沉睡了似的一片寂静。森林里什么都没有，没有我过去的痕迹，没有在茂盛草木背后的匮乏生活，没有躲在朽木烂叶中、偶尔动弹一下的不明小动物。一条小溪在石头间潺湲而行，不知流往何方，我跨过小溪时，突然觉得口很渴，就用手舀水来喝。

水流淌过的河床上点缀着大小石块。露出水面的石头干燥、单调、不透明，但在水面和水下，石头被水流改变了，显得棱角丰满，色彩丰富，变化多端。千百年的互相影响已经磨蚀和抛光了这些岩石，把它们打扮得漂漂亮亮。石头也改变了水流，改变了它的流向和速度，把激流变得平静服帖。正是这种共生共荣造就了溪流，无论缺了哪个，一切都会不同。我已经走出了森林，也曾在那里待了很久很久，但我同样在这个世界中作为真正的人类存在。我的人类生活和换生灵生活造就了我。像这水，像这岩石，我既是这个，也是那个。亨利·戴。正如这世界所知道的那样，除我以外并无他人，这一体悟让我感到愉快而温暖。溪底的一排岩石突然让我觉得很像一列音符，我听到了头脑中的节奏。我从口袋里找出一支铅笔，想在它消失之前把它记录下来，这时却听到身后的树丛中有动静，灌木丛中响起奔跑的脚步声。

“谁在那里？”我问道，不知怎么它就停下不动了。我想蹲到溪谷里，猫下身子不被看到，但躲藏起来就看不见危险在哪了。在紧张的等待中，刚才没有留意的声音变得响亮起来——蟋蟀在石头下唱歌，一只知了吱了一声又不响了。我犹豫不决，不知该逃走还是留在原地捕捉水中的音符。树叶间穿过一阵轻风，或者什么东西的呼吸声？脚步声又来了，开始慢慢的，接着那个动物逃起来了，哗哗地跑过树叶，从我身边跑开。空气低吟着沉寂下来。我以为那是一头鹿因我受了惊，或者是一头猎犬跟错了我的气味。这次意外让我忐忑不安，于是很快地从原路返回空地。我是第一个到那里的，比我们约定的时间提前了十五分钟。

乔治第二个到，脸憋得红红的，嗓门也因为呼喊那个孩子而变得沙哑。他筋疲力尽地倒在地上，牛仔裤扑起一地灰尘。

“没找到？”我问。

“你觉得呢？我累得半死，什么东西都没瞧见。你带烟了吗？”

我拿出两支香烟，先点他的，再点我的。他闭上眼吸着。接着回来的是奥斯卡和路易斯，虽然走了很远，同样一败涂地。他们心急如焚，反而步子走不快，垂着头，目光迷离。我们又等了一刻钟，但卡明斯没来，我开始想另一组搜寻队是否顺利。

九点三十分，乔治问道：“卡明斯在哪里？”

最后的暮色渐渐化为满天星光。我希望我们早能想到带电筒来。“我们或许应该回到警察那里去。”

奥斯卡不愿意，“不，得有人在这里等吉米。你去吧，亨利。笔直的那条路，走到底。”

“来吧，乔治，跟我走。”

他站起来，“带路吧，麦克德夫[①]。”

---

① “麦克德夫”这一典故出自莎士比亚的《麦克白》第五幕第九场。原文为“来吧，麦克德夫”，为麦克白和麦克德夫决战前说的话，后来渐成诙谐用语。乔治这么说是为了调节气氛。

在小路一头，我们能看见红色和蓝色的灯在树顶上闪光，在夜空中扫射。乔治虽然脚痛，但还是催促我们快走。我们快到那里时，听到对讲机中平稳的喊声，感觉到气氛有点儿不对劲。我们跑入了一个超现实的场景，空地沐浴着灯光，火警器闲转着，几十个人到处乱转。戴着红色棒球帽的男人将一对侦探犬带到他的货车车厢里。我惊讶地看到泰思·伍德郝斯，她白色的护士服在昏暗中发亮，她搂着另一个年轻女人，抚摸她的头发。两个人把一个滴着水的独木舟放到车顶上，捆紧。画面出现了，仿佛时间静止，所有的东西一下子映入眼帘。消防队员和警察背对着我们，在消防车后围成一个半圆。

警长慢慢转身，仿佛要把视线从把医护人员变得不知所措的严峻现实中转开，他谨慎地告诉我们："那个……我们找到了一具尸体。"

18

尽管我们谨慎筹划，还是铸成了大错。那一系列的噩运和错误造成了他的死亡，虽然我在其中的作用微乎其微，但我至今耿耿于怀。更让我难过的是，六月的那两天中发生的改变，一连好几年，我们都因此心生彷徨。我们都不想干坏事。我们都要为自己的行为负责，要不是我们遗漏或忽略了一些步骤，事故也不会发生。回想起来，也许我们的计划做过头了。他们可以潜入拉甫家中，把睡梦中的奥斯卡抓走，然后不慌不忙地把伊格尔塞到被子里。那个孩子每次总是在外面独自玩耍几个小时，我们可以在光天化日之下把他擒住，然后把伊格尔换回去吃饭。或者我们也可以跳过水中净化的步骤。谁现在还相信那个古老的神话呢？这事不该以如此伤心的结局收场。

一个六月的晚上，奥斯卡·拉甫出来玩，穿着蓝色的短裤和胸口有字的衬衫。他趿着拖鞋，脚趾间夹着泥块，在草地上把球踢来踢去。鲁契克和我爬到一棵无花果树上，在树枝上坐了约摸几个小时，看着他随意玩耍，想把他诱入森林。我们发出五花八门的叫声：小狗的汪汪声、小猫的喵喵声、小鸟的悲鸣、一只聪明的老猫头鹰的叫声，还有母牛、马、猪、鸡、鸭的叫声。但他对我们模仿的叫声置若罔闻。鲁契克学着婴儿的啼声，我假扮女孩的声音，接着又扮男孩。奥斯卡充耳不闻，只顾听他自己脑海中的音乐。我们叫他名字，答应要给他一个惊喜，说我们是圣诞老人。我们无计可施，只好从树上下来，鲁契克突然冒出个好主意，他唱起了歌，孩子立刻跟着歌声进了森林。只要歌声不停，孩子就会寻找声源，好奇心把他迷得晕头转向。我心中知道，童话故事不该如此，这样会有不快的结局。

溪边的树丛后，大家埋下了伏兵，鲁契克把孩子引到林子深处。奥斯卡站在河边望着水流和石头，音乐停下后，他发现自己迷路了。他开始眨巴眼睛，强忍要呜咽的冲动。

“看看他，安尼戴，”鲁契克从藏身处对我说，“他让我想起我们最近一个成为换生灵的人。他有点问题。”

“你说‘问题’是什么意思？”

“看他的眼睛。好像他并不真的在那里似的。”

我细看了一下孩子的面庞，他确实看起来和环境脱节。他一动不动地站着，低头对着水面，仿佛惊愕于自己的倒影。他们一声呼哨，从灌木丛中冲出来。鸟儿被突如其来的大动作惊起，鸣叫着展翅飞走。躲在蕨草中的野兔惊慌逃窜，棉尾兔一闪而没。但奥斯卡无动于衷地站着，神思恍惚，直到仙灵们快扑到身上时才反应过来。他捂住嘴发出一声尖叫，他们跳上前来，手脚利落地把他按倒在地。他顿时淹没在挥舞的细胳膊大腿、狂野的目光和龇出的牙齿中。若不是先前说好是要抓他，我会以为他们要把他杀了。特别是伊格尔，简直就是袭击，用膝盖把男孩顶在地上，把一块布头塞进他嘴里堵住他的哭喊，还用一条葡萄藤在孩子腰间捆了一道，把他的双手绑到背后。伊格尔拖着奥斯卡，带着我们从小路回营了。

多年以后，卡维素芮对我说，伊格尔的行为有多么失常。按理说，换生灵应该在绑架孩子之前就把自己变成孩子的模样，但伊格尔却让孩子看到了他的样子。他没有立刻变身，而是玩弄孩子。赞扎拉把孩子绑在树上，拔掉他嘴里的布头。也许是吓得说不出话来，奥斯卡只是眼睁睁地看着发生的这一切，湿漉漉的黑眼睛盯着折磨他的人。伊格尔把自己的脸折腾得和孩子一个模样。我受不了看那脸部痛苦的扭曲，也受不了听软骨爆裂、骨头弯折的声音。我到树后去大吐特吐，再也不去多看一眼，直到伊格尔把自己塑造成男孩的翻版。

“你明白吗，奥斯卡？”伊格尔和他面对面站着，戏弄他。“我是你，我就要取代你的位置了，而你要和他们待在这里。”

孩子直瞪着他，好像照镜子时认不得自己的影像。我忍住冲动没有过去好言好语地安慰他。斯帕克走到我身边，呸了一声：“这太残忍了。”

伊格尔从他的受害者身边走开，对我们发话说：“伙计们，姑娘们，我和你们相处了太长的时间，现在要走了。我在这个地狱里的日子结束了，你们还得过下去。你们的天堂正在消失。每天早晨，我都听见汽车震耳欲聋的声音，感到头顶上飞机的颤动。空气里有煤灰，水里有泥土，所有的鸟雀一去不返。世界在变，你们能走就走。我不高兴和这个低能儿交换，但总比留在这里好。”他向树林和星空挥舞了一下手臂，“因为这些很快就会没有了。”

伊格尔走到奥斯卡身前，给他松绑，握着他的手。他们完全一样，说不出谁是真货，谁又是盗版。“现在我要到地道里去，给这个可怜的傻瓜讲个故事。我会拿走他的衣服和这双难看的鞋子，接着你们就能执行洁净仪式。他要去洗个澡。我会从另一头爬出去。再见了。来吧，人类的孩子。”

他在前面走了，奥斯卡回头看了一眼，目光没有透露半分情绪。很快，仙灵们去地道入口把奥斯卡剥光的身体拉出来。他们把他裹在一张葡萄藤和蜘蛛丝做的网里。整个过程中他都泰然自若，但目光越发警惕，好像他故意要做出平静的样子。我们把他举到肩头就跑，踏过灌木丛跑向河边。一直跑到水边，我才发现斯帕克没有跟上来。我们的新领袖贝卡念起咒语，我们则把包裹高高地举起，投了下去。半空中，那个躯体弯了过来，头朝下栽进水中。一半人追了过去，要取回这个身体，这也是仪式要求的。像他们多年前对我做过的那样，也正如我们都经历过的那样，得把这个躯体拉上岸。我站在那里，决定帮那个男孩一把，我会在他的过渡期给予万分理解和耐心。

这些希望都落空了。回收者们等在岸边，准备把躯体从水里捞上来，但它没有浮起来。虽然斯茂拉赫和卡维素芮都非常害怕水淹，但他们还是蹚进了河里。不一会儿，所有的仙灵都进了齐腰深的河水，疯狂地寻找我们的包裹。奥尼恩斯一次次潜入水中，弄得筋疲力尽，气都喘不过来，差点爬不上岸。贝卡顺着水流跑到浅水区去查看，躯体有可能搁浅在那里。但还是找不到奥斯卡。我们从晚上守到天亮，检查了每块石头、每根树枝，看看他的身体是否挂在了哪里，我们寻找所有的迹象，但河水没有泄露丁点的秘密。孩子消失了。到了中午，一条狗在山谷中狂吠。齐维和布鲁玛被派去侦察入侵者。半小时后，她们脸红气急地回来了，把我们从河岸的各个地方召集回来。

“他们来了，”布鲁玛说，“带着两条侦探犬。”

“消防队员和警察。”齐维说。

“他们会找到我们的营寨。”

“伊格尔把孩子的气味带到我们家里来了。”

狗叫声在山岭间回响。救援队越来越近了。贝卡刚上任就赶上了第一起紧急情况，他叫我们听他说话，“快，回营寨。把所有的东西都藏好。我们待在地道里直到他们离开。”

齐维对我们其他人大声说道：“来的人太多了。”

“那些狗，”布鲁玛补充说，“它们会跟到地下去，在地道入口遮盖树叶这种小把戏骗不倒它们。”

贝卡面露为难之色，他开始踱步，拳头紧握在身后，前额上青筋跳动，“我说我们躲起来等着。”

“我们要逃跑。”斯茂拉赫平静地说道，声音里透着权威。我们大多数人都站到他那边，“我这辈子这么多年，他们从来没有这样接近过我们。”

鲁契克跨前一步，对贝卡说：“这群强盗已经深入树林，比以前任何一个人类都进得深。你这样想是错误的……”

贝卡抬起手要打他，奥尼恩斯抓住他的手，“但那个男孩怎么办？”

我们的新领袖背过身宣布说：“奥斯卡走了。伊格尔也走了。该做的已经做了，我们得自救。把你们能带的都带上，剩下的藏好。但要快，我们得比他们跑得快。”

我们对留在水中的奥斯卡弃之不顾，冲回自己家。别人都在藏有用的东西——埋藏罐子和刀具，罐头食品和衣服——我却在收拾我的纸张，并做了个袋子把它们装起来。我有几件东西安全地留在图书馆下面，但还有日记和一堆铅笔头，画着我的家人和梦中红衣女子的画，以及一些宝贝（斯帕克送的礼物）。我很快准备好了，急忙去找她。

“你去哪里了？”我问，“你为什么不去河边？”

“发生了什么事？”

“我们没找到他。伊格尔怎么样了？”

“他一爬出来就哭。”

“他哭？”我帮她把枝叶堆到地道入口处。

“像个小孩子似的，”她说，“他昏昏沉沉地爬出来，看到我留在后面，就跑走了。他可能还躲在附近。”

我们收拾好东西，跟大家爬上山岭，如今是一帮难民。山下的空地上一无所有，这样或许可以骗过人，但骗不了狗。

“我们永远不会回来了。”斯帕克说。

贝卡嗅了嗅空气，“狗。人。我们走。”

现在我们是十一个人了，我们逃跑了。侦探犬凄厉的叫声在山中回响，越来越近。我们闻到它们正在接近，听到人们激动的声音。血红的太阳悬在地平线上，搜寻者已经进入我们的视线范围，两个健壮的年轻人拉着拴狗皮带，气喘吁吁地跟着狗跑。劳格诺在路上跌了一跤，包裹掉了，里面的东西在碎叶上撒了一地。我回过身看着他把自己的铁锹捡起来，这时我见到一顶红帽子在他身后一闪，那人没有看到我们。赞扎拉伸手一把拉起劳格诺，我们飞快地赶上了大家，把细微的线索留在了那里。

我们跑了几小时，像被追赶的狐狸一样渡过溪流，掩盖我们的气味，最后，在一丛荨麻里躲了起来。太阳落到了树梢下面，人和狗的声音渐去渐远。他们回去了。我们在那里露营过夜，放下包裹，稍事放松。我刚刚藏好自己的纸，贝卡就大步走到我面前，挺着胸膛准备发号施令。

“回去看看，什么时候才能安全回去。”

“我自己去？”

“叫上一个和你同去，”他扫视了一遍手下，不怀好意地看着我，“带上斯帕克。”

我们蹚过蜿蜒的小溪，向我们的追踪者走去，时而停步倾听，张望是否有危险。走到水中央时，斯帕克猛地一跃，跳上一块大石头。

“安尼戴，你还想离开吗？”

“离开？去哪儿？”

“就是离开，现在。我们能走。我不知道。往西走，去加利福尼亚看深蓝色的大海。”

水中发出一个声音，我们停下说话。可能是一个人的蹚水声，也可能是狗渡过溪流的泼刺声，或者是鹿晚上来喝水。

“你不会走的，是吗，斯帕克？”

“你听到了吗？”她问。

我们静下来凝神倾听，爬过灌木丛，小心翼翼地探查着那个声音。一百码外的下游有种非常奇特的气味——既非人类也非动物，而是一种兼而有之的东西。我俩沿着河岸移动时，我觉得胃痛了起来。转了个弯，在树叶间微弱的光线下，我们快接近他了，但还没看到这个人。

“谁在那里?”那人说，接着一猫腰想要藏起来。

“斯帕克，”我低声说，“那是我父亲。”

斯帕克踮起脚尖，朝那个蹲伏的人窥视了一眼，接着把手指放在嘴唇上。她翕动着鼻翼，做了个深呼吸。她拉住我的手，像只狐狸一样带我悄悄溜走了。

19

尸体虽然在水里泡了一天，但还是被确认为小奥斯卡·拉甫。遮布拉开，露出的溺水者肿胀的样子，相当骇人。毫无疑问是他，虽然我们都没法凑上前去细看。若不是这具浸水的尸体上缠绕着的奇怪编网，也许大家会以为这只是一场悲惨的意外事故。他会在一块好地的两米深处安息，而他的父母会独自悲伤。但他们一把他打捞出来，就有了怀疑。尸体被运送到十二公里外的太平间去做验尸和查讯。验尸官查找死因，但结果出人意料。他外表完全是个小男孩，但解剖开来时，医生却发现是个老人。这件怪事没有见诸报端，但后来奥斯卡告诉我，体内器官都已萎缩，心脏有了坏疽，肺、肝、脾都已脱水，而大脑则是一个行将就木的百岁老翁的模样。

这一发现浸透了诡异和悲伤的气氛，而吉米·卡明斯也失踪了。那晚他和其他搜寻人员进入森林，但没有回来。吉米没来医院时，我们还都以为他先回家了，或者另找了条路出山，但到了第二天晚上，乔治开始担心了。第三天，我们几个都为吉米焦急不安，想方设法打探消息。我们打算如果天气好的话，当天傍晚就去森林。但正当我坐下来和家人用餐时，餐厅的电话铃响了。伊丽莎白和玛丽都从座位上跳起来，希望是来找她们的男孩，但母亲命她们坐下。

“我不喜欢你们的朋友在吃饭时打电话来。”妈妈提起墙上电话的话筒，刚说了句“你好”，她的脸就变成了一块调色板，惊喜、震愕、怀疑异无不齐备。她半转过身继续说完话，我们都看着她的后脑勺。她用左手挂断电话，右手当胸划了个十字，回过身来告诉我们这个消息。

“真是奇迹。是奥斯卡·拉甫。吉米·卡明斯没事，他找到他还活着。”

妹妹们嘴里的食物吃到一半停了下来，叉子悬在半空中，两眼瞪着她。我让母亲再把话说一遍，她又说了一遍，意识到自己说的意思。

“他们一起走出了森林。他活着。他在洞里找到了他。小奥斯卡·拉甫。”

伊丽莎白的叉子落了下去，“咔嗒”一声掉在餐盘上。

“你在开玩笑吧。活着？”玛丽说。

“太刺激了。”伊丽莎白说。

妈妈心不在焉地拨弄着额角上的发夹，站在椅子后面寻思。

“他不是死了吗？”我问道。

“嗯……一定是哪里出了错。”

“这是个超级大错，妈。”玛丽说。

伊丽莎白直愣愣地问了一个我们都在想的问题，“那么太平间里的那个是谁？”

玛丽问她的双胞胎姐姐：“难道还有另一个奥斯卡·拉甫？这可太酷了。”

母亲重重地坐到椅子里。她盯着一盘烤鸡，浑然不觉地想着，把她所能理解的真实和刚刚听到的事情联系起来。双胞胎大搞竞猜，她们的假设都荒谬不堪。我紧张得吃不下饭，只好走到门廊处吸烟，思索起来。吸到第二支“骆驼”时，我听到一辆车开来。樱红色的福特驶上马路，开进我们的车道，在砾石地面上减速停下。双胞胎冲到门廊上来，纱门“砰砰”关了两下。卡明斯从车里出来了，他把头发往后扎成一把，鼻梁上架着一副玫瑰红的眼镜，两个手指摇晃着V字形，咧嘴笑开了。玛丽和伊丽莎白娴雅地和他打过招呼，羞答答地朝他微笑。吉米大步跨过院子，两下跳上门廊阶梯，站到我面前，等着我像欢迎英雄似的欢迎他。我们握了手。

“祝贺你大难不死，伙计。”

“伙计，你已经知道了？你听说了新闻？”他两眼充血，我不知道他是喝多了还是累坏了。

妈妈从门口冲出来，朝我朋友张开双臂，大力拥抱他，把他弄了个大红脸。我的妹妹们矜持不下去了，她们也加入进来，差点用她们的激情把他给扑倒了。我站在一边，看着她们一个个从他身上剥下来。

“把事情全告诉我们，”母亲说，“你要喝点什么吗？我给你倒杯冰茶。”

她在厨房里忙的时候，我们都各自坐在了藤椅上。吉米不知该选哪个妹妹才好，只好坐在长靠椅上，双胞胎并肩坐在门廊的秋千上。我靠在栏杆上，妈妈回来后，就坐到吉米身边，朝他微笑，好像他是她儿子一样。

“戴夫人，您有没有见过死而复生的人？”

“哦，仁慈的天神和天使保佑我们吧。”

“拉甫夫妇看到他时也这么想，”吉米说，“好像奥斯卡是从天堂掉下来的，或者被地狱里的风刮了出来。他们没法相信亲眼看到的事。因为他们都已经准备把遗体送去殡仪馆了，想小奥斯卡死了，就下葬吧。我拉着他们儿子的手进去时，路易斯看起来像是得了心脏病，伙计，莉蓓走过来说：‘你是真的吗？我能摸摸你吗？你是什么？能和我说话吗？’那孩子冲她跑过去，搂住她的腰，她就知道他不是鬼魂。”

两个一模一样的人，一个死了，另一个活着——换生灵和孩子。

“所有的医生和护士都吓坏了。说到护士，亨利，有个护士说她那晚见过你，就是他们把另一个男孩打捞上来的那晚。”

没有另一个男孩。

“路易斯开始摇我的手，莉蓓把‘上帝保佑你’讲了至少一千遍。还有奥斯卡，那个大奥斯卡，几分钟后进来了，他看到侄子后的反应也是这么一个过程，那伙计也很高兴见到我。那些问题都飞过来了，当然我已经把整件事跟消防队员和警察说了一遍。他们把我们送到医院，因为他已经在那里待了三天。他们差不多是说不出这孩子身体有什么问题。就是时间拖得有点长，好像他出去远足旅游了一样，我们都累坏了，又脏又渴。”

一场猛烈的暴风雨压黑了西天。森林中，动物们会纷纷寻找地方躲雨。妖怪们在他们古老的营寨下面挖了地洞，迷宫般的地道能让他们躲避恶劣天气。

“但你应该知道这件事，伙计，所以我开了车直接来这儿了。”

他一口喝下了冰茶，母亲又立刻给他倒了一杯。她和我们几个一样，急着等故事开头。我在想，他的故事会不会把暴风雨都打败呢？她忍无可忍地问道：“那么，你是怎么找到小奥斯卡的？”

“嗨，亨利，我不是告诉过你我看到那个护士泰思·伍德郝斯了吗？兄弟，你应该给她打个电话。那天晚上，我一心寻找孩子，后来忘了时间。我的表停在了七点半。我可吓坏了，因为那时候一定已经九点多了。不是我相信鬼啊什么的，但四周黑洞洞的。”

我看了看表，望了望逼近的暴风雨，想要算出它的速度。如果雨打下来，他们还有一两个还在营寨外，就只能找个山洞或树洞避过风头。

“我迷路迷得厉害，那时只想找到自己的路回去。我走到了一块林中空地，星光下显得怪怪的。草丛和树叶里有压平的地方，有点像鹿在那里躺过似的。接着我看见沿着空地一圈，有一些平整的椭圆形，我想是有一群动物在那里过夜，对吧？”

在晴朗的夏夜，我们睡在地面上。每天早晨我们都会研究天象，看看是否会变天。吉米停下来歇口气，我觉得自己又听见了河中石头的乐音。

“那里有一圈灰烬，还有篝火烧过的枝条，是某些他妈的猎人或背包客留下的，如果我要在森林里过夜，那里也许是个好地方，因为显然已经有人住过了。我生了一小堆火，火光让我打起瞌睡来，我知道后来我就睡着了。做怪梦。幻觉。糟糕的迷幻药。远远的有个声音，一个小男孩在叫着‘妈妈’，但我看不到他，我累得不想起来。这种梦你也做过，你会觉得闹钟在梦里响起来，但实际上是在你床边响起来对吗？你以为那还是在梦里，就不肯起来关闹钟，然后就睡过头了，后来你醒来时就想起来你做过一个闹钟的梦，对吧？”

“我想我每天早上都做这样的梦。”玛丽说。

“就这意思。我看不见他，但我能听见小奥斯卡哭着喊妈妈，于是我开始找他。‘奥斯卡？你妈妈和爸爸让我来找你。’他就叫起来，‘我在下面！’在哪下面？我看不见他，他在哪下面呢？‘不停地叫我名字’……我试着去找他的声音。接着我掉到了该死的洞里。有人把枝叶和别的东西放在入口上，像个陷阱一样，我就压穿枝叶掉了下去。我肩膀以上卡在洞外，那时候是半夜三更，孩子在旁边把眼睛都快哭瞎了。情况太糟了，伙计，太糟了。”

女孩们停下了秋千。母亲身体往前靠。我忘了逼过来的暴风雨，满心想着捉摸不定的曲调，但连它也沉陷到了谈话的沼泽地里。

“我陷在里面了，伙计。我的胳膊卡在洞边。更要命的是，我的脚够不到洞底，只是晃在那里，晃在一个无底洞的上头。说不定底下有什么东西想要捉我。”他朝女孩们作势一扑，她们尖叫起来，咯咯直笑。

“我待在那里，思考我的处境。戴夫人，我大声叫小奥斯卡别再扯嗓子了，因为他让我心烦意乱。我说：‘我卡在洞里了。但我一有办法出去，就会立刻把你弄出来。’他说他觉得这是一个地道。我让他四处爬动一下，看看是不是会见到一双大脚悬在半空中，那是我的脚，他能否帮我出去?”

远处传来隆隆的雷声。我跳下门廊，跑出去摇上他的车窗。妖怪们会胳膊大腿地抱在一起，害怕突如其来的闪电。歌声又从我头脑中溜走了。

“到了早晨，我看清我在什么地方了，但还是卡在洞里，我朝左侧挤了挤，扭转身子掉了下去。原来我离洞底只有半米不到。但我双脚发麻，胳膊也痛，我得撒一泡尿——戴夫人，原谅我讲话粗鲁。我累得要命，但那孩子……”

一声炸雷，我们都跳将起来，接着一道闪电布满天空。空气里有股电的气味，暴雨就要来了。最初的大雨点像硬币似的，敲打着地面，我们迅速躲进屋里。卡明斯坐在沙发中间，一边一个坐着玛丽和伊丽莎白，妈妈和我坐在安乐椅上。

“在洞底，”吉米继续滔滔不绝，“地道有三个方向。我向每个方向都喊了话，但没有回音。我开始想奥斯卡会不会在哪条通道的另一头呢？还是这整桩事情都是我在做梦呢？你真该看看这些地道，伙计，不可思议的酷啊。上帝才知道是谁或者什么东西建造了它们，又是为了什么目的才造的。你爬在里面，它们可真够小的，像是小孩子造的。你贴着地面像蛇一样地爬，爬到另一头就是一个房间，有的房间稍大些，可以让我蹲起来。在每个房间里又有更多的通道。我简直觉得像是看到了电视里克劳凯特[①]报道的场面。就像越战营。说不定就是一个越战营?”

“你真的觉得，”我问，“越共会侵略美国，还会在不知道哪里的地方搭营建寨?”

“不，伙计。你以为我疯了吗？说不定那个地方是他们用来训练我们的人，去地道里寻找他们的人？像个蜂窝一样。一个他妈的迷宫。我

① 美国CBS新闻记者，曾任战地记者。

来来回回，不想走迷路，但突然我意识到我整天都没听到奥斯卡的声音。我正在想他会不会死了，他就像只鼹鼠一样地爬过来抬起脑袋。问题是——我起先没有注意到他是因为他满身泥土尘灰——他就像个傻瓜似的什么都没穿。”

“他的衣服怎么了？”妈妈问。

换生灵扒光了他，把他裹入一张蜘蛛网里，再把身体扔进河里，以此变成他们的一员。这就是他们认为自己在做的事。

“戴夫人，我毫无头绪。我们第一件事就是到地面上去，他让我看这些洞壁上都凿着拉手和踩脚的地方。我先前倒没有注意，他就像爬楼梯一样登了上去。”

我花了大半个月凿这些拉手，我几乎能想起那个不停挖洞的妖怪的样子。

“我找到他时天已经晚了，孩子又累又饿，我们没法从森林里出来。我肯定大家都还在找我们。于是我们就坐在那里想下一步怎么办，他问我是不是饿了。他走到空地边上，卷起一块脏兮兮的毯子，下面藏满了食物。就像他妈的林子中间有个杂货铺。豌豆、梨子、苹果酱、烤豆、一袋糖、一盒盐、干蘑菇、葡萄干、苹果。像是找到了一个埋藏的宝藏。”

我从窗外望去，暴风雨减弱了。他们去哪里了呢？

“我在弄饭时，奥斯卡开始在这个营寨边上东翻西找，我在想办法把罐头打开。这孩子回来时穿着那些很帅的老式短裤，像荷兰移民来的纽约人一样，还有一条邋遢的白套衫。他说他找到了一大堆东西。你没法相信那里有些什么东西——衣服、鞋子、手套、帽子、棒球手套。我们把这些垃圾翻了出来——纽扣，一革袋的可卡因大麻——不好意思，戴夫人——一张摇滚乐唱片，还有旧纸牌，上面写着字的报纸，像是有个小孩在上面学写 ABC。有人收藏了一卷绳子，一把梳子，一把生锈的剪刀。他妈的装拼起来的娃娃。就像那里有个妈咪一样，伙计。我告诉警察后，他们说会去调查一下，因为他们不想让我们镇子附近有这种人待着。”

“我也要说这样不行。”我母亲抿着嘴唇。

伊丽莎白朝她喊：“和大自然交流有什么不对？”

“我没说到大自然什么的。”

“不管住在那里的是什么人，”吉米继续说，“我们去的时候已经走了，因为他们都不在，伙计。晚饭时，奥斯卡告诉我他是怎样在林子中间的地洞里，又怎样衣服扒得精光。那群孩子假扮成海盗绑架了他，把他绑在一棵树上。一个男孩戴了个面具，跟他一模一样，还叫他跳到洞里去。他脱光了衣服，又让奥斯卡也脱光。我都听呆了，那个孩子让奥斯卡忘了发生的一切，他爬了出去，在地道口盖了盖子。”

他没有把换生进行到底。我在想他是谁。

“所有的孩子都逃跑了，只剩下一个女孩，她说能帮他回家。但她一听见狗叫，也逃跑了。到了早上，没有人来找他，他害怕极了，简直要发疯，那时候他听到了我的声音。我一个字也不相信，但这确实能解释很多事情。比如孩子的旧衣服。”

“还有他们在河里找到的男孩。”妈妈说。

“也许那就是他以为自己看到的那个，”伊丽莎白说，“也许那个男孩和他有几分像，所以奥斯卡以为他戴了面具。”

玛丽提出了自己的理论，“可能那就是和他一模一样的那个。爸爸以前说过，每个人都有这样一个。”

妈妈用一句话结束了话题：“我听着像是仙灵。”

他们都笑了，但我知道是怎么回事。我把额头靠在冷冷的窗玻璃上，在景色中搜寻那些我曾经想要忘记的身影。院子里水坑中的积水正在慢慢渗到土里去。

20

我们失去了家园，再也没有回去。先到的是追踪者和狗，他们查探营寨，发现了我们撤退时留下的东西。接着穿黑西装的人来给洞穴和我们印在泥土上的脚印拍照。直升机在营地上空盘旋，拍摄树木周界和踩平了的森林小路。几十个穿绿军装的士兵收走了所有的遗弃物品，分门别类地放进箱袋里。有几个人爬到了地下，在通道中匍匐前进，出来时朝天空眨巴眼睛，好像他们去了一遭海底。几周后，来了另一拨人，他们带着沉重的机器翻山越岭，从古老的森林里开出一条通道，他们弄塌了这些地道，掘出来，再埋好，一遍遍翻着土地，湿重的黏土翻了出来，和地表的赤土混在一起。他们在圆圈里倒满汽油，放了一把火。到了夏末，什么都没剩下，只有灰烬和几棵烧焦的树。

这样的破坏也没能阻挡我们回家的愿望。抬头望不到树枝间熟悉的星星和天空，我无法入睡。晚上一有动静——一条小树枝的断裂声或一只山鼠在矮树丛中的拨拉声——我就不得安眠，到了早晨，我头痛颈酸。我也听到其他人在睡梦中呻吟，在灌木丛后翻来覆去，以减轻体内渐增的压力。斯茂拉赫每个小时都会回头张望十几次。奥尼恩斯咬指甲，把草编织成细密的链条。每次风吹草动之后大家都没精打采。我们知道家园已经被毁，但还是在寻找它，仿佛仅仅怀抱希望也能重建生活。希望落空后，病态的好奇心弥漫开来。我们一次次地回去，为那些残骸忧心忡忡。

我们躲藏在高高的橡木树顶上，或分散在山岭里的洞穴中，一边观望，一边小声交谈，眺望我们的损失和被破坏的家园。覆盆子树被锄耕机碾碎了，野樱桃树被推土机推平了，我们享受盛宴和狂欢的小路和通道被抹去了，好像擦掉了一张图画或撕去了一页纸似的。早在第一批法国草皮商到来之际，这个营地就存在了，他们在当地人世居的地盘上碰到了土著。我们心怀故土，离乡背井，在临时搭建的棚子下挤在一起，永远地迷失了。

到了早秋，我们还在荒郊野岭间奔走。人类、狗还有机器的进山使得转移变得既困难又不安全，因此我们在艰难的时日中，一直待在一起，百无聊赖，饥肠辘辘。只要有人远离群体，我们就会遭遇危险。劳格诺和赞扎拉从某个搜寻人员的望远镜前经过时，被发现了。他大呼小叫地追他们，但我的朋友们跑得太快了。自卸车带来了砾石，铺在从高速公路通往我们旧日空地的一条土路上。卡维素芮和奥尼恩斯玩起一种在碎石头里找宝石的游戏，只要找到特别的石头就算数。她们在月光下翻找新卸下的石头堆，但有一天晚上被睡在拖拉机里的司机发现了。他偷偷摸摸地上前擒住女孩们的衣领。要不是奥尼恩斯挣脱出来把他咬出了血，她们就会被抓了。那个司机可能是唯一一个被仙灵咬过的人，那条伤疤像串珠子一样留在大拇指和食指间的皮肤上。

在人们打桩的建筑工地上，鲁契克发现一辆空车的前座上有盒拆了包的香烟。他像老鼠一样悄悄地掠过去，正当他进去想偷香烟时，膝盖撞到了喇叭。他一把抓住“幸运牌”烟，附近厕所的门猛地开了，男人提着裤子，骂骂咧咧地出来找小偷。他查了车厢，搜了驾驶室，还把头伸到挡泥板下去看。在林边，鲁契克实在忍不住了，在黑暗中擦亮了火柴。他才吸了一口，就猫下腰，一颗小号铅弹在他头顶上方爆裂。那人又开了一枪，这时我的朋友早已边笑边咳跑进林子深处去了。

出了这些事后，贝卡限制我们的自由，不准我们单独外出，也不准我们白天走到路上去。因为害怕被发现，他不准许我们到镇上去偷东西充实补给。白天，无论我们在哪里扎营，还是会从老家传来机器的嗡嗡声，起伏的敲打声。晚上，四周寂静得可怕。我盼望着和斯帕克一起逃去图书馆，待在舒适的密室里。我想念我的书籍和纸，我的东西不多：麦克伊内斯的陈旧的作文簿，一张红衣女人的画像，一叠信件。我浑浑噩噩的也没有再写什么，时间不经记录地溜走。在某种意义上，时间根本不存在。

为了弄到食物，劳格诺、赞扎拉和我一起编织了一张粗陋的网，在试了很多次、出了很多错后，我们捕到了一对松鸡，把它们杀了带回家当晚餐。大家开了个拔毛庆祝会，像印第安人一样把羽毛串起来戴在头上。我们插上鸟毛，在这个季度第一次冒险点了一大堆火，烧烤鸟肉，凉飕飕的夜晚过得很舒服。我们围成小堆，脸庞在熊熊火光中被照亮，疲惫的眼睛透着焦虑和厌倦，但这顿饭让我们精神一振。火光渐熄，肚子填饱，一种安静的满足感油然而生，就像不在场的母亲在我们肩膀上披了一条毯子。

贝卡用袖子擦了擦油光光的嘴巴，清了清嗓子唤起我们的注意。还在聊天的、吸骨髓的都停下来，“我们已经把人惹火了，会有很长很长时间不得安宁。我们不该把孩子丢了，但更错的是刚开始就不该把他带回来。”我们都多次听过这个调调了，他最喜欢的奥尼恩斯扮起了李尔王身边的小丑[①]。

“但他们有伊格尔，为什么还那么生气？”她问道。

“她说得对。他们有伊格尔。他是他们的奥斯卡，”齐维也这么说，“但我们又没有奥斯卡。他们生什么气啊？我们才是受损失的。”

“这和男孩没关系。他们找到我们，找到我们的窝，现在用柏油把它封起来了。他们知道我们在这儿，会不停地找我们，直到找到并把我

① 莎士比亚《李尔王》中的小丑是李尔王身边唯一敢说真话的人。

们赶出这片森林为止。一百年前，这边山里有山狗、野狼、狮子。每年春天，空中都会路过黑压压的鸽群。蓝知更鸟和我们生活在一起，小溪和河流里有很多鱼、癞蛤蟆和乌龟。以前一个男人把一百条狼皮挂在谷仓上晒，也不是罕见的事。看看你们周围。他们进来，打猎，砍伐，然后把东西拿走。伊格尔说得对：一切不复从前了，我们就是下一个。”

吃完饭的人把骨头丢进火里，骨头和新鲜的脂肪劈啪爆响。我们因厄运而厌烦不堪，情绪低落。在听我们的新领袖说话时，我注意到有几位并不接受他的说教，在圈子里交头接耳的。篝火的另一头，斯茂拉赫并没有注意听讲，而是用一根棍子捣着泥土。

“你觉得你懂得比我还多？”贝卡朝他叫道，“你知道该怎么做，怎么让我们活下去？”

斯茂拉赫垂下目光，在泥土里戳了一个点。

“我是最大的，”贝卡又说，“按道理，我是新领袖，我不会接受任何人挑战我的权威。”

斯帕克提高声音顶嘴：“没有人质疑规矩……或者你的领导权。”

斯茂拉赫继续画他的地图，他说话的声音低得别人都听不见，“我只不过给朋友们看看我们现在所处的位置，我是根据时间和天上的星星来计算的。你有权当我们的领袖，告诉我们去哪里。”

贝卡咕哝了一声，牵着奥尼恩斯的手钻入了灌木丛。斯茂拉赫、鲁契克、斯帕克、卡维素芮和我一起围绕地图而睡，其他人各自散去。我不记得以前见过地图。我想知道地图是怎么用的，那些符号又代表什么，于是靠过去细看那张图，顿时被吸引住了，弯弯曲曲的线条代表水道——河流和小溪——但越过河流的直线、方格里的一个个小盒子、大椭圆形和沙地里的 X 之间的凹凸不平的边线又代表什么呢？

“我是这样看的，”斯茂拉赫指着地图的右侧，“有知道的地方，也有不知道的地方。东边是城市。我只能靠空气里的味道来猜测，城市正在向我们靠近。不管东边了，问题是：我们要不要渡河去南边？如果那样，我们就和镇子隔绝了。”他用棍子点着那些方块。

“如果我们去南边，我们弄补给、衣服、鞋子就得一次次渡河。河流是危险的地方。”

“把这个，”卡维素芮说，“跟奥斯卡·拉甫说。”

鲁契克提出一个方案，“但我们不知道另一边会不会也有一个镇子。没有人去看过。我说我们去河对岸找个地方。”

“我们需要待在河流附近。”我说着，把手指放在曲线上。

“但不是在水里，”斯帕克纠正说，“我说去北边和西边，沿着溪流或跟着河流走，直到它拐弯。”她从他手中拿过棍子，画出了河流折向北边的地方。

“你怎么知道它拐弯？”卡维素芮问。

“我去过那里。”

我们都用敬畏的目光看着斯帕克，好像她曾见识过世界的边缘。她回瞪着我们，否定每个人的挑战和怀疑。“从这里走过去两天。或者我们应该在溪流附近找个地方。有些年在八月和九月它会干涸，但我们可以建个蓄水池。”

我想到我们图书馆下面的藏身处，开口说：“我选小溪。如果我们需要供给或别的什么，可以顺着它从山上进镇子。同意吗？”

“他说得对，你们知道，”鲁契克说，拍拍胸口和衬衫下瘪瘪的革袋，“我们需要镇上的东西。我们去跟贝卡说想要待在西边，同意吗？”

贝卡躺在那里打鼾，张着嘴，胳膊搂着身边的奥尼恩斯。她听到我们走近，睁开眼睛微笑起来，手指竖在嘴唇边，低声说“小声点”。如果我们听她的话，也许就能在较好的时间，当他好脾气的时候跟他说，但斯帕克从来就是个急性子，她在他脚上踢了一下，把他惊醒了。

“现在你想干什么？”他打着哈欠吼道。自从贝卡登上领袖宝座，就想让自己显得更为魁梧。他站起来，跃跃欲试地想干架。

“我们厌倦了这样的生活。”斯帕克说。

“从来没有两个晚上睡在同一个床上。”卡维素芮说。

鲁契克补充说：“自从那个男人在我头顶开枪，我再也没有吸过烟。”

贝卡用手揉着脸，睡意蒙眬地考虑我们的要求。他开始在我们前头迈步，向左走两步，转个弯，又向右走两步。他停下来把双手背在背后，让我们知道他并不想谈这件事，但我们不接受这沉默的拒绝。一阵微风拂过树梢。

斯茂拉赫走到他面前：“首先，没有人比我更尊敬和赞赏你的领导。你使我们不受伤害，把我们带出了黑暗，但我们需要一个新的营寨，而不是这样漫无目的地游荡。找个靠近水边，又有路通往文明的地方。我们决定……”

贝卡蛇一般地出击，窒住了后面的话。他卡住斯茂拉赫的脖子用力掐他，直到我的朋友跪了下来。“我做决定。你听命和服从。就是这样。”

卡维素芮奔过去帮斯茂拉赫，但被一耳光扇开。贝卡松开手后，斯茂拉赫跌倒在地，大口喘息。贝卡用一根手指指着天空，对我们三个还站着的说：“给我们找一个家的是我。不是你们。”他拉起奥尼恩斯的手，大步走进黑暗。我向斯帕克看去，想求个安心，却见她盯着暴力现场，仿佛要把报复烙进记忆里。

21

唯有我真正知道林中发生了什么事。吉米的故事向我解释了奥斯卡·拉甫怎会溺死数日后再度奇迹般地出现。当然，那是换生灵，所有的证据都证明了我的猜疑：他们没有成功地偷走孩子。死者是换生灵，是我的一个老朋友。我能想起排在下一位的脸，但想不起他们的名字。我在那里的时候，整天想着总有一日我会在上面的世界中开始新生活。几十年过去了，那些人都一个接一个地走了，每个都成了换生灵，找到一个孩子，取代了对方的位置。慢慢地，我开始憎恨他们每个人，漠视队伍里的新成员。我故意忘记他们。我有没有说过我的一个朋友死了？我没有朋友了。

在为森林中少了一个魔鬼而高兴的同时，我也因吉米对奥斯卡·拉甫的描述而莫名地不安起来。那天晚上，我梦见一个像他那样的孤独男孩待在一间老式的客厅里。一对小雀儿在铁笼子里蹦跳。一只俄式茶壶闪闪发亮，壁炉架上放着一排皮面装订的书，烫金的外国书名是用哥特字母拼成的。客厅贴着深红色的墙纸，厚重的深色窗帘挡住了阳光，一只造型奇特的沙发上披着格子花样的针织沙发罩。在一个潮湿的下午，男孩顶着酷热穿着羊毛灯笼裤和扣靴，浆直的蓝衬衫，还戴了一条很像圣诞节领结的大领带。他披着一头鬈曲的长发，朝钢琴倾着身子，全神贯注在琴键上，固执地弹着一首练习曲。他身后来了另一个孩子，同样的头发和身材，但全身赤裸，踮着脚悄悄走近。钢琴手无视于这等威胁，继续弹奏。其他妖精从窗帘后面，从靠背长椅下，从木制家具和墙纸边像一股轻烟似的冒出来。小雀儿尖叫着碰撞铁笼。男孩在一个音符上停下，回转头来。我曾经见过他。他们同心协力发动攻击，一个按住男孩的鼻子和喉咙，另一个抓住他的腿，还有一个把男孩的双手反绑在背后。关闭的门后传来男人的声音："Was ist los ?"随着"砰砰"的敲门声，门打开了，门框里出现一个身材高大、络腮胡子的男人。"Gustav ?"几个精灵扑过去按住他，另外几个擒住他的儿子，父亲大叫道："Ich erkenne dich！ Du willst nur einen Sohn！"①

我仍然能感受到他们眼中的愤怒和攻击的劲头。我的父亲在哪里？一个声音刺穿梦境，叫道："亨利，亨利。"我睁眼看到湿漉漉的枕套和乱糟糟的床单。我闷声打了个哈欠，朝楼下喊道我累了，想好好休息。母亲也在门外喊道有人打电话来，还说她可不是我秘书。我披上睡衣，冲下楼去。

"我是亨利·戴。"我对着话筒咕哝了一声。

她笑起来："你好，亨利。我是泰思·伍德郝斯。我在树林里看到你了。"

她肯定无法想象我为何尴尬地沉默下来。

"我们找到那个孩子的时候。那第一个孩子。我在救护车边上。"

"对了，那个护士。泰思，泰思，你好吗？"

"吉米·卡明斯说要给你打个电话。过一会儿你想在哪里见个面吗？"

我们商量好她下班后见面，她让我记下她家地址。在纸页底端，我草草写上"古斯塔夫"这个名字。

她出来开门，走到门廊上，下午的阳光落在她脸上和黄色的背心裙

① 这几句德文的意思分别是："怎么了？""古斯塔夫？""我认得你，你只能是我的儿子！"

上。从阴影处看去，她光芒四射。突然之间，仿佛回顾往事，她显露出我爱慕的特征：虹膜的色调斑驳不均，右侧太阳穴上蜿蜒着的青筋犹如热情洋溢的旗语在忽闪，她的嘴角一扬，笑得灿烂无比。泰思叫了我的名字，这使它像是真的。

我们驾车离开，从打开的车窗里吹进来的风把她的头发甩到脸上。她笑起来时，头往后仰，下颌朝天，我真想吻她可爱的脖子。我们像是有目的地开着车，但我们镇上没有特定的地方可去，泰思把收音机音量调小。下午我们就散步。她告诉我她在教会学校的生活，接着是上大学，学的是护理专业。我告诉她我在公立学校里的事，还有我中断的音乐学业。镇外几公里处有家新开张的炸鸡连锁店，我们就去买了一桶，然后在奥斯卡酒吧门口停下，进去偷了一瓶苹果酒。我们在一所学校的运动场上野餐。夏天已离我们而去，但还有一对红雀站在吊杆上，对着我们唱八音小夜曲。

“我以前以为你是个怪人，亨利·戴。我们一起念小学时，你大概就跟我说过两句话，或者你跟别人也是一样。你看起来失魂落魄的，好像在听着你头脑里的曲子，而别人都听不到。”

“我现在还是那样，”我告诉她，“有时候我在路上走，或一个人静悄悄的，就会来上一段，想象着手指落在琴键上，然后清清楚楚地听到音符。”

“你像是在别的地方，几公里外。”

“不是一直这样。不是现在。”

她的脸灿烂起来，表情变了。“奇怪，不是吗？关于奥斯卡·拉甫，那个孩子。或者我该说，跟两颗钉子一样像的两个小男孩。”

我想换个话题，“我的妹妹是双胞胎。”

“你怎么解释这件事？”

“还是高中学的生物，很长时间了，当一个卵子分裂成……”

她舔了舔手指，“不是双胞胎。是淹死的男孩和失踪的男孩。”

“我跟这两个都没关系。”

泰思抿了一口酒，用餐巾擦着手。“你是个怪人，但我就是喜欢你这点，甚至当我们还都是孩子时。从我第一天在幼儿园看到你开始。”

我真心诚意地希望那天是我在那里。

“我还小的时候，就想听你的歌，那首在你头脑里的歌。”她从毯子上靠过来，吻了我。

傍晚，我送她回家，在门口吻了她一下，然后心情愉快地开车回去了。屋子就像一个空壳似的发出回声。双胞胎不在家，母亲独自坐在起居室里，看电视里播放的每周电影。拖鞋叠在长凳上，家居服的纽扣扣到领子，她抬起右手的饮料，跟我打了个招呼。我坐在安乐椅边上的沙发里，这么多年来第一次细细打量她。我们无疑都长大变老了，但她老得厉害。她比我们初见时发福了不少，但仍然漂亮。

“亨利，你的约会怎么样?”她仍然看着电视机说。

“挺好，妈，不错。”

“还会再见她吗?”

“泰思?我希望会吧。”

一个商业广告打断了电影，她喝着饮料，转过头朝我微笑。

“妈，你有没有……”

“什么，亨利?”

“我不知道。你有没有觉得孤单呢?比如你自己也可以去约会。”

她大笑起来，看上去年轻了好多岁。“哪个男人会想和我这样的老家伙出去呢?”

“你不是很老。而且你的样子看上去比实际年龄要小十岁呢。”

“把恭维话留给你的护士吧。”

这个想法又来了，“我想……”

“亨利，我已经看了一个小时了。让我看到底吧。”

泰思改变了我的生活，改变了一切。自从野餐时毫无准备的事情发生后，那个烂漫的夏季，我们每天见面。我记得我们并肩坐在公园长凳上，腿上放着午餐，在明媚的阳光下说话。她会朝我转过身来，脸庞沐浴在亮光中，我不得不用手搭了凉棚去看她。她把她的事说给我听，我越听越想听，这样就可以了解她，一点都不忘记。我喜欢每次无意间的触碰、她身上的热量，她使我感觉自己活着并且完全活得像个人类。

七月四日，奥斯卡关了酒吧，请了镇上将近半数的人去河边野餐。他安排了庆祝活动，为了向所有在这次搜寻和营救侄子的行动中帮过忙的人们表示感谢。参加的人有警察和消防员，医生和护士，所有小奥斯卡的同学和老师，还有志愿者——比如我、吉米和乔治——拉甫一家和各门亲戚，一两个穿着便服的牧师，还有不可避免的来蹭饭的人。一场盛宴办起来了，土坑烤猪，鸡肉，牛肉饼，热狗，从南边运来的玉米和西瓜，小桶装的啤酒，瓶装烈性酒，给年轻人用的冰块和汽水，专为大宴群宾而去市里订制的蛋糕，它和野餐桌一样大，上面浇着红色、白色和蓝色的奶油，还写着闪光的金字“感谢您”。聚会下午四点钟开始，搞了一整个晚上。天完全黑了以后，一队消防员放起了烟花，散落的火花和蜡烛碰到河面发出劈啪声和嘶嘶声。当时，我们的镇子和美国其他很多地方一样，在战争这个问题上意见分歧，但我们为了庆典，将越南和进军抛之脑后。

在让人无精打采的大热天里，那个晚上泰思光彩照人，脸上挂着酷酷的笑容，眼里闪着明亮的光芒。我见到了她的所有同事，有钱的医生，一大帮护士，还有好多消防员和警察，都晒得黑不溜秋，走路大摇大摆。放完烟花，她看到她的前男友正和新女友在一起，她坚持说我们过去问个好。我总觉得我在前世认得他，我没法甩开这种感觉。

“亨利，你还记得布瑞恩·安格兰德吧。”我们握了手，他把新女友介绍给我们。两个女人溜到一边去交换意见了。

“哦，安格兰德，真是个少见的姓。”

“德国姓。”他啜着啤酒，看着那两个女人，她们非常自如地谈笑。

“你的家族是从德国来的？”

“很久以前乘船来的。我的家族在镇上住了一百年了。”

一串刚才没放的鞭炮随着清脆的劈啪声爆开了。

“来自一个叫埃格尔的地方，我想，但要我说，伙计，那可是上辈子了。你的家族是从哪来的，亨利？”

我撒了谎，他听我说话时，我打量着他。那双眼睛让我有所触动，还有这下巴的形状和鹰钩鼻子。如果在安格兰德嘴边加两绺粗长的胡须，再加上几十年的岁数，他可不就是我梦中那个男人？那位父亲。古斯塔夫的父亲。我撇开了这个念头，只把它当做是我做噩梦的紧张情绪和看到泰思的旧情郎共同造成的幻觉。

吉米·卡明斯从后面悄悄挨上来，差点吓掉了我的魂。他笑我这么吃惊，指着自己脖子上悬挂的绸带。“今日英雄。”他大喝一声，我也忍俊不禁。小奥斯卡和往常一样，在众目睽睽下有点呆呆的，但每当有陌生人抚摸他的头发或主妇们弯腰吻他的脸时，他也朝他们微笑。这个暖意融融的夜晚充满欢情，慢慢地过去了，人们在情绪低落时就会想起这种日子。男孩女孩们开心地绕着圈追萤火虫，郁郁寡欢的长发少年和一队红脸膛警察在传球。到了半夜，很多人已经回家，路易斯·拉甫硬拉着我听他说话，但我有一半没听进去，因为我一直看着泰思，她正在一株阴暗的榆树下和她前男友热烈地交谈。

“我有个想法，”路易斯对我说，“他被吓坏了，对的，整个晚上在外面，又听到了什么声音。我不知道，比如浣熊或者狐狸，对吧？所以他藏到了洞里，那里面太热了，他发了烧。”

她伸手碰了安格兰德的胳膊，他们哈哈大笑，但她的手还放在那里。

“所以他就做了那个稀奇古怪的梦……”

他们盯着对方直瞧，一直没有看到的大奥斯卡走上前来加入他们的谈话。他喝得醉醺醺的，兴高采烈，但泰思和布瑞恩凝视着对方的眼睛，表情严肃，好像在沉默中交流着什么。

“我个人认为那不过是以前某些嬉皮士驻扎的营地罢了。”

我想让他住口。现在安格兰德的手放在她胳膊上，他们都在笑。她摸了摸头发，无论他说什么她都点头。

“……另一个孩子是离家出走，但你还是感到难过……”

她朝我这边看来，微笑着挥手，好像什么都没发生。我接到她的目光，心扑通一跳，回头听路易斯说话。

“……但没有人相信仙灵故事，对吗？”

“你说得对，路易斯。我想你的想法是完全正确的。这是唯一可能的解释。”

他还没来得及感谢我或者说些别的，我已经迈开五步远了，朝她走过去。奥斯卡和布瑞恩看到我过来，就把脸上的笑容抹去了。他们望着星星，找不到更好的东西来看。我不理睬他们，在她耳边小声说话，她把胳膊搭在我背上，伸进我衬衫底下，用指甲在我皮肤上画圆圈。

“你们在谈什么？有趣的事情？”

“我们在谈你。”布瑞恩说。奥斯卡低头看着他酒瓶的瓶颈，咕哝了一句。

我带着泰思走开，她把头靠在我肩膀上，再没有回头看一眼。她带我走进树林，来到一处远离大家的地方，躺倒在茂密的青草和蕨叶上。轻柔而又沉重的空气中传来话语，但这只会让这一刻更加兴奋。她脱下短裤，解下我的腰带。我听到一伙人在河那边大笑。她吻着我的肚子，粗鲁地脱下我的短裤。远处，有人对她的心上人唱着歌，悦耳的音调飘在风里。突然间，我有微醺之意，周身发热，有那么一刻，我以为我听到有人从树林中走来。泰思爬到我身上，引导着我们，她的长发垂下来衬着脸庞，她前后摇摆，看着我的眼睛。笑声和话语渐渐消失，汽车发动了，人们互道再见、晚安。我伸手探入她的衬衫，她没有转开视线。

“你知道你在哪里吗，亨利·戴?”

我闭上眼睛。

“你知道我是谁吗，亨利·戴?”

她的头发扫过我的脸。有人按了汽车喇叭，开走了。她翘起臀部，让我更加深入。

“泰思。”

我又念了一遍她的名字。有人往河里扔了一个瓶子，水面打破了。她伏下身，放下胳膊，我们躺在一起，肌肤火烫。我吻了她的后颈。吉米·卡明斯从野餐处大叫一声：“再见，亨利。”泰思咯咯直笑，从我身上滚下来，穿起衣服。我看着她穿衣，却没有想到，这么多年我第一次没有害怕森林。

22

我们都担心还会再发生什么事。在贝卡的带领下，我们在森林中漂泊，从来没有在一个地方连续待过三个夜晚。为了等待贝卡的指示，贝卡还给我们带来了混乱。我们争夺食物和水，还有休息的地方。劳格诺和赞扎拉不顾最起码的形象，头发像葡萄藤似的缠结，皮肤上裹着一层土，人变得黑糊糊的。卡维素芮、布鲁玛和齐维生着闷气，有时一连数日不开口。鲁契克因为缺烟和无聊变得无比焦躁，为鸡毛蒜皮的小事都能暴跳如雷，若不是斯茂拉赫脾气温和，他们早就打了起来。我经常看到斯茂拉赫在吵架过后两眼望地，一把一把地拔着青草。斯帕克更加不合群了，退居到自己的想象中去，每当她提出要和我单独待一会儿时，我就很乐意和她一道离开大伙儿。

秋老虎那段时日，白昼渐短，但天气仍然暖和。小阳春里，野玫瑰和别的花儿再度欣欣向荣，莓果也长出来了。在这场意外的慷慨恩赐中，蜜蜂和其他昆虫延长了生命，热烈地追逐甜香。鸟群推迟了南迁。就连树木也延缓了落叶，从黯淡的色调一转变得绿意盎然。

“安尼戴，”她说，“听。它们来了。”

我们坐在一块空地边上，什么都不做，只是沐浴着不同寻常的阳光。斯帕克抬起头，倾听天空中翅膀的拍击声。鸦群降落后，张着尾巴在野覆盆子丛中迈步，跳到嫩芽堆里大快朵颐。山谷中回荡着它们的唧唧喳喳声。她的手环过我的背，放在我肩膀上，头也靠在我身上。树叶经了轻风，摇碎了一地阳光。

“看那只。”她指着一只落单的乌鸦，柔声说道。一条弯弯曲曲的茎的顶端长着一颗饱满的红草莓，它正费力地朝它扑过去。这只坚持不懈的鸟儿把茎扯到地上，用尖而弯的脚踏住，然后飞快地三口就啄掉了草莓。饱餐后，这只鸟儿唱起了歌，随后就飞走了，翅膀在斑驳的光线中扇动，接着鸦群也飞走了，在十月初的下午远去。

“我刚来时，”我对她坦白说，“害怕这些乌鸦，它们每天晚上回到我们家周围的树上。”

“你以前哭得像个婴儿，”她轻声地缓缓说道，“我想知道把一个婴儿抱在怀里是什么感觉，觉得就像一个成年女人，而不是瘦得一把骨头。我记得你母亲，她在某些想不到的地方非常柔软，又圆又厚实，比看上去更加强壮。”

“跟我说说他们是什么样子，我的家人。我又发生了什么事？”

“你还是个小孩时，”她开始说了，“我就观察着你。你是我的任务。我认得你母亲：她喜欢把你抱在膝上，给你读爱尔兰的古老故事，还把你叫做她的‘小家伙’。你可是个自私的孩子，老是想要更多，母亲对你的妹妹们稍加关心，你就急得不行。”

“妹妹们？”我问道，完全记不得了。

“双胞胎。女婴。”

她确认了我原来有两个妹妹，我为此心生感激。

“你讨厌帮助她们，为你的时间不是用来做你想做的事生气。哦，就是这样的小子。你母亲照顾着双胞胎，替你父亲担心，没有人帮她忙。她都累坏了，你却因此更加生气。一个不快乐的小孩……”她的话音停了一刻，手搭在我胳膊上。

“他就像只狐狸一样在池塘边候着你，在农场里到处捣蛋——撞坏篱笆啦，偷走母鸡啦，撕破晾晒的床单啦。他想要你的生活，而轮到哪个是毋庸置疑的。每双眼睛都盯着你好几个月，期待着你闹脾气。后来，你离家出走了。”

斯帕克把我拉近了些，手指抚摸着我的头发，把我的头靠在她的颈窝里。

“她让你早饭后去给婴儿们洗脸，这样她就能很快地洗个澡，但你把她们留在屋子里，想想看吧。‘待在这里玩你们的娃娃。妈妈在浴室里，我要出去，所以别惹麻烦。’你出门去了，在明亮的黄色天空下抛着球玩，看着草坪上在你奔跑的步伐前逃开的蚱蜢。我想和你一起玩，但是得有人去看着小娃娃。我溜进去，蹲在厨房的台案下，希望她们不会注意到我，也不会弄伤她们自己。她们正处在好奇的年龄，会去打开厨门，玩漂白粉和家具清洁剂，把手指伸进毒鼠药里，或者打开餐具抽屉玩刀子，或者拿到了酒，把威士忌喝个精光。她裹上浴袍，边唱歌边吹干头发时，她们正处于危险之中。

“这时候，你溜达到了森林边，想要发现一个惊喜。干燥的落叶和树枝的阴影间有什么大家伙在动，在黯淡的光线里跑过去，枝条咔嗒作响。一只兔子？也许是只狗或小鹿吧？你的母亲走下阶梯，平静地呼唤你，然后发现女孩们独自在桌子上跳舞。你在光影斑驳的小路上探头探脑。你身后一双有力的手抓住你的肩膀，把你扳过去。你母亲站在那里，头发还在滴水，脸上带着怒气。

“‘你怎能就这样走开了？’她问道，你看见双胞胎在草地上蹒跚而行，她一只手紧握着一把木勺，你知道大事不妙，就跑开了，她赶在后面，边追边笑。你无路可逃，她拉住你的胳膊，狠狠地打你的屁股，木勺断成两截。”

斯帕克把我搂得更紧。

“但你一直是个淘气鬼。你屁股痛，还露给她看。她做好了午饭，你连碰都不碰，一句话也不说。她把娃娃抱去睡觉时，微笑了一下，你就怒目而视。后来你用手帕包了点吃的，放在口袋里，一声不响地溜出门去。整个下午我都跟着你。"

"我一个人的时候害怕吗?"

"要我说的话，你很好奇。马路边上有条几百米长的干涸的小溪，弯弯曲曲地伸进森林，你跟着水道走，听着一两声鸟叫，看着花栗鼠在干草上闪过。我听见伊格尔和贝卡打信号，贝卡又和我们的首领打了个唿哨。你坐在青草岸边，吃着一块饼干和剩下来的冷蛋，他们就过来捉你了。"

"每次树叶一动,"我对她说,"就有一只魔鬼出来捉我。"

"在这条小溪的东边，有一棵老栗树，树干裂开，从根部枯死了。一只动物在里面挖了个大洞，你爬进去看个究竟。里面阴暗潮湿，你马上睡着了。我一直站在外面，搜寻人员一来我就躲起来，他们差点绊到你身上。飞掠的手电筒光带领着他们黑暗的形体，他们磕磕绊绊的，就像鬼魂穿过沉重的空气似的，手电筒光扫来扫去，引着他们黑暗的身影往前走。他们过去了，不久喊声在远方渐渐消失，然后安静了。

"人们离开不久，仙灵从四面八方跳出来，站在我面前，我是树前的哨兵。那个换生灵喘着气。他和你长得那么像，我屏住气想叫出来。他爬到洞里，抓住你光光的脚踝，拖了出来。"

她抱着我，吻了我的额头。

"如果我换回去了,"我问她,"我还能再见到你吗?"

尽管我问了很多问题，她认为我不该知道的事，就不多说了，过了一会儿，我们去采莓果。虽然天气还有点仲夏的样子，但地球正毫不停息地离太阳远去。夜晚转眼间到来。夜幕中浮现着行星和恒星，苍白的月亮渐渐升起，我们在满天星月下往回走。回去时，他们朝我们淡淡一笑，我奇怪为什么这些在我们临时住所里的瘦孩子不去看乌鸦，不去做他们自己的梦。粥在火上咕咕冒泡，大家用木勺在木碗里吃，碗勺都舔得干干净净。我们把衬衫下摆兜着的覆盆子果儿倒出来，虽然这些撞伤的果子已经不再可口，他们还是纷纷往嘴里塞，边笑边嚼，嘴唇染得通红，像巧克力糖果似的。

第二天，贝卡宣布他找到了我们的新家。“除了最勇猛的人，别的都到不了那儿，我们在那里藏身很安全。”他带领我们走上一座陡峭、荒寂的山，板岩和页岩一碰就松动，地表风化，一个典型不适合居住的地方。没有生命的迹象，没有任何种类的树木花草，除了从碎石里探出来的几株害草。没有鸟儿降落在那里，甚至停下来歇一歇的也没有，也没有任何飞虫，不过我们后来发现了蝙蝠。除了我们首领的足迹，也没有别的脚印。极目空无一物，除了我们这帮疲惫的旅人。爬山时，我奇怪贝卡怎么会想要找这样一块地方，更别提把它当做家了。任何其他人只要看一眼这种寸草不生的地方，都会耸耸肩膀走开。景象像月球一样的荒芜，让人毫无感觉，快走到时，我才看到岩石里的缝隙。我的伙伴们一个接一个地挤过岩缝，被石头吞没了。从秋老虎的晴热天气一下子进入黑暗的过道，感觉就像潜入了冰冷的池塘。我的瞳孔在黑暗中张大了，甚至没看清我问的是谁：“我们在哪里？”

“这是个矿井，”斯帕克说，“一个早就被遗弃的矿井，他们以前在这里挖煤。”

前面刚点燃的火把闪耀出黯淡的光芒。贝卡做了个怪相，脸上有种古怪而不自然的阴影。他龇牙一笑，嘶哑着喉咙对我们说：“欢迎到家。”

23

我一开始就应该对泰思坦白，但谁又知道爱会从何时开始？两股反作用力牵引着我。我不愿她被我的换生灵故事吓跑，但又渴望把我所有的秘密都告诉她。然而就像有只魔鬼到处尾随着我，钳紧我的嘴，不让我把真相说出来。她给了我很多机会打开心扉，向她倾诉，而且也有那么一两次我差点说出来了，但每次还是犹豫不决地住口了。

劳动节，我们去城里的棒球场观看家乡队对芝加哥队的比赛。对方二垒的跑垒员分散了我的注意力。

“那么，‘封面男孩’有什么计划呢？”

“计划？什么计划？”

“你们真应该出专辑。你们够那个资格。”她吃了一口涂满调料的热狗。我们的投手让他们的击球手出局了，她欢呼一声。泰思喜欢这种运动，我为了她，只好忍着。

“什么样的专辑？封面上是其他人的歌？你觉得能买到原版的人还会来买复制品吗？”

“说得对，”她边吃边说，“或许你们可以弄些与众不同的新歌。写你自己的歌曲。”

“泰思，我们唱的歌不是我会写的那种。”

“好吧，如果你能写这世上的曲子，你会写哪种呢？”

我朝她转过身。她嘴角上沾着一点调料，我想把它啃走。“我会为你写一支交响曲，如果我办得到的话。”

她伸出舌头来舔嘴唇，“那为什么不写呢，亨利？我喜欢有自己的交响曲。”

“假如我对钢琴认真一点就好了，假如我在学校里读完音乐就好了。”

“你为什么不回学校去呢？”

没有为什么。双胞胎已经高中毕业参加了工作。母亲当然也不需要我挣回来的几个美元，而且费城的查理叔叔几乎每天都给她打电话，说他想退休后到这里来生活。“封面男孩”作为一个乐队没有前途可言。我寻找着一个说得过去的理由，“我年纪太大了，回去不合适。到四月份，我就二十六了，别的学生都才十八岁，他们看上去完全不一样。”

“你只是觉得自己老而已。”

那一刻，我觉得自己有一百二十五岁了。她往后靠着椅背，观看剩下的球赛，再也不提这事了。那天下午回家时，她把汽车收音机的频道从摇滚乐调到古典音乐，乐队正在演奏马勒，她把头靠在我肩上，闭眼静听。

泰思和我走出门廊，坐在秋千上，静静地过了很长时间，一起喝着一瓶桃果酒。她喜欢听我唱歌，我就唱给她听，然后我们就无话可说了。她的呼吸声咫尺相闻，有月有星，蟋蟀唧唧而鸣，飞蛾在门廊灯光下徘徊不去，微风穿过潮湿的空气——这一刻在我有种奇怪的感觉，仿佛唤起了遥远的梦，不是今生，不在林中，而是那换生前的生命。仿佛被忽视了的命运和欲望威胁着我一直想要创造的幻觉。要完全成为人类，我必须屈服于真正的本性，屈服于最初的冲动。

“你觉得我疯了吗？”我问，“这种年头去当作曲家？我是说，有谁真会来听你的交响乐呢？”

“那是梦想，亨利，你没法让梦想招之即来，挥之即去。你得做出选择，是要付诸实践还是使之破灭。”

“我想如果不成功，我可以回家。找个工作，买幢房子，过着日子。”

她握着我的双手：“如果你不和我一起来，我会每天想见你的。”

“你什么意思，和你一起来？”

“我在等待合适的机会告诉你，我被录取了。两周后开学，我决定要去读硕士学位，在还不算太晚之前。我不想变成一个没有追求的老妇人。”

我想告诉她，年龄并不重要，我这时候爱她，两年后爱她，二十年、两百年后依旧爱她，但我什么都没说。她拍了拍我的膝盖，依偎过来，我嗅着她头发的味道。我们让夜晚过去了。一架飞机在我们和月亮之间的视野中飞过，那片刻的幻觉仿佛虚贴在月球表面。她在我怀中睡着了，过了十一点，突然惊醒。

“我得走了。”泰思说。她吻了我额头，我们一起踱向汽车。散步使她从酒醉中清醒过来。

“嗨，你什么时候上课呢？如果是白天，我有时候能开车送你去。”

“好主意。说不定你自己也会想回校的。”

她给了我一个飞吻，然后消失在方向盘后，车开走了。老房子瞪着我瞧，院子里的树木朝黄色的月亮舒展枝丫。我走上楼，脑海沉浸在音乐里，去亨利的房间，在亨利的床上睡觉。

泰思为何选择了杀婴行为这个课题，我百思不得其解。还有其他的选题：手足间的竞争，长子的负担，有恋母情结的儿子，失踪的父亲等等。但她就是选择了杀婴行为作为她在“家庭社会学”研讨班上的论文题目。当然了，因为我整天无所事事，她上课时，我只是在校园里转悠，或者开车在市里兜风，我就主动提出帮她找材料。她下了最后一节课，就和我出去喝咖啡喝酒，起先是为了探讨如何着手杀婴这个题目，但到了后来，话题也就转到回校和我尚未开始的交响曲上。

“你知道你的问题在哪里吗？”泰思问道，“不能律己。你想当大作曲家，但又从不写曲子。亨利，真正的艺术不是多说想当什么，而是多加练习。多练练音乐吧，宝贝。”

我拨弄着咖啡杯的瓷耳。

“是开始的时候了，肖邦，别再和自己开玩笑，长大成人吧。从吧台后面出来，和我一起回校吧。”

我尽力不把自己的焦躁和厌恨表现出来，但她说得一针见血，就像从一群牲畜中剔除一头跛脚的。她给我来了个措手不及。

“你的事我都知道。你母亲对真正的亨利·戴很有眼力。”

“你和我母亲谈论我了？”

“她说你一夜之间从一个无忧无虑的小男孩长成了一个认真的大男人。亲爱的，你不该再继续生活在你的头脑中了，你要生活在这个世界上。”

我从椅子里站起来，俯过桌子去吻她：“好了，对我说说你的看法，为什么父母会杀自己的孩子。”

她的题目我们研究了几个星期，在图书馆见面，或者出去跳舞、看电影、吃饭时讨论这个话题。不止一次，我们关于杀死孩子的争论，引起周围陌生人的侧目。泰思想了解这个题目的历史架构，便一头扎入现有的材料中去。我想要挖掘出一个可行的理论来帮她的忙。在某些社会中，男孩比女孩受宠，他们在农场工作或者继承财产，顺理成章的是，许多女婴因为不需要而被谋杀。但是在等级制不那么严格的文化中，家中人口多，资源少，杀婴行为是因为家庭无力多抚养一个孩子，是一种控制人口的残酷方式。好几周，泰思和我想不明白父母是如何决定哪个孩子该养，哪个孩子该丢的。指导研讨班的劳瑞博士认为神话和民间故事也许能提供有趣的答案，这样我才碰到了那篇文章。

一天傍晚，我在书架间查找时，发现我们图书馆唯一的一份《神话和社会》学术杂志，出版日期相当近，共有三期。我翻着杂志，漫不经心地独自站在那里，这时一个名字从页面上跃出来抓住了我的喉咙。托马斯·麦克伊内斯。接着，他那篇文章的题目像刀子一样戳进我心口：《失窃的孩子》。

狗娘养的。

麦克伊内斯的理论认为，在中世纪的欧洲，如果父母生出一个患有疾病的孩子，他们会刻意把孩子当做其他种类的生物。他们会说，魔鬼或"精灵"半夜里来偷走了他们的亲生孩子，留下一个有病、畸形或残疾的小魔鬼，父母要么丢弃它们，要么抚养长大。英国把它们叫做"仙灵孩子"或"换生灵"，法国叫做enfants changés，德国叫做Wechselbalgen①。如果一个小孩没能茁壮成长，或者有某种身体或精神上的缺陷，人们就认为是这些魔鬼的孩子造成的。如果家里有了换生灵，那家人不会把它留下来当做自家的孩子养。父母有权遗弃畸形儿，他们能把孩子丢在森林里过夜，如果精灵不把它领回去，那么这个可怜不幸的东西就会冻馁而死，或被野兽叼走。

论文记叙了几个版本的传说，包括十二世纪法国的圣灰犬崇拜。一天，男主人回家发现看护孩子的猎犬嘴上淌着血。男人暴怒之下，把狗打死了，后来却发现孩子没事，婴儿床边的地上死了一条毒蛇。男主人知道自己犯了错，就为这头"圣灰犬"建了一座圣祠，以纪念它与毒蛇搏斗保护了他的儿子。和这个故事有关的还有这样的传说，母亲会把患有"小儿病"的婴儿带到林中的这种圣祠里，写个条子，把他们留给主保圣人和儿科医生："À saint Guinefort, pour la vie ou pour la mort."②

"出于孩子存活几率不大而故意将之杀害，这种形式的杀婴行为，"麦克伊内斯写道：

---

① 这两个词分别是法语和德语，都是"换生灵"的意思。

② 法文："圣居文福，生死悉听尊命。"（居文福就是那只狗的名字。）

成为神话和民间故事，一直流传到十九世纪的德国、大不列颠爱尔兰，以及其他欧洲国家，这种迷信还随着移民传播到新世界。十九世纪五十年代，宾夕法尼亚州西部的一个小矿队报告了一起失踪事件，不同家庭的十二个孩子消失在周围的群山里。在阿巴拉契亚矿穴中，从纽约到田纳西，当地的传说产生了一种民间信仰：这些孩子仍然在森林中游荡。

一则与一位年轻人有关的当代案例，反映了传说的心理学根源。“安德鲁”在催眠下说出自己曾被“妖怪”诱拐。最近发现的一个身份不明的孩子，其事因至今未得解释，他被发现溺死在附近的一条河中，据信是这些盗尸者所为。他说这地区许多失踪的孩子都是被精灵所偷，毫发无损地生活在附近的森林里，而换生灵取代了孩子的地位，在社区中过着孩子的生活。这类幻想，正如换生灵神话的缘起，显然都是为了孩子走失或被盗引发的伤感问题而施加的社会保护措施。

他不仅把事情给弄错了，还用我的话来攻击我。“安德鲁”的上标指引读者去看印制精良的脚注：

安德鲁（非真名）揭开了妖怪亚文化模式的一个复杂故事。他说，妖怪生活在附近的林区，一个多世纪来在镇上捕捉孩童。他也强调说，他曾经是一个叫古斯塔夫·安格兰德的人类孩子，十九世纪中期随家人从德国移民至此。更不可思议的是，安德鲁说他在前生是个音乐神童，而当他在四十年代晚期变回人类后，又重新得到了这种音乐天赋。令人遗憾的是，他这个复杂精妙的故事揭示的是深层次的病态发展问题，或许掩盖了幼年的某些受虐、心理创伤或者被忽视的经历。

最后一句我读了好几遍才看清楚。我想嚎叫，想找到他把这些字塞进他的嘴里去。我把纸页从杂志上撕下来，把损毁了的杂志扔进垃圾桶。“骗子，冒牌货，小偷。”我一遍遍喃喃地说着，在书架间踱来踱去。好在我一个人也没碰到，否则谁知道我会怎么发泄怒气呢。发育不健康。病态问题。被遗弃的孩子。他根本不相信有我们换生灵，而且把整个事情弄拧了。我们把他们从床上抓走。我们就像噩梦一样真实。

电梯“砰”的一响，像一声枪击，敞开的门口走来了图书管理员，她身材矮小，戴着一副猫眼眼镜，头发朝后梳成一个髻。她看到我蓬头散发的样子怔了一怔，但她一开口，我就冷静了下来。“我们要关门了，”她大声说，“你该走了。”

我躲在一排书后，把麦克伊内斯的书页折成四折，塞进我粗斜纹棉布的夹克衫里。她朝我走过来，鞋跟敲在油毯上，我试图改变自己的面容，但古老的魔力已消失。我所能做的就是用手指在头发里耙了一通，站起来，抚平衣服上的皱褶。

“你没听见我说话吗？”她站在我对面，像棵笔直的芦苇。“你得走了。”她看着我离开。我在电梯口挥手道别，她靠在一排书架上，瞪着眼睛，好似知道我所有的事。

天下着冷雨，我和泰思的约会迟到了。她的课几个小时前就结束了，这时候我们应该在回家路上。我奔下楼梯时，想她会不会生我的气，但这种担心远远不及我对麦克伊内斯的愤怒。街角的灯光下站着泰思，在雨里撑着伞。她走过来，把我遮到伞下，手插进我的臂弯。

“亨利，你没事吧？你在发抖，宝贝。冷吗？亨利，亨利？”

她把我拉拢来，两个人互相取暖，还不会被雨淋湿。她用温暖的手抚着我的脸，我知道这个又冷又湿的夜晚是我告白的最好时机。在伞下，我告诉她我爱她。我只能说这些了。

24

我们住在乌黑的洞里，而这个山坡上的废井也确实不堪居住。第一个冬天，我冬眠的时间比以往都来得长，几天才醒来稍微吃点喝点，然后又回头去睡。其他大多数人都处于嗜睡状态，从十二月到三月一直昏昏沉沉。黑暗将我们包裹在潮湿的怀抱里，一连几周我们都晒不到丁点阳光。大雪把我们封在里面，但入口的多处缝隙却挡不住寒冷。墙壁上的滴水冻结成光滑的冰壳，用力一压就碎。

到了春天，我们来到绿色世界，一个个又饿又瘦。在陌生的领地上，寻找食物成了每日要务。山坡上都是矿渣和页岩，即使在最适宜的季节中，也只有最坚韧的野草和苔藓才能长出细弱的根来。动物都懒得过来觅食。贝卡告诫我们不要逛太远，所以我们就只在附近将就了——蚱蜢和幼虫，树皮泡的茶，知更鸟的胸脯肉，烤臭鼬。我们想象着所有因为没有造访镇上而带来的损失。

“要是能吃上一口冰激凌，我宁可舍掉一颗犬齿。”斯茂拉赫在一顿简陋的晚餐后说，“或者一条美味的黄香蕉。”

“覆盆子果酱，”斯帕克说，“涂在烤得暖暖的、松脆的面包上。”

奥尼恩斯说：“德国泡菜和猪蹄子。”

“意大利实心粉，”赞扎拉说，劳格诺也接口道：“意大利干乳酪。”

“可乐和香烟。”鲁契克拍了拍他空空的革囊。

“你为什么不让我们去呢?”卡维素芮说，“已经过去了那么久了，贝卡。”

这个身材瘦长的独裁者坐在我们前面一只用空的炸药箱做成的王座

上。每次我们提议自由活动，他都不肯恩准。但随着天气转好，他的心情或许也渐渐开朗起来。“奥尼恩斯，今晚带布鲁玛和齐维一起去，不过天亮前要回来。不要靠近马路，不要冒险。”他为自己的恩赐露出微笑，“给我带瓶啤酒回来。”

三个女孩一起站起来，立刻离开了。贝卡本该看出征兆，骨子里感觉到即将到来的变化，但或许他太想喝酒了，没能做出正确的判断。一股寒流攀上西边的山头，碰上温暖的五月空气，几小时后，一场重霜降在林中，像桃子皮似的贴在黑夜里。我们的视力只及一步远，而披在树林中的看不见的大氅让我们都为外出的伙伴担忧起来。

大家回到黑洞里睡觉后，鲁契克陪我一起在矿洞口安静地守夜。“别担心，小宝贝。她们看不见，别人也看不见她们。她们会找个安全的地方藏起来，等到太阳照亮阴霾。”

我们望着望着，无所事事起来。到了半夜，树林里“哗啦”一声把我们惊醒。这个声音一波一波急速传来。树枝喀嚓作响，纷纷断裂，一个非人的呼喊声在四周回响，但很快消失。我们往迷雾中张望，费力地朝声音嘈杂处看。鲁契克划一根火柴，点亮了矿井入口处的火炬。潮湿的枝条劈里啪啦地响，终于点着了火，发出光来。我们借火壮胆，小心翼翼地探向刚才发声的所在，地上留有淡淡的血腥味。雾气中，前方有双眼睛在我们的火炬光芒下莹莹发亮，我们停下脚步。一只狐狸张开大嘴叼走了猎物，我们来到它的狩猎处。黑白相间的羽毛就像万花筒里的玻璃似的撒在落叶上。狐狸叼着沉重的火鸡，步履蹒跚地跑向远方，在我们头顶上的树上，幸存的鸟儿挤成一团发抖，彼此定下心来。

奥尼恩斯、齐维和布鲁玛还没有回来，我带斯帕克去看狐狸捕猎的地方。她挑了两支长羽毛，插在头发上。“最后的莫希干人。”她说，然后一边叫嚷着一边奔入微明的晨光，我追赶着她，就这样玩了一天。等斯帕克和我傍晚回来时，发现贝卡正怒气冲冲地踱步。女孩们还没有回家，他不知是该派遣搜寻队还是在矿井里等待。

“让我们留在这里，你是什么意思？”斯帕克提议说，“你让她们天亮前回来，你以为奥尼恩斯会不听你的吗？她们几个小时前就该回来了。我们为什么不去找她们？”她把我们八个人分成四组，画出了四条去镇上的不同路线。为了安抚贝卡，她和他走一条最近的路。斯茂拉赫和鲁契克从我们的老地盘上绕过去，劳格诺和赞扎拉走一条老鹿道。

卡维素芮和我走一条古老的要道，这也许是印第安人开辟出来的，道路顺着河走，随着水势转弯和起伏。奥尼恩斯、齐维和布鲁玛似乎更有可能走了另一条有更多掩护的路，但我们还是非常留意是否有什么动静，或者有什么迹象能说明她们走了这条路，比如新留下的脚印或折断的树枝。有时候灌木丛堵住去路，我们就走上没有遮蔽的河岸去抄近路。如果有人从连接高速公路和镇子的高架桥上驾车而过，就会在昏暗的光线下发现我们，我常想，从那么高的地方看下来，走在小路上的我们是什么样子。大概像蚂蚁，或者像迷路的小孩子。卡维素芮在自哼自唱着没有歌词的调子，听上去既熟悉又陌生。

“这是什么歌？”我们停下来判别方向时，我这么问她。在远远的河上，一艘拖船拉着一列驳船驶向城市。

“肖邦吧，我想。”

“肖邦是什么？”

她嘻嘻笑了，两根手指卷着一缕头发。“不是什么，笨蛋。是谁。肖邦写了这首曲子，至少他是这么说的。”

“谁说的？肖邦？”

她失声大笑，然后用空着的那只手掩住了嘴。“肖邦已经死了。这是教我这首曲子的男孩说的。他说这是肖邦的蛋黄酱[①]。”

---

① 是肖邦的降A大调作品61号幻想波兰舞曲，因波兰舞曲与蛋黄酱的英语发音相似，故奥尼恩斯有此误。

“那个男孩是谁？是我前面的那个吗？”

她的神情变了，望着远处渐渐消失的驳船。即使在微明的光线下，我还是看到她脸红了。

“你为什么不告诉我？为什么大家都不提起他？”

“安尼戴，我们从不说起已经走了的换生灵。我们要忘掉和他们有关的任何事。追逐回忆没有好处。”

远处传来了喊声，一闪即逝的警报指示我们迅速赶去集合。我们不再交谈，只是追踪声音而去。劳格诺和赞扎拉率先找到了她，她一个人在空荡荡的山谷中哭泣。她已经走了半天，又慌又急找不到回家的路。其他各队在听到消息后几分钟内赶到，贝卡坐在奥尼恩斯身边，搂着她的肩膀。齐维和布鲁玛失踪了。

三个女孩见到浓雾升起，就飞奔进了镇子，天气最恶劣的时候，她们赶到了空无一人的外街。街灯和商店前的标志在雾气笼罩的夜晚打出光晕，像灯塔一样给仙灵们指路。布鲁玛对另两位说不必担心会被屋子里的人看到，“我们在雾气里是看不到的。”她说。或许正是她这种有勇无谋的信心造成了她们的失败。她们从超市里偷了糖、盐、面粉和一网兜的橘子，接着把战利品藏在杂货店外面的小巷子里。她们从巷子后面潜入时都惊呆了，这里与上次来的时候大不相同。

“一切都变了，”奥尼恩斯告诉我们，“汽水店没了，整个柜台和所有能让你转来转去的圆椅也没有了。售货亭没有了。糖果柜台没有了，大盒装的便士糖也没了。而多出来许多其他东西。肥皂香波、鞋带、一整面墙的漫画书和杂志。还有一整排的婴儿用品。有一次性的塑料尿布，婴儿瓶装和罐装牛奶，几百个小罐装的食品，全都已经胀起来了的，每罐上都印着同一张世界上最可爱的婴儿照片。有苹果酱、梨子和香蕉，菠菜和绿豆，看起来像红泥的甜土豆，还有香酥火鸡和油鸡饭。齐维每种都想尝尝，我们在那里待了几个小时。”

我能想象这个场面：她们三个脸上涂着蓝莓酱，肚子鼓鼓，四肢趴开躺在过道上，几十个空罐头丢了一地。

一辆车开到路边，停在落地橱窗外。灯光穿过玻璃，在室内缓缓扫动。灯光照过来时，女孩们跳起来，却在豌豆和胡萝卜泥上滑了一跤，摔得罐头满地毯打滚。前门开了，进来两个警察。一个对另一个说："他说他们会在这里。"奥尼恩斯叫她们快跑，但齐维和布鲁玛一动不动。她们并肩站在婴儿食品过道中间，手拉着手，等着那两个人过来捉她们。

"我不知道为什么，"奥尼恩斯说，"这是我见过的最可怕的事。我绕到那两个人身后，看到灯光正打在齐维和布鲁玛脸上。她们看起来像是等着这事发生似的。警察说：'他说得没错。这里有人。'另一个说：'别动。'齐维用力闭上眼睛，布鲁玛把一只手举到额上，但她们看起来一点儿也不害怕，简直好像很开心的样子。"

奥尼恩斯溜到门口逃走了，也顾不上偷了的东西。她凭着本能跑在空荡荡的街道上，不管来往的车辆，也不回头朝后看。大雾使她迷失了方向，她从镇子的一头跑到另一头，后来在一个黄色的大车库里找到了藏身处，等到天快黑才回家，走的是街道边上的路。劳格诺和赞扎拉找到她时，她已精疲力竭了。

"那个人为什么那么说？"贝卡问她，"'他说他们会在这里'，这是什么意思？"

"肯定有人告诉警察我们在哪里，"奥尼恩斯颤抖着说，"有人知道我们的路线。"

贝卡拉着她的手让她站起来。"会是别的什么人呢？"他目不转睛地朝我看，好似在指责我犯了重罪。

"但我没有说……"

"不是你，安尼戴，"他呸了一声，"是取代了你位置的家伙。"

“肖邦。”卡维素芮说，一两个人听到这个名字笑了起来，但心情立刻沉了下去。我们默默地回家，想着失去的朋友齐维和布鲁玛。每个人都有各自悲痛的方式。我们把她们的娃娃从洞里拿出来，埋在一个坟墓里。斯茂拉赫和鲁契克用了两个星期堆了一座石堆，卡维素芮和斯帕克把我们离开的伙伴的财物分给余下的九个人。只有劳格诺和赞扎拉无动于衷，拿了自己那份衣服和鞋子，但几乎什么也没说。从夏天到秋天，我们的谈话都围绕着女孩们被捕的事。奥尼恩斯竭力想让我们相信她们会叛变，贝卡和她站在一边，认为她们会和人类合作，而人类会来捉我们，齐维和布鲁玛和盘托出只是时间问题。穿黑西装的男人会再来，还有军人、警察和狗，他们会把我们逮到手。其他人则想得更多。

鲁契克说：“她们想离开，这只是个时间问题。我只希望那两个可怜的家伙会在世上找到家，而不是被送到动物园去，或者被一个疯子科学家放在显微镜下。”

我们再也没有听到她们的消息。她们仿佛凭空消失了。

贝卡变本加厉地要求我们待在黑暗里，但他在某些晚上也允许我们离开人数减少了的集体。此后几年，一有这种机会，斯帕克和我就溜到图书馆下面相对安静和舒适的地方睡觉。我们一头扎入书籍和文章，我们阅读翻译过来的希腊文学，克吕泰涅斯特拉的悲痛、在薄薄的土层下害怕的安提戈涅，在凄凉的丹麦夜晚徘徊的格伦德尔[①]，坎特伯雷的朝圣者和朝圣路上的生活，蒲柏的格言诗，莎士比亚作品中丰厚的人文精神，弥尔顿的天使和欧洲野牛，格列佛的大人国、小人国和耶胡[②]，济慈天马行空的幻想，雪莱夫人的弗兰肯斯坦，瑞普・凡・温克的一场大

---

① 北欧古代史诗《贝奥武甫》中的怪兽。

② 耶胡是《格列佛游记》中的人形兽。

梦[①]。斯帕克喜欢读奥斯汀、艾略特、爱默生、梭罗、勃朗特姐妹、奥尔珂德、莱斯比、罗塞蒂、勃朗宁夫妇，她特别喜爱兔子洞里的爱丽丝。我们一路读到当代，像两条书虫似的啃读书卷。

有时候，斯帕克会大声朗读给我听。我会给她一篇她没有读过的小说，她立刻会纳为己有。她用爱伦坡《渡鸦》中的“曾经”[②]吓唬我，还使我为托马斯·格雷淹死的猫[③]哭泣。她能发出丁尼生《尤利西斯》中怒吼的波涛声和《轻骑兵进击》[④]中如雷的马蹄声。我爱她音乐般的嗓音，喜欢年复一年看着她阅读时的脸庞。夏天，她裸露的皮肤变黑，黑色的头发在阳光下闪烁。天冷的时候，她消失在毯子下，我有时只能看见她宽阔的前额和乌黑的眉毛。冬夜，在那个烛光荧荧的地方，她的眸子在眼睑下闪耀光泽。我们在一起共度二十年了，她暗暗隐去了令人震骇或惊喜的能力，藏起了说一句话就叫我心碎的本事。

---

① 《瑞普·凡·温克》是美国作家欧文的著名短篇小说，主人公一觉睡了二十年，醒来发现世道大变。

② 《渡鸦》是一首充满恐怖气氛的诗，极富音效感，“曾经”是《渡鸦》开头的第一个词。

③ 指托马斯·格雷（Thomas Gray）的名诗《悼淹死在金鱼缸中的爱猫》。

④ 也是丁尼生的诗。

25

我有名字，尽管有时候古斯塔夫·安格兰德对我而言并不比亨利·戴更真实。最简单的解决方法是找到汤姆·麦克伊内斯，问出我被催眠时还说了些什么。找到图书馆那篇文章之后，我想顺藤摸瓜找到作者，但我只能给杂志写信。收到我信几周后，该死的《神话与社会》的编辑回信说，他很乐意将我的信转给那位教授，但后来就没有下文了。我给他的大学打电话，系主任说麦克伊内斯在某个星期一早晨离开了，正好在期中这段时间，连地址都没有留下。我试图联系布瑞恩·安格兰德，但同样受挫。我不能缠着泰思问她前男友的事，而我问遍了镇子，打听到布瑞恩在俄克拉荷马州希尔堡的美国陆战队里学爆破。我们当地的电话簿上也没有姓安格兰德的人。

好在其他事情占据了我的胸怀。泰思说服我回校，我一月份入学了。我把自己的计划告诉她后，她就变了，变得越发温柔多情。为了庆祝我上学，我们大张旗鼓地吃了一顿，又去市里购买圣诞节的东西。我们挽着胳膊走在城市的人行道上。考夫曼百货商店的橱窗里，机械偶模型在不停地翻筋斗。圣诞老人和他的小精灵们在敲打一辆木制自行车。溜冰木偶不断地绕着滑溜的镜面转圈。我们久久地在一个装置前流连，这是一个人类的家庭，婴儿躺在摇篮里，骄傲的父母在槲寄生下亲吻。我们的影像映在玻璃上，又透过玻璃叠加在正在享受家庭幸福的机械装置上。

“这可真让人羡慕！看看他们把孩子做得活像真的。它有没有让你觉得也想要个自己的孩子呢?”

“当然啰，如果他们也像这个一样安静的话。”

我们在公园里散步，各种各样的孩子在一个小摊前排队买热巧克力。我们买了两杯，坐在冷冷的公园长椅上。“你喜欢孩子的，是吗?”

“孩子，我从来没想过。”

“你难道不想有个儿子，可以带出去野营的，或者有个女孩，把她称作自己的女儿?”

“称作自己的?人可不是属于另一个人的。”

“有时候你真是非常刻板的人。”

“我不觉得……”

“不，你就是。很多人纠缠鸡毛蒜皮的事，而你纠缠的在另一方面。”

我知道她的意思。但我不知道自己有没有可能生下个人类的孩子。说不定会是一个半人半妖的魔鬼?长着巨大的脑袋和干瘪身体的东西，或者从太阳帽下露出死气沉沉的眼睛的怪物?或者我会遭遇什么惨事，暴露自己的秘密?但泰思挽着我手臂的那份温暖奇特地牵动了我的心。我有点渴望解开过去的束缚，把古斯塔夫·安格兰德的事和我在森林中的漂泊生活全部告诉她。但换生以来，时间过去了那么久，我有时都怀疑那些事情是否存在。我上辈子学到的魔力和法术都已经消失殆尽，消失在无休止的钢琴声中，消失在舒适温暖的床铺和温馨的起居室中，消失在我身边这个可爱的女人的陪伴中。过去是否和现在一般真实?也许我希望自己已经说出了一切，也希望这一真相已经改变了生活的轨迹。我不知道。但我记得那晚的感受，强烈的希望和莫名的恶兆交织在一起的悸动。

泰思看着一帮小孩在一个临时建成的溜冰场上滑冰。她喝了口饮料，在空气中哈出一道白汽。“我一直想要个自己的孩子。”

这一次，我理解了另一个人想要告诉我的事。星光下，孩子们的笑声和汽笛风琴的乐音糅合在一起。我向她求婚。

等到春季学期结束，我们在一九六八年五月结婚，婚礼在亨利·戴襁褓中受洗礼的那个教堂举行。站在圣坛上，我再次觉得自己几乎是人类了，我们的宣誓预示着我们可能会走向美好的结局。我们走过过道时，我看到所有朋友和家人脸上都挂着微笑，他们无疑都在为亨利·戴夫妇高兴。我在仪式上想到，会不会两扇门一开，天光下站着一队换生灵等着把我带走。我尽力忘记过去，尽力挥去我是冒牌货的想法。

宴会上，母亲和查理叔叔率先过来祝福我们，他们不仅出钱办了婚宴，还让我们去欧洲度蜜月，以此作为新婚礼物。我们一去德国，他们就会一起私奔了，但那天下午，看到他站在比尔·戴该站的地方，倏然间就有些奇怪。对父亲的怀念一闪即逝，因为旧日已留在身后，生活才是我们的向往。未来几年，会有很大的变化。乔治·克诺尔在婚礼后又过了几周，就去周游全国了，一走就是一年，他后来在旧金山和一个西班牙的大龄女子开了一家街头小酒馆。奥斯卡没有了“封面男孩”，就在那年秋天买了一台自动唱片点唱机，顾客们仍然会来喝酒听流行乐。吉米·卡明斯干起了我在吧台上的活儿。就连我的小妹妹们也长大了。

玛丽和伊丽莎白带来了她们最新的男友，一对头发长长的双胞胎。婚宴开到一半，查理叔叔说了他的最新计划，把大家逗乐了，“在山上造房子只是开个头。大家不但会走出城市，还能想走多远，就走多远。我的公司坐在这个国家的金矿上。”

我的母亲走到他身边，他用胳膊搂着她的腰，手搭在她臀部。

“我一听说森林里出了事，还派来了国民警卫队，嗯，我第一个念头就是这届政府下台后，土地会非常便宜。”

她为他一语双关而快活地大笑起来，我吃了一惊。泰思在我手臂上掐了一把，让我别把自己的想法说出来。

“在农村安居乐业。物价合适，安全有保障，最适合年轻夫妇生儿育女。”他和我母亲好像受了暗示似的，都盯着泰思的肚子。他们已经满怀希望了。

伊丽莎白装出一副天真样，问道：“查理叔叔，你们两位怎么样呢？”

泰思在我屁股上掐了一把，我低低哼了一声。这时候吉米·卡明斯走过来说：“我不想在这里生活，伙计。”

“当然不想了，吉米，”玛丽说，“你在那片森林里都碰到那种事了。”

“那里有种什么东西，”他对大家说，“你们有没有听到传闻，他们有天晚上找到了两个野小女孩？”

客人三三两两走开，谈起新的话题。自从吉米救了小奥斯卡·拉甫后，人人都知道他毫不厌倦地一遍遍讲这个故事，夸大各种细节，最后成了吹牛皮。他一说别的故事，别人都以为他又来夸夸其谈了，无非要引起注意罢了。“千真万确，”他对我们几个留下来的人说，“我听见坊间对这两个女孩说三道四，大概六七岁，我听说，她们半夜闯入杂货店，把所有看得到的东西都弄得一塌糊涂。警察害怕这两个女孩，说她们就像两只猫一样的怪异。伙计，她们几乎一句英语都不会讲，别的人类的语言也不懂。根据现有情况判断，她们生活在森林里——还记得我找到奥斯卡的地方吗？说不定还有别的住在那里。你想想看吧。就像一帮走失的野孩子。有一群呢，伙计。”

伊丽莎白看着我，问他：“她们怎么了？那两个女孩在哪里？”

“不能肯定也不能否定传闻，”他说，“我没有亲眼看到她们，但我也不必看到。你们知道联邦调查局来人把她们带走了吗？带去了首都华盛顿，带到他们的秘密实验室，要研究她们。”

我向奥斯卡转过头去，他正张口结舌地听吉米说话，“奥斯卡，你真要这家伙替你照看酒吧吗？他好像酒喝有点过头了。”

吉米走到我面前，低声说道：“知道你有什么问题吗，亨利？你缺乏想象力。但她们在那里，伙计。你最好他妈的相信这事。”

在飞往德国的航班上，我好不容易睡着，又一再被换生灵的梦境惊醒。泰思和我降落在阴雨绵绵的法兰克福，我们对蜜月有不同的打算。可怜的东西，她想要冒险、刺激和浪漫。一对年轻的爱人周游欧洲。小咖啡馆，葡萄酒和干酪，坐摩托车短途旅行。我却寻找着我过去的鬼魂和证据，但我所知道的一切可以在一块鸡尾酒餐巾上写下来：古斯塔夫·安格兰德，一八五九年，埃格尔。

我们在门德尔松大街的一家私人小旅店里找了一间房，立刻就对这个城市感到不知所措。我们被煤烟熏黑的巨大火车站惊呆了，它每小时都吞吐着火车，后面站着复兴的城市，新的钢筋混凝土摩天大楼在废墟上造起来。到处都是美国人。士兵运气不赖，没有去越南打仗，而被拉来防范东欧。康斯塔普勒瓦赫一队队的逃亡者大白天朝天开枪，或者向我们讨要零钱。第一个星期，我们在士兵和吸毒者中间觉得很不是味道。

星期天，我们在罗马堡散步，在战争的最后几个月，这个不堪一击的中世纪古城几乎被联军炸平。在我们这趟行程中，天气第一次放晴了，太阳出来了，我们在春季的街道集市中游赏。节日里有一场热闹的酒会，泰思骑了匹斑马，我骑了一头怪兽。在咖啡馆吃完饭后，我们手牵着手逛街，一个巡回四重奏乐队给我们表演了一首歌曲。仿佛蜜月终于拉开序幕，当晚我俩做爱了，小小的房间变成了温馨的天堂。

“这样更像了，”她在黑暗中低声说道，“更像我想象中我们在一起的样子。我希望每天都能像今天一样。”

我坐起来点了支骆驼香烟，“我想也许明天我们可以做点自己的事情。嗯，留点时间给自己。想想看反正回去后来日方长。我有些事情要办，可能你毫无兴趣，所以我想我或许可以起得早些，然后大概在你醒来时回来。去看看国家图书馆。你会厌烦死的。”

“快去吧，亨利，”她翻了个身面向墙壁，“听上去太棒了。每时每刻都在一起，我有点厌了。”

整个上午，我都在寻找去往德国图书馆的地铁、路线和地址，随后又花了一个小时找到地图室。一位迷人的年轻图书管理员操着一口马马虎虎的英语帮我寻找历史地图，从神圣罗马帝国末年到黑森公国的德意志帝国再到两次世界大战后的分裂，似乎有成千上万处地名和边界在数百年战与和之中变动了。她不知道埃格尔，咨询室里也没有一个人听说过那个镇子。

“你知不知道，”她最后问，“那个地方是在东德吗？”

我看了看表，发现已是下午四点三十五分。图书馆五点关门，还有一个生气的新婚妻子在等我。

她飞快地查看地图，“啊，我知道了。那是一条河，不是一个镇子。埃格尔在边境线上。”她指着一个点，上面写着恰布（埃格尔）。“你找的那个镇子现在不叫埃格尔了，也不在德国境内。它在捷克斯洛伐克。”她舔了舔手指，翻动地图册找到另一张地图。“波希米亚。看这儿，一八五九年这里都是波希米亚的地方，从这边到这边。埃格尔就在这里。我得说，我更喜欢老地名。”她微笑着把手放在我肩上，“我们找到了。一个地方，两个名字。埃格尔就是恰布。”

“那么，我该怎么去捷克斯洛伐克？”

“除非你有必需的证件，否则去不了。”她看出我的失望，“好了，告诉我，恰布有什么事那么重要？”

“我在找我父亲，”我说，“古斯塔夫·安格兰德。”

她脸上的神采慢慢消失，看着脚下的地板：“安格兰德。他是在战争中被杀的吗？送到了集中营？”

“不是，不是。我们是天主教徒。他是从埃格尔来的，我是说，恰布。他的家人，上个世纪移民到了美国。”

“你可以去查一下恰布教堂的记录，如果你能进去的话。”她抬起一条黑色的眉毛，“这或许是个办法。”

我们在咖啡馆里喝了几杯饮料，她告诉我该怎么穿过边境线而不被发现。那天很晚我才回到门德尔松大街，我准备好了一个故事来解释我为何去了那么久。我十点后进门时，泰思已经睡着了，我悄悄地上床躺在她身边。她惊醒过来，翻过身在枕头上看着我。

“对不起，”我说，“在图书馆迷路了。”

月光下，她的脸肿着，好像哭过。“我要离开这个灰色的城市，去看乡村景色。去徒步旅行吧，在星空下睡觉。去碰见一些真正的德国人。”

“我知道一个地方，”我轻声说，“那里都是古堡和黑森林，靠近边境线。我们偷偷过去，去发现它们的秘密。”

26

记忆中的那个早晨很美。夏末的一天，蔚蓝的天空昭示着金风送爽的秋天即将到来。斯帕克和我在书的海洋中相继醒来，离开图书馆。那段时间犹如施了魔法一般，人去楼空——父母上班，孩子上学，店铺尚未开门。根据我的石头日历，自从我们在新家定居后，五年漫长而凄凉的岁月已经过去了，我们人数减少，对黑暗渐生倦意。离开矿井后，斯帕克无疑心情舒畅，那天早晨，我第一眼看到她平静的面容，就想对她说，她使我心跳不已。但我没告诉她。这么说来，那天看似和其他日子没有区别，却自有其意义。

头顶上空，一架喷气飞机在九月苍白的天空下拖出一条白色的尾烟。我们迈着大步，边走边谈论着我们的书。云影在树木间飞快地掠走，微风轻拂，几片树叶从高处飘落。我突然好像看见齐维和布鲁玛在前头的阳光下玩耍。幻象瞬间就消失了，但光影造成的错觉却让我想起她们那神秘的离去，我告诉斯帕克，我一瞬间看到了我们失踪的伙伴。我问她有没有想过，她们是不是真的想被捕。

斯帕克停在一个遮蔽物的边上，再往前就是通往矿井入口的空地。她脚下松动的页岩摇摇晃晃，一踩就往下陷。一轮白色的月亮挂在无云的天空，我们爬山时提高了警惕，观察着飞机排出的气体，看它是否会发现我们。她抓住我肩膀，猛地把我转过来，我还以为眼下就有危险了呢。她凝视着我。

“你不明白，安尼戴。齐维和布鲁玛她们是求之不得。她们向往着另一边。和那些在阳光下和地面上生活的人在一起，有真正的家庭，真正的朋友。你不是也想逃走吗，回到那个世界中，当某个人的孩子？还是要和我一起走？”

她的问题犹如一把糖从撕开口子的袋子里直撒出来。我对过去的感觉已渐渐平息，对那个世界的梦魇也已停止。直到我坐下来写这本书，那些记忆才又回来，涤除积尘，焕然一新。但那天早晨，我的生活在那里，与她在一起。我看着她的眼睛，但她似乎沉浸在思索中，仿佛看不到眼前的我，只有辽阔的时空存在于她的想象中。我爱上了她。那一刻，这句话降临了，告白翕动着我的嘴唇。“斯帕克，我有话要……”

“等一下。听。”

我们周围鼓荡着噪音：一个低沉的隆隆声从山中传来，从大地上迂回到我们脚下，猛地爆发出来，又在森林中四面八方地传开去。下一刻，地底下发出压抑着的断折和翻腾声。大地叹息了一声，沉陷下去。她抓紧我的手，拖着我全速奔向矿井的方向。一股尘灰从裂缝间盘旋而出，犹如烟囱在冬夜里轻轻地吐烟。我们奔到近头，呛鼻的烟尘更加浓烈，差点透不过气来。我们想冲过去，但终于不得不在上风口等待烟尘散去。缝隙里边传来一个微弱的声音，在空气中慢慢消失。尘埃尚未落定，第一个人出来了。一只手抓着岩石边缘，然后又是一个，头伸出来了，身体也挤了出来。在暗弱的光线下，我们冲过尘灰，跑到那个倒伏的身体旁边。斯帕克用脚把他翻了过来：贝卡。随后出来的是奥尼恩斯，气喘吁吁地躺在他身边，手臂抱住他胸口。

斯帕克弯腰问她：“他死了吗？”

“塌方了。”奥尼恩斯低声说。

“还有人活着吗？”

“我不知道。”她把贝卡脏兮兮的头发拂开，他的眼睛在眨动。

我们好不容易走进漆黑一片的矿井里。斯帕克摸索到了打火石，打出了火花，点亮火炬。火光照亮了空气中飘浮的尘粒，就像玻璃杯中被搅起的沉淀物似的。我呼唤着其他人，这时一个声音回答道："在这里，在这里。"我的心有了希望，猛烈地跳动起来。我们好像在风雪漫天的噩梦中行走，跟随这个声音走下主通道，向左转走进我们大多数人每晚睡觉的房间。鲁契克站在入口处，煤粉沾满头发、皮肤和衣服。他的双眼明亮湿润，泪水在脸上的尘灰上留下湿湿的印痕。他的手指通红，都擦伤了，等我们的时候，他双手颤抖得厉害。火炬光照之下，飘浮的灰尘形成光晕。我看到斯茂拉赫魁梧的背影，他正对着一堆垃圾，那本来是我们睡觉的地方。他以疯狂的速度把石头扔到一边，想一点点把山搬开。我没有看到其他人。我们冲过去帮他忙，乱石堆一直堆到坑顶。

"出什么事了？"斯帕克问。

"他们陷在里面了，"鲁契克说，"斯茂拉赫觉得听到另一头有声音。坑顶一下子塌了下来。要不是我早晨醒来后想要吸口烟，我们也在那里面了。"

"奥尼恩斯和贝卡已经出去了。我们看到他们在外面。"我说。

"你在那里吗？"斯帕克对石头说道，"挺住，我们会把你弄出来。"

我们挖的洞口大小已经足够斯茂拉赫把小臂伸进去了。我们加大力气猛挖，奋力把石头扔开，鲁契克从通道中爬过去，消失了。我们三个停下来等待那头的动静，这等待简直无休无止。斯帕克终于对着空洞喊了起来："你看到什么了吗，老鼠？"

"挖，"他喊道，"我听到呼吸声了。"

斯帕克一言不发地突然离开了，斯茂拉赫和我继续加宽通道。我们听见鲁契克在那头扒拉通道，就像一头小动物在屋子墙壁上拨拉一样。每隔几分钟，他就喃喃地安慰某人几句，然后催促我们继续挖掘。我们拼命干活，肌肉鼓足了劲头，喉咙里呛着灰尘。斯帕克去得快，来得也快，她又拿来一支火炬，好让我们干活时光线更加充足。她脸上怒气腾腾，走过来搬石头。“贝卡，那个混账，”她说，“他们走了。也不帮助其他人，只管他自己。”

我们挖了又挖，洞穴已经够我爬进去了。进去后，我差点仰面栽倒，鲁契克及时拉了我一把。“在这里。”他轻声说道，我们一起蹲在一个仰卧的身体边上。卡维素芮半个身子埋在废墟里，一动不动，手冰冷。她浑身是灰，像鬼一样，呼吸中有股要命的酸腐味。

“她还活着。”鲁契克低声说，“但也只差一口气了。我想她的腿断了。这几块大石头我一个人搬不动。”他的样子是又急又累，“你得来帮我。”

我们把她身上的石头一块块搬开。在搬最后一块碎石时，我边使劲边问他：“你看到劳格诺和赞扎拉了吗？他们安全出去了吗？”

“一点消息也没有。”他朝后指了指我们睡觉的隔间，那里现在堆着上吨的泥土。坑顶塌下来时，男孩们肯定还睡在里面，我祈祷他们没有被惊醒，只是在睡梦中轻轻松松地死去了，就像在床上翻了个身。但我们不能不想他们。可能还会塌方，我们得加快速度。我们把最后一块岩石从卡维素芮左脚上搬开时，她呻吟起来，青枝骨折①，骨头和皮肤淌着血，软绵绵的。我们抬起她时，她的脚搭下来转了个骇人的角度，鲜血黏糊糊地沾在我们手上。每走一步，她就大叫一声，我们挣扎到洞口，把她半推半拉地弄出去时，她已经昏过去了。斯茂拉赫一看到她的脚，骨头冒出在外面，背转身就在角落里呕吐起来。我们在那里歇了口气，再推最后一把，斯帕克问：“还有人活着吗？”

“我想没有了。”我说。

她闭了一会眼睛，随后命令我们迅速撤离。最难的是走出矿井的入口，卡维素芮苏醒过来了，她挤出去时尖声嚎叫。那一刻，我真希望

---

① 青枝骨折：医学名词，指一种骨骼折而未断的情况，常见于儿童。

我们都在里面，大家并排睡着，全部埋在下面算了，每个人都脱离苦海了。我们精疲力竭地把她轻轻放在山坡上。没有人知道该做什么，说什么，又该想什么。里面又震颤起另一次爆裂，矿井就像一条垂死的龙，喷出最后一口气。

我们在悲痛下浑然不知所以，只等待着黑夜降临。没有人想到镇上居民或许会听到塌方，或许会派人来调查。鲁契克首先发现了光亮，树林边烧着一小堆火。我们四个也不商量，毫不犹豫地把手臂连成一个担架，抬起卡维素芮向火光走去。我们虽然担心这火或许是陌生人点的，但我们肯定过去寻求帮助总比不去的好。我们小心翼翼地走过页岩地带，可怜的卡维素芮痛得死去活来，我们只盼望那堆火能让我们度过寒气渐重的夜晚，有个地方可以给她治伤。

风吹得树顶枝丫吱吱作响，摇动着下面的枝条，像扳手指一样发出“喀嚓喀嚓”的声音。火是贝卡点的。他既不道歉也不解释，我们质问他，他只是像头老熊一般咕哝几下，然后拖着脚步走开去独自待着。奥尼恩斯和斯帕克为卡维素芮折断的脚踝做了夹板，用鲁契克的夹克衫绑起来，把落叶盖在她身上，整个晚上躺在她身边，用体温温暖着她。斯茂拉赫走开了一阵，带回来一葫芦的水。我们坐着看着火堆，把头发和衣服上的灰拍掉，等待太阳升起。在那段寂静的时间里，我们为亡者哀悼。劳格诺和赞扎拉走了，齐维、布鲁玛和伊格尔也走了。

次日早晨并没有灿烂的阳光，只有一场小雨缓缓飘洒。只有偶尔响起的一声孤独的鸟鸣提醒着时间正在过去。中午时分，一声惨痛的大喊穿透沉寂。卡维素芮醒来后疼痛不堪，咒骂着岩石、矿井、贝卡和我们所有人。我们无法使她痛苦的喊叫停下来，后来斯帕克握着她的手，劝服她渐渐平静下来。我们其他几个都别过头不去看她，瞥一眼别人的脸色，只见个个都是满脸的疲惫和悲伤。我们现在只有七个了。我数了两遍才敢相信。

27

泰思连劝都不用劝，就愿意偷越边境线，而越境这个想法也让我们的蜜月情调倍增。我们离捷克斯洛伐克越近，床第之欢就越加浓烈。拟定好去往另一边的秘密路线那天，她把我弄得直到中午才起床。她的欲望使我对自己的潜在遗传更加好奇。我需要知道我从哪里来，我是谁。这条路上的每一步都伴随着回家的澎湃心情。景色依稀相识，如同置身梦中，仿佛这些树木、湖泊、山岭都深深埋藏在我的感官之中，长久以来潜伏不动。岩石的纹理和木材的内质都和我想象的一般无二，我们在酒店和咖啡馆里遇见的人，他们粗壮的身躯上都有熟悉的痕迹，五官轮廓分明，蓝眼睛格外清澈，金黄的头发飘甩起来。他们的脸庞诱惑着我深入波希米亚。我们决定踏入霍亨博格村庄的禁区，那是在德国的边境。

市中心的城堡最早修建于一二二二年，后来屡毁屡建，最近一次是在二战之后。在阳光明媚的周六，泰思和我一起畅游此地，这里除了我们，只有一对带小孩的年轻德国夫妇，他们跟着我们从一个建筑物走到另一个建筑物。城市的后沿有一溜高低不平的白色围墙，这是个堡垒，用于抵抗来自森林和埃格尔河对岸的袭击，在围墙附近，他们叫住了我们。

“打扰了，”那位母亲用英语对泰思说，“你是美国人，对吗？你能帮忙拍张照片吗？用我的相机，给我全家人拍？”

这么轻易就被认出来是美国人，我吓得脸都白了。泰思朝我微微一笑，把背包脱下来放在地上。这一家六口在一座最古老的胸墙墙根下排好队。这些孩子看起来像是可以当我的兄弟姐妹，他们摆姿势的时候，我转念间想到我曾是这样一个家庭的一分子，但这个念头很快抛到九霄云外去了。泰思后退了几步，想把他们全照入镜头。这些小孩叫了起来："Vorsicht，der Igel！ Der Igel！"[①] 那个还没有五岁大的男孩，笔直朝泰思冲过去，蓝眼睛里闪烁着激动的目光。他站在她跟前，把手伸向她两脚间的一块小花丛，小心翼翼地用他的小手捧出什么东西来。

"你在那里找到什么？"泰思弯下腰看他的脸。

他伸出手，一只刺猬从他的手中爬出来。大家都哈哈大笑，泰思差点就踩上这只浑身长刺的家伙了，这可真有趣。但我却抖得连支香烟都差点没点着。伊格尔。几乎有二十年，我没有听见这个名字了。他们都有名字，我没有忘得一干二净。我伸手碰了碰泰思，好把它们驱出脑海。

这一家子走后，我们按照地图走城堡后面的步行小径。在一条路上，我们看到了一个小小的洞穴，前面立着一个露营地的标志，我就觉得这像是一块废弃的空地。我带着泰思飞快地走开，从东路下山，穿过一片黑森林。我们的小路通往一条没有车辆的双行道。转弯处，一个写着"埃格尔路"的标志牌指向右手边的一条土路，我们渡过一条狭窄的河流，这不过是一条浅而宽的小溪，但水流湍急。对岸是捷克斯洛伐克的森林，再翻过几座山，就是恰布了。视野中一个人也没有，也许是因为有了河流和岩石，边境上也没有安铁丝网。泰思拉着我的手，我们过去了。

突出在水面上的石头可以安全落脚，但我们得多加小心。到达捷克那头时，一阵战栗犹如剃刀般将我刺透。我们成功了。到家了，或者

---

① 德文："当心，刺猬！刺猬！"因德文中伊格尔和刺猬是同一个词，故亨利有下文的惊骇。

说，已经尽可能地接近了家门。那一刻，我准备转变身份（或是恢复身份），要回我的身世。那天早晨，泰思和我全力伪装自己，把头发和衣服都弄得和欧洲人一样不会引起注意，但我仍然担心别人会看穿我们的把戏。事后想来，我其实无须担心，因为一九六八年正是“布拉格之春”，门户开放，杜布切克[①]正尝试让捷克人和斯洛伐克人接受“有人情味的社会主义”。而俄国人的坦克八月才开进来。

泰思喜欢这种偷渡国境的冒险劲头，像个越狱的逃犯似的在落叶满地的路上躲躲藏藏。我努力跟上她的步伐，牵着她的手，在沉默中装出一副狡猾的样子。我们步行约一二公里后，绿叶间淅淅沥沥地洒下雨来，一场急雨接踵而至。雨点打在交接成荫的树冠上，不停地滴落下来，隔着雨声的节拍，一阵时轻时重的脚步声渐渐清晰起来。天色太暗，辨不清人影，但我听到他们在灌木丛中行进，转着圈子跟踪我们。我一把抓住她的胳膊，快步向前走去。

“亨利，你听到了吗?”泰思头转来转去地环顾四周。他们还在跟上来，我们跑起来了。她最后回头看了一眼，大叫一声，拽着我的肘子停下脚步，让我转过身去看那些折腾我们的家伙。它们在雨中显得孤苦无依。三头奶牛，两头花斑的，一头全白的。它们看了看我们，漠然地反刍。

我们浑身湿透，快步走出滴滴答答的森林，找到了路。我们肯定是一副凄惨的模样，因为一辆农民的货车开过时，司机举起肉鼓鼓的大拇指做了个手势，示意我们可以坐到货厢里搭他的车。泰思在雨中大声问他：“去恰布吗?”他点点头，我们就上了车，爬到成堆的土豆上面坐着，半个小时后就到了古色古香的捷克村庄。我望着倒退的树木，呼啸的林风，心中肯定我们一直都被跟踪了。

---

① 捷克斯洛伐克共产党第一书记（1968—1969）。

这些房屋和仓库用清淡柔和的色料粉刷，仿佛春天花坛中的鲜花，老房子黄白相间，或褐绿相杂。恰布的许多地方似乎与时间共存，但无论建筑还是标志性的景观都没有拨响我记忆的弦。一辆带红玻璃警报器的黑色轿车歪斜地停在镇子的礼堂前。为了避开警察，我们走了另一个方向，希望能找到一个听得懂我们磕磕巴巴的德语的人。走到粉红色的星星旅馆门口，那里站着个神情严肃的警察，他足足盯了我们半分钟，我们吓了一跳。穿过广场，走过“野人”雕像，奥赫热河畔有一家东倒西歪的旅馆。我希望着、也期待着这些标志性景观能唤起古斯塔夫·安格兰德的记忆，但一切都是陌生的。我在旅程中编织起来的奢望，看来将化为泡影。我好像从未到过此地，又好像在波希米亚的童年从不存在。

在一家乌烟瘴气的昏暗酒吧里，我们用美元收买了店主，吃了顿腊肠和煮土豆，喝了半瓶掺水的东德酒。饭后，我们被带上一段弯弯曲曲的楼梯，走进一间小小的屋子，里面只有一张床和一个脸盆。我锁了门，外套和靴子也没脱，就和泰思躺倒在破旧的床单上，紧张、疲累、刺激，让我们动弹不得。黑暗渐渐偷走光明，打破沉寂的只有我们的呼吸声和又重又急的心跳声。

“我们在这里干什么？”她终于问道。

我坐起身，开始脱衣服。要是在我前生，我在黑暗中看她就会像在破晓的光线下看得一样清楚，但如今我只能依靠想象。“这不刺激吗？这个镇子以前属于德国，再早是波希米亚的，对吗？”

她脱下靴子和外套。她脱衣服时，我躺到了羊毛毯和粗糙的被单下。泰思脱得精光，发着抖靠过来，冷冰冰的一只脚在我腿上摩擦。“我害怕。万一秘密警察来敲门怎么办？”

“别担心，宝贝，”我对她说，拿出詹姆斯·邦德的样子，“我有杀人执照。”我翻身到她身上，我们在险境中过得有滋有味。

次日上午我们起晚了，匆忙赶往古老的圣尼古拉大教堂，到达的时候，一场用捷克语和拉丁语举行的弥撒已经开始了。靠近圣坛的地方站着几位手握念珠、上了年纪的妇人，小家庭随处而坐，像羊群一样茫然又机警。入口处两个穿黑西装的男人可能在观察我们。我想跟着唱赞美诗，但只能滥竽充数。我并不理解这种仪式，但典礼让我想起了许久之前我和我母亲参加的弥撒——蜡烛上方的圣像，穿着繁复法衣的牧师和衣着简朴的祭坛童子，和着节律的站起、跪倒、坐下，钟声响起后的献祭仪式。我当时就明知这不过是桩浪漫的蠢事，如今我脑海中出现的画面是我穿着礼拜天的礼服，心不甘情不愿地和她坐在靠背长椅上，父亲在长吁短叹，双胞胎穿着裙子扭来扭去。使我最受震动的是那来自楼厢高处的管风琴音乐，仿佛河水从岩石上奔流而下。

教徒们退席时，不时停下来彼此交流几句，然后向站在门外灿烂阳光下的枯瘦的神甫致意。一个金发女孩转身对跟她长得几乎一模一样的妹妹指了指我们，小声说了些什么，然后两人手牵手跑出教堂。泰思和我欣赏着入口处两旁圣母玛利亚和圣尼古拉精美的雕像，一直流连到最后才走出建筑物。泰思向神甫伸出手去，发现自己的手被握紧了，人也被拉了过去。

“感谢你们的到来，”他说，然后转向我，目光有些诧异，好像知道我的过去，“上帝保佑你，我的孩子。”

泰思粲然一笑，“您的英语棒极了。您怎么知道我们是美国人？”

他始终握着她的手，“我刚做牧师时，在新奥尔良的圣路易斯大教堂待过五年。我是加瑞尔·林卡神甫。你们是来这里过节的？”

“什么节？”泰思想到节日，脸色一亮。

“Pra ské Jaro。就是布拉格之春国际音乐节。”

“噢，不是的。我们一点儿也不知道。”她凑过去压低声音，信任地说道，“我们是偷渡边境来的。”

林卡哈哈一笑，以为她在开玩笑，她很快转过话题，问他在美国的经历和新奥尔良的咖啡馆生活。他们边聊边笑，我走出去，在角落里点了支烟，看着蓝色的烟雾盘旋在空气中。那对金发姐妹又转回来了，这次从街上带了一群孩子过来。他们站在大门外面，一打脑袋从矮墙上朝里窥探，就像一串停在电话线上的鸟儿。我听到他们在啪啦啪啦讲着捷克语，冒出一个发音是 podvr ené díte[①] 的词，像是他们叽叽喳喳的主题调子。我瞟了眼妻子，她正和林卡神甫谈得火热。我朝孩子们走去，他们一看我走近，就像鸽群一样散开了。我背转身，他们又聚拢过来，我再转身，他们又笑着叫着跑开。我走到大门外，看到一个女孩畏畏缩缩地蹲在墙后。我用德语跟她说不必害怕。

“为什么大家都笑着跑开？”

“她告诉我们教堂里有魔鬼。”

“我不是魔鬼……只是个美国人。”

“她说你是从森林里来的。是个仙灵。”

镇子的街道后面，耸立着生机勃勃的古老森林。“没有仙灵这种东西。”

女孩站起来看着我，手按在唇上。“我不信你。”她说着，转身跑去追她的同伴了。我站在那里看着她跑远，思绪纷乱，担心自己犯了错。但我们已经走得太远，无论是孩子还是警察都吓不倒我们了。在某种意义上，他们和其他人也并无二致。怀疑是我的保护膜，我觉得自己完全有能力不让别人探得真相。

泰思从大门里跃出来，看到我在人行道上。“你想来一次私人旅游吗，宝贝？”

林卡神甫帮她说话，“戴夫人告诉我，你是音乐家，作曲家。你一定要试试这里的管风琴，是恰布地区最好的。”

---

① 捷克语：换生灵。

在教堂的高处，我坐在琴键旁，成排空荡荡的长椅在我面前展开，还有倾斜的圣坛，巨大的十字架，我着了魔似的弹了起来。我不得不在这台机器上摇晃身子，才能踩动踏板，从硕大的风琴上弹出准确的音调，但我一旦弄清楚它复杂的音栓和音箱，沉浸到音乐当中，这就仿佛是一种舞蹈。我弹了维耶恩①《摇篮曲》中的一支曲子，这些年来，我第一次感觉到自我的存在。弹着弹着，我变得遗世独立，再也感觉不到其他人和其他事，只有音乐占据胸怀。音乐像火热的冰将我灌注，又像一场异常奇特的雪将我覆盖。林卡神甫和泰思与我一同坐在最高的楼座上，看着我手挥舞，头点动，听着音乐。

泰思听厌了激烈的曲调，她吻了吻我脸颊，逛下楼梯去参观教堂的其他地方。只有我和神甫了，我立刻说出我来恰布的缘由。我告诉他，我在研究家族史，之前法兰克福的图书管理员建议我来查一下教堂的记录，因为要看到中央政府的档案几乎是没有希望的。

“是为了给她一个惊喜，”我说，“我想追溯泰思的家谱，缺失的那环是她的祖父，古斯塔夫·安格兰德。只要我能找到他的生日或其他什么信息，就能为她写一部家族史。”

“听起来真不错。明天再来吧。我来查档案，你弹琴给我听。”

“但您不能告诉我妻子。”

他眨了眨眼，我们成了同谋。

用餐时，我告诉泰思，林卡神甫约请我，但只说了音乐的事，她也很高兴我有机会再去弹楼座的风琴。周一下午，她坐在楼下的中间那排长椅上，听了一个小时左右，又自己走开了。她一走，林卡神甫就小声说：“我有东西给你。”他勾了勾指头，示意我跟他走进楼厢外面的小凹室，我巴望他已经找到了安格兰德家的资料。神甫把一个木盒子放在一

---

① 维耶恩（1870—1937），法国著名管风琴大师。

个摇摇晃晃的桌子上，我的期望值随之增长。他拂去盖子上的灰尘，像一个小精灵似的露齿一笑，打开了盒子。

里面不是我想的教堂文献，而是音乐。整卷整卷的管风琴乐谱，而且不是普通的赞美诗，而是赋予风琴生命和存在的交响乐杰作——亨德尔的大量作品，马勒的《复活》，李斯特的《匈奴之战》，费蒂斯[①]的《交响幻想曲》，还有两首吉尔芒[②]的管风琴独奏曲。有基格[③]、朗莱[④]、查内[⑤]的曲子，还有普朗[⑥]的《管风琴、弦乐器和定音鼓协奏曲》。柯普兰[⑦]的《第一交响乐》唱片集，巴伯[⑧]的《节庆展技曲》。蓝伯格，弗兰克，还有十三首巴赫。我目瞪口呆，逸兴遄飞。仅仅是把所有的都听一遍——别提亲手在硕大的琴键上试弹——就得花费好几个月甚至好几年，但我们只有几个小时。我想把东西都抢到我口袋里去，在脑子里装满音乐。

“这是我唯一的恶习和嗜好。”林卡对我说，“享受一下吧。我和你并没有太多不同，都是有着稀奇爱好的古怪生物。只有你，我的朋友，你能弹奏，而我只能听。”

我整天都在为林卡神甫弹琴，他则在查找以前洗礼、婚礼和葬礼留在教堂的底账。我激情洋溢，收放自如，他听得心旌摇动。我又往下加了一个八度，重重击出约瑟夫·琼金《小交响协奏曲》热烈的末章。在那个琴键上，我发生了某种变化，在间奏中开始听到了自己的曲子。音乐让我想起了镇外的回忆，在那个精妙绝伦的下午，我尝试着各种变

① 费蒂斯（1784—1871），比利时音乐理论家，历史学家，作曲家。
② 吉尔芒（1837—1911），法国管风琴家，作曲家。
③ 基格（1844—1925），法国作曲家。
④ 朗莱（1907—1991），法国作曲家。
⑤ 查内（1925— ），法国小提琴家，作曲家。
⑥ 普朗（1899—1963），法国作曲家。
⑦ 柯普兰（1900—1990），美国现代著名作曲家。
⑧ 巴伯（1910—1981），美国作曲家。

奏，沉浸在音乐之中，把林卡神甫都给忘了。五点钟他两手空空地回来，没找到安格兰德家族的记录，他有点泄气，打电话给圣温斯特礼拜堂的同仁，让他们联系已经废弃了的圣巴尔多缪和圣克拉拉教堂的卷宗保管人，相帮查找资料。

我浑然忘却了时间。虽然相对自由，我们还是处在随时都会被索要证件的危险之中，而我们也没有捷克斯洛伐克的护照。早餐时，泰思抱怨说她去参观“黑塔”时，有警察注意到她，在红粉山艺术中心跟踪她。街上的孩子对她指指点点。我也看见他们在阴影里跑来跑去，躲藏在黑暗的角落里。星期三早晨，她发牢骚说在我们的蜜月里，她独自一个的时间太长了。

“再过一天吧，”我恳求说，“教堂里的声音别的地方都没有。”

“好吧，但我今天不出门了。你不想回床上睡觉吗?”

那天下午晚些时候我去了楼座，惊讶地发现神甫在管风琴旁等着我。“你得让我告诉你的妻子，”他微笑着说，“我们找到他了。至少我觉得这位一定是她的祖父。年代有点不大对头，但这里能有多少位古斯塔夫·安格兰德呢?”

他递给我一张颗粒化的影印乘客表，他们搭乘德国客轮“艾伯特”号在一八五一年五月二十日从不来梅驶往马里兰州的巴尔的摩。姓名和年龄书写得很工整：

212	艾布拉姆·安格兰德	42	音乐家	埃格尔	波希米亚人
213	克拉拉·安格兰德	40		同	同
214	弗列德雷希·安格兰德	14		同	同
215	约瑟夫·安格兰德	6		同	同
216	古斯塔夫·安格兰德	1/2		同	同
217	安娜·安格兰德	9		同	同

“她难道不会高兴吗？多好的结婚礼物啊。”

我没法开口回答他的问题。这些姓名勾起了如潮的回忆。约瑟夫，我的兄长——Wo in der Welt bist du？[①] 安娜，这个在横渡大西洋时过世的孩子，伤透了我母亲的心。我的母亲，卡拉拉。我的父亲，艾布拉姆，音乐家。在我的梦境中如影随形的那些名字啊。

“我知道你说他一八五九年在这里，但有时候过去只是一个谜。我想安格兰德先生是一八五一年，不是一八五九年。”林卡神父说，“时间一久，历史就模糊了。”

有一阵子，这六个人都活过来了。自然我不记得埃格尔，也不记得恰布。我们去美国时，我还是个不满周岁的婴儿。那里有房屋，客厅和钢琴。我是在那里被带走的，而不是这里。

“教堂里没有记录，但我觉得应该查查移民档案，不是吗？戴夫人会不会大吃一惊啊？我真是等不及想看看她的表情了。”

我把纸折好放进口袋。“当然了，神父，应该由您去告诉她。我们应该庆祝一下……如果您愿意的话，就今晚吧。”

他喜悦的笑容让我几乎后悔说了谎，而离开后面这架绝妙的管风琴也让我非常伤心，但我还是迅速离开了圣尼古拉大教堂，口袋里的历史压在我心上。找到泰思时，我编造说警察正在教堂附近打探两个美国人，于是我们循着来时的路溜回了边境。

我们走到渡口附近的森林时，我吃惊地看到一个小男孩，大概七岁大，独自一人站在一棵大树旁。他没有注意到我们，只是一动不动地像是在躲避什么人。我想象不出有什么在追赶他，但我有点想要去救他。我们快走到他身边时，他闪避了一下，在嘴唇上竖起一根手指，求我们

① 德文：你在这世上的什么地方？

别出声。

“你会说德语吗？”泰思用德语小声说道。

“会的，请别出声。他们在追我。”

我从一棵树看到另一棵树，以为会有一群换生灵冲出来。

“谁在追你？”

“Versteckspiel。[①]”他用气声说道。一个小女孩听到他的声音，从绿树丛中跳出来，紧追不舍。其他孩子从躲藏处出来了，我明白过来，他们是在玩简单的捉迷藏游戏。我看了男孩又看女孩，从一张脸望向另一张脸，情不自禁地想起他们能够多么轻易地改换自己的容貌。泰思觉得他们怪伶俐的，想多留一会儿，但我催促她快走。渡河时，我在石头上跳跃前进，尽可能快地蹚水过去。泰思在后面拖拖拉拉，我没有等她，她又急又气。

“亨利，亨利，你在跑什么啊？”

“快，泰思。他们在追我们。”

她费力地跳到一块岩石上。“谁？”

“他们。”我说着，回去把她从那边拉过来。

蜜月之旅后，生活迅速复杂起来，我无暇再去研究安格兰德家族，也没空再去找一架管风琴。我们最后一个学期很忙，随着毕业的临近，我们的交谈也转向未来的打算。泰思躺在浴缸里，热水上蒸汽升腾。我靠在衣物篮边上，装出一副阅读新曲草稿的样子，但实际上只是为了欣赏她泡澡。

“亨利，我有好消息。县里面的工作看起来能通过。”

“太棒了，”我说，翻了一页，哼了几行。“那你具体要做什么呢？”

---

① 德文：捉迷藏。

“先做社会工作。有问题的人过来，我负责记录，然后我们做好转诊介绍。”

“嗯。那家新办的中学让我去面试。”我放下曲谱，盯着她露出一半的裸体。“他们需要一个乐队指挥和教七八年级的音乐老师。这是相当好的工作，我会有很多时间来作曲。”

“我们真是一帆风顺啊，宝贝。”

她说得对，那一刻我下了决心。我期待的生活到来了。尽管困难重重，虽然父亲的过世导致了辍学，但我会完成学业，新的事业即将开始。一位美丽的年轻姑娘正倚在我的浴缸里。

“你在笑什么呐，亨利?”

我开始解衬衫扣子，“还有，泰思，我有些话要在你耳边说。”

28

世上最无情的就是爱。当爱逃离，剩下的惟有回忆来补偿。我们的朋友有的走了，有的正在走，我们可怜的心灵只能幻想他们的灵魂来填补爱的空缺。至今，那些离开的人仍然萦绕在我心头。失去了齐维、布鲁玛、劳格诺和赞扎拉也让斯帕克伤心欲绝。她干起活来神态严峻，满腔决意，好像只要忙个不停，就能远离憧憧幻影。

矿井中的灾难过后，我们让贝卡下台，他也同意了。人数缩减的团体选举了斯茂拉赫作为我们的新首领。这些年来，我们第一次到地面上生活了，由于卡维素芮行动不便，我们只能困守在林中的一小片空地上。回家的想法啃噬着每个人的心。我们离开营寨已有五年，这时候回去大概无妨了。最后一次看到老家时，那里被掘地三尺，但新的植被必然也长出来了，黑色的灰烬覆盖的地方，小树苗应该在寸寸拔高，野花和嫩草郁郁葱葱。大自然复苏了损毁之处，而人类也应当已忘怀丢失在河中的男孩和超市里找到的那两个仙灵。他们希望生活能保持他们心目中的本来模样。

如今能够安全出行，鲁契克、斯茂拉赫和我就出发了，另两位留在临时的营寨里照顾卡维素芮。虽然那天寒风飕飕，但我们一想到能回老家看看，一个个都精神百倍的。我们像小鹿一样在路上蹦蹦跳跳，你追我赶，嘻嘻哈哈。老营寨在我们的记忆中莹莹闪光，许下一切恢复如初的美妙诺言。

爬上西边的山岭时，我听到远处的笑声。快到山崖边，我们放慢脚步，下面传来的声音逗起了我们的好奇心。透过枝叶间的空隙，山谷一览无余。成排的房屋和敞开的绿地周围蜿蜒缠绕着一条条整洁的马路。我们老营寨的原址上如今建起了五幢新房子，围成一个圈子。另有六幢房子建在宽阔马路的对面，掩映在树木之中。这条马路不断分岔，各条支路沿着山坡汇成一条通往镇上的大道，路边的房屋更多。

“它从前是那么简陋。”鲁契克说。

我把目光投向远处，看到热火朝天的活动。一个女人从一辆客货两用轿车后面卸下蝴蝶结扎好的包裹。两个男孩在扔橄榄球。一辆外形像甲虫的黄色轿车轧轧地驶上弯曲的道路。我们听见收音机播放着陆军对海军队的比赛，还有一个男人低声咒骂着把一串灯钉到他的屋檐下。我被眼前的景象迷住了，没有发觉天色已晚。屋子里的灯亮了，好似突然点起的信号。

“我们要去看看是谁住在那块空地上吗？”鲁契克问道。

我们偷偷接近那个铺着柏油的圈子。两幢屋子看来没人。另三幢显示出生活的迹象：汽车停在车道上，窗口闪过灯光映照下的人影，好像正匆忙赶去做要紧的事情。我们朝每扇窗子里张望，看到的是同一件事。一个女人在厨房里搅着锅里的东西，另一个从烤箱里端出一只大鸟，隔壁房间里，一个男人盯着一只发光盒子上运动着的微小人形，脸色时而兴奋，时而愤怒。他的隔壁邻居睡在一张安乐椅上，无论对声音还是闪动的画面都一无所觉。

“他看起来面熟。”我小声说。

房间的角落里，一个小孩坐在小笼子里，蓝色的厚绒布衣服一直穿到脚上，正心无旁骛地玩着色彩鲜艳的塑料玩具。我一时觉得那个睡着的男人像我父亲，但我不明白他怎么还会有一个儿子。一个女人从一间屋子走到另一间，她的金色长发像尾巴一样垂在后面。她撅起嘴，弯腰和那个男人轻声说了什么，大概是个名字，他一怔，因为自己打盹时被发现而稍觉不好意思。他睁开眼睛时，就更像我父亲了，但她肯定不是我母亲。她扬起嘴角，从围栏里抱起孩子，孩子呢喃着，笑着，抱住母亲的脖子。我以前听过那种声音。男人关了遥控器，走到窗前，用两只手在窗玻璃的水汽上抹出一个圆圈，看了看黑暗的室外，就回到妻儿身边去了。我觉得他没有看到我们，但我肯定曾经见过他。

我们绕回森林，等到明月高悬，家家户户的灯都亮了。圈子里的房屋又暗又静。

“我不喜欢这样。”我说，呼出的气在深紫色的暗夜中清晰可见。

“你老是为自己的生活犯愁，就像小猫为一根绳子犯愁一样。”斯茂拉赫说。

他招呼一声，我们就跟随他走上车道。斯茂拉赫选了一幢车道上没有停车的房子，这样我们就不大可能会碰到人。我们轻而易举地从没有上锁的前门溜了进去，没有惊醒任何人。大厅的一侧，一排鞋子摆得整整齐齐，斯茂拉赫立刻试了起来，直到他找到合脚的。到了早上，这家的男孩就会慌里慌张了。从大厅能看到厨房，中间夹着一个小小的餐厅。我们每个人都装了一袋子的罐头水果和蔬菜、面粉、盐、糖。鲁契克抓了满把的袋装茶叶塞进裤子口袋，出去时，又从餐具柜里抄了一包香烟和一盒火柴。我们倏忽来去，没有惊扰任何人。

第二家——就是蓝衣小孩住的那家——就难以对付了。所有的房门和底楼的窗子都锁了，我们只能从管道口挤进去，进入一间布满铅管的壁橱似的房间。我们跟着管道走，终于到了屋子里面，找到了地窖。为了不发出声音，我们都脱下了鞋子，绑起来挂在脖子上，然后蹑手蹑脚地上楼梯，打开厨房门。房间里有股熟悉的面包香味。

斯茂拉赫和鲁契克抢劫食品间，我就踮着脚在各个房间里寻找前门在哪，想找个方便的出口。起居室的墙壁上挂着很多相片，看起来大多是毫无意义的影子，但当我走过一幅被月光照亮的相片时，我愣住了。

两个人，年轻的母亲把婴儿举到肩上面对镜头。这个孩子和其他孩子也没什么两样，又圆又滑，像颗纽扣似的。母亲没有直视镜头，而是用眼角的余光看着她的儿子。她的发型和衣着都是另一个年代的，而她边哄边笑，顾盼间流露出希望的样子，看起来也无非是一个带着小孩的孩子罢了。她抬起下颌，仿佛因为怀抱婴儿而开心得快要大笑起来。这张照片让我头脑中的化学物质竞相奔流，我头晕目眩，不知所措，虽然心里明白，但却辨不清他们的面目。还有别的照片——女人一袭白色长裙站在树阴旁，男人戴着高顶礼帽——但我不时走回去看那张母与子的照片，手指在玻璃框上摸索着这两个人的轮廓。我想要记住。我犯了傻，走到墙边开了灯。

某人在厨房里喘了口气，这时墙上的照片突然清晰起来。两个戴着古板眼镜的上年纪的人，一个胖胖的婴孩。我把那张迷住我的照片看得一清二楚，在它旁边，还有一张使我更受震动。那是一个两眼望天的男孩，抬头想要看到什么东西。拍照时他不会超过七岁，要不是照片是黑白的，我早就认出他的脸了。因为这是我的脸，这就是我，穿着夹克衫，戴着帽子，目光若有所待——等待什么？落下来的雪花？扔过来的橄榄球？V字行的雁队？还是上面的一双手？多么奇怪啊，一个小男孩就这么停止在了这幢陌生房子的墙壁上。那张男人和女人的结婚照片上没有任何线索。那是我父亲和另一个新娘结了婚。

“安尼戴，你在干吗？”鲁契克用气声说道，“把灯关了。”

头顶上的床垫“吱呀”一响，有人起床了。我熄了灯，赶紧离开。地板“咯吱咯吱”的，一个响亮的女人声音模糊传来，口气透着不耐烦。

“好吧，”男人回答说，“我去看看，但我什么都没听到。”他走向楼梯，一步一步小心地下楼。我们想从厨房后门出去，但弄不开锁。

“这该死的东西打不开。”斯茂拉赫说。

那个人已经走到了楼梯底，打开了灯。他走进起居室，我刚刚从那里出来。鲁契克手忙脚乱地转动铁条，随着“咔哒”一声轻响，他撬开了门锁。我们听到声音，都为之一惊。

“喂，谁在那里？”男人在另一间屋子里说。他光着脚“啪嗒啪嗒”地冲我们这里跑来。

“他妈的。”斯茂拉赫说着转开把手推开门。门只开了六寸就被上面的一根小铁链拉住了。“我们走。”他说，我们一个接一个变形挤出那道缝隙，糖和面粉撒了一地。我肯定他看到了一眼，因为他又“喂”了一声，但我们已经跑走了，飞奔过结霜的草坪。泛光灯像闪光泡似的煌煌照着，不过我们已经跑出了照明区。我们站在山岭顶上，看着他的房间接二连三地亮起来，窗户映得像一排灯笼。村子中央，一条狗狂吠起来，我们视之为撤退回家的信号。光脚踩在地上很冷，但我们带着宝贝逃走了。我们就像小顽童一样欢呼雀跃，在寒星下哈哈大笑。

走在山岭上时，鲁契克停下来摸出一支偷来的香烟，我最后一次回头看了看俨整的村落，那本是我们的家。所有的事都发生在那儿——爬到高高的树上去采野蜂蜜，汽车在公路上撞了一头鹿，我在空地上第一次睁开眼睛，看到十一个黑不溜秋的孩子。但有人把这些都擦去了，就像擦去一个单词或一行字，随后在原处写上了另一句句子。这些鳞次栉比的房屋看起来就像长久以来都矗立在那里似的，让人不禁怀疑起自己的过去是否实在。

“那里的那个人，”我说，“睡觉的那个。让我想起一个人来。”

“对我来说，他们都差不多。”鲁契克说。

“是我认识的某人，或者说，是以前认识的人。”

“会不会是你很久以前失散的兄弟？”

“我没有兄弟。”

“说不定是你在图书馆里看到的某本书的作者？”

“我不知道他们长什么样。”

“难道是那本你带来带去的本子的作者？”

“不，不是麦克伊内斯。我不认识麦克伊内斯。”

“杂志上的人？报纸上的照片？”

“是我认识的某个人。”

“会是消防队员吗？还是你在溪边看到的那个人？”他吸了口烟，像一台老蒸汽机似的吞云吐雾。

“我想那大概是我父亲，但也不对头。那里还有一个奇怪的女人，带着穿蓝衣服的小孩。”

“今年是几几年了，小宝贝？”鲁契克问。

应当是一九七二年吧，虽然其实我也不能肯定。

“要是现在，你已经是个快四十岁的男青年了，而落地窗里的那个男人有多大？”

“我猜想也差不多。”

“那么他的父亲会有多大？”

“两倍年纪。”我说着，傻乎乎地笑起来。

“现在你父亲可是个老人了，差不多和我一样老。”

我们坐在冷冰冰的地上。自从我最后一次见到父母，已经过去了那么久，他们的真实年龄就像一个浮起的谜团。

鲁契克坐到我身边，“过了一段时间，大家都忘记了。我没法画给你看我小时候的样子。以前的记忆是不真实的——只不过是童话中的人物。我的妈妈这会儿走到我身边说：‘乖宝贝。’我会说：‘抱歉，我不认识您，夫人。’我父亲也是个谜。所以，你看，在某种程度上，你无父无母，就算你有，你也不认识他们了，他们也不认识你，这样更凄惨。”

“但那个睡在安乐椅里的家伙是谁呢？如果我用力想，是能想起我父亲的样子的。”

“可能是其他人，或者谁都不是。”

“那个婴儿呢？”

“他们对我来说都一样。没有牙齿却一直觉得饿的麻烦东西，不能走路，不能说话，不能一起吸烟。你能去弄一个来。有人说换生灵的最佳选择是婴儿——用不着学很多东西——但那就是活倒回去了。你不应该倒着活。再说，如果我们弄来个婴儿，要照顾他一个世纪，那只能靠老天帮忙了。”

“我不想偷任何一个孩子。我只是想知道那是谁的孩子。我父亲怎么样了？我母亲又在哪里？”

为了熬过严寒的季节，我们从救世军节俭商店[①]里偷了十条毯子和六件儿童外套。我们还减少食量，主要靠喝树皮和树枝酿制的茶来过活。一月和二月天光惨淡的时候，我们常常毫不动弹，或者独自坐着，或者三两成堆，身上滴着露水，冷得要命，只能等待太阳出来，好让我们重焕生机。卡维素芮身体渐渐强壮起来，当野洋葱长出来，水仙花刚刚露脸时，她已经能够在搀扶下走几步了。斯帕克每天都让她多走一步，虽然那够痛苦。后来她好得足以让我们行动了，我们立马逃离了那个装满悲惨回忆的废墟。我们冒着危险在水边找了个更合适的藏身之处，大约向南一公里外就是那些新建的房屋。刮风的夜晚，家家户户的声音传到我们的新营寨来。虽然没有以前隐蔽了，它却把我们保护得更周全。我们第一天挖洞的时候，我浑身充满了干劲。斯茂拉赫坐到我身边，一条胳膊环着我的肩膀。太阳正从天空落下。

“事物并不总是如其表面所示。[②]”他说。

---

① 一个慈善组织办的特价商店，常卖二手货。

② 原文为爱尔兰语。

“斯茂拉赫，除非我活了一千年，才能听懂你的古语。跟我讲英语。”

“你在想我们过世了的朋友吗？他们待的地方可好了，而且不用忍受没有尽头的等待。还是你在想别的呢，小宝贝？”

“你爱过吗，斯茂拉赫？”

“有一次，谢天谢地还好只有一次。我们很亲密，就跟任何一对母子一样。”

“鲁契克说我的父母已经没了。”

“我不太记得她了。羊毛的味道，也许吧，还有刺鼻的肥皂味，口气里的薄荷味。胸脯很大，我在上面放我的……不，这不对。她是个瘦女人，皮包骨头。我想不起来了。”

“我们每离开一个地方，我就消失一部分。”

“嗯……说到我的父亲，是个身材魁梧的家伙，有一大把末梢鬈曲的黑胡子，但说不定那是我祖父，要这么想的话。那是很久以前了，我说不准时间和地点。”

天完全黑了。

“这就是生活。所有的东西都会离开，把位置让给新的东西。聪明的就别对任何环境和任何人用情太深。”

我被斯茂拉赫的哲理搞迷糊了，摇摇晃晃地回到我的新床上躺下，把事实翻过来，看看是什么在下面蠕动着。我想要勾勒出父母的样子，却又想不起他们的脸庞和声音。要知道，生活对我而言，就和我的姓名一样虚假。这些影子依稀可见：睡觉的男人，美丽的女人，哭着笑着的孩子。但是很多真实生活并不只是书本上写的那样，我仍然不知其为何物。母亲哼唱着摇篮曲哄孩子入睡。男人洗着一盒牌，玩着单人跳棋。一对情侣互相解开扣子，滚倒在床上。如同梦境般不真实。

我没有告诉斯茂拉赫我心烦意乱的缘故。斯帕克丢下了我们的友情，退缩进坚硬而孤独的壳里。在我们搬离之后，她将全副精力投注在装扮我们的新营寨上，使它更像一个家，出太阳的时候，她就教卡维素芮走路。精疲力竭的斯帕克每晚都早早地沉入梦乡。湿寒的三月天里，她待在自己的洞里，摹画着一张羊皮纸上的精细的图案，我问她画的是什么，她默然回避。许多个清晨，我看到她站在营寨的西头，裹着她最暖和的外套，穿着结实的鞋子，眺望着地平线。我记得有一次我走到她身后，把手放到她肩上。她头一次在我的触碰下闪躲了，她回过头来看到是我，就颤抖了一下，好似强忍着大叫出声的冲动。

“怎么了，斯帕克？你还好吧？”

“我干得太累了。最后一场雪就快下了。”她微笑着牵起我的手，“风雪一来，我们就溜出去。”

几天后，终于下雪了。我躺在一堆毯子下睡着了，她叫醒我，白色的雪花落在她黑色的头发上。“是时候了。”她低声说，犹如松林间的喃喃细语。斯帕克和我穿过熟悉的小径，不时小心地躲起来，然后在图书馆附近的森林边缘等待黄昏来临。下雪的缘故，落日也看不清楚，路上的车灯很少，引诱着我们早些进去。我们刚刚挤进那地方，就听见头顶上图书管理员去关门的脚步声。我们在毯子下拥在一起，又暖和又安静，她很快靠着我睡着了。她心跳和呼吸的节奏，还有皮肤的温度，弄得我也很快就睡着了，我们在一片漆黑中同时醒过来。她点亮灯，我们各自拿书。

斯帕克一直在读弗兰纳里·奥康那[①]，我则和华莱士·史蒂文斯[②]一起跋涉在深水中。但我没法专心到故事上，而是读几句就看看她。我要告诉她，但语言却不能尽意，不够完整，或许还不能达意——而且毫无其他办法。她是我这世上最亲密的伙伴，但这些年来，仅仅如此渐渐无

① 弗兰纳里·奥康那（1925—1964），美国著名女作家。

② 华莱士·史蒂文斯（1879—1955），美国著名诗人。

法满足我的想望。我无法保持理智，也不能拖到日后再讲。斯帕克聚精会神地读着《暴力将它带走》。她曲起一条手臂撑着头，躺在地上，头发遮住了脸。

“斯帕克，我有话跟你说。”

“过一会。让我再看一句。”

“斯帕克，你能不能把书放一放？”

“就到这里吧。”她把手指夹在书页里，合上了书。

她看着我，一瞬间，兴奋的我害怕起来。“我已经想了很长很长时间，斯帕克，关于你。我想告诉你我的感觉。”

她的微笑分崩离析，目光探索着我毫不动摇的凝视，“安尼戴。”她用力说道。

“我得告诉你我多么……”

“别说。”

“告诉你，斯帕克，我多么……”

“求你了，别说，亨利。”

我一下子住了口，张开嘴发出这个词，又顿了一下，“你说什么？”

“我不知道我现在能否听到那个。”

“你叫我什么？”

她掩着嘴，好似要再次抓住逃离的名字。

“你叫我亨利。”整个故事倏然展现，“那是我，我是亨利。这是你说的，不是吗？”

“对不起，安尼戴。”

“亨利。不是安尼戴。亨利·戴。”

“亨利·戴。你不该知道的。”

听到名字的震惊使我忘记了本要告诉她的话。无数的念头和情绪在我头脑中交战。各种印象、难题和谜语的答案，没有结论的问题。她放下书，走过房间，抱住了我。她从未这么长久地抱着我，用最轻柔的抚摸摇晃，安抚我疯狂的思绪，把混乱平息下来。

随后她把我的故事说给我听。这些纸上写的都是她所能记住的事。她把知道的都告诉了我，而我的梦境、幻觉和遭遇则填补了空缺。她告诉我，他们为何要将秘密保守如此之久。为何不知道自己是谁要比知道好得多。忘记过去，擦去姓名。所有的一切都显现在一个耐心而神圣的声音里，直到所有能解答的问题都被解答，所有的想往都被满足。蜡烛燃尽了，我们说了太久，谈话在黑暗中继续，我记得的最后一件事是在她怀抱中睡着了。

我做了个梦，梦见我们当晚逃走了，找到了一个一块成长的地方，变成我们应该成为的女人和男人。在梦中，她吻了我的唇，她的肌肤在我的指尖下滑动。一只画眉唱起歌来。但到了早晨，她却不在我以为她会在的地方。我们做朋友那么久，她从未给我写过只言片语，但在我身边，她应该躺着的地方，却有一张她手写的留言。每个词都烙在我心上，虽然我绝不会把它丢掉，最后她写道："再见，亨利·戴。"

这是她离开的时候了。斯帕克走了。

29

我一眼看到他，害怕得说不出话，敬畏交集，连碰都不敢碰他。他不是畸形儿，也不是魔鬼，而是从头到脚都完美无瑕的漂亮男孩。在为他等待这么长时间之后，我心中生出一番突如其来的变化，这变化不是因为他的样子，也不是因为他的姗姗来迟，而是因为我变得更为高贵，更富人性。我抱着他的时候，目光困惑，泰思看着我笑了。

“你不会弄断他的。”她说。

我的儿子。我们的孩子。十个手指，十个脚趾。肤色健康，肺活量大，吃起奶来相当自如。我把他抱在怀里，想起了穿着相同的黄色套衫的双胞胎，想起我母亲边唱着歌边在浴缸里给我擦背，想起父亲牵着我的手，登上露天看台去观看秋季橄榄球赛。接着我又想到了我的第一个母亲克拉拉，我多么喜欢钻到她裙子的滚边下啊，还有我父亲艾布拉姆的脸颊上有股金缕梅刮胡水的味道，他亲我时，胡子像羽毛般柔软。我吻着我们的孩子，想到出生真是个普通的奇迹，是我生命中的意外之喜，我对这个人类的孩子充满感激之情。

我们为他取名爱德华，他茁壮成长着。他出生于一九七〇年的圣诞节前两周，成为我们挚爱的孩儿，才过了几个月，我们一家三口就搬入了森林中的新发展区，那里的房子是妈妈和查理买给我们的。起初，我压根没有打算要住到那里，但在我们结婚两周年时，他们给了我们这样一个惊喜，而且因为泰思怀孕，开支激增，我也没法再说不了。房子比我们需要的更大，尤其在孩子降生之前，于是我辟出了一个小乐室，把老钢琴搬了进去。我给七年级的学生上音乐课，还在马克·吐温中学指导学生管弦乐队，傍晚和周末，我无需为孩子操心，就搞我自己的音乐，梦想着创作一支交响曲，唤起一个生命流向另一个生命的故事。

为了寻找灵感，我有时会打开乘客表的影印件，研究那些名字。艾布拉姆和克拉拉，他们的儿子弗列德雷希、约瑟夫和古斯塔夫，带有传奇色彩的安娜。他们的灵魂支离破碎地出现了。一个医生听诊我的心跳，母亲靠在他肩上发愁。面孔都朝向我，小心翼翼地说着一种我听不懂的话。她穿着墨绿色的裙子跳起华尔兹。浓浓的苹果酒味，烤炉里有糖醋烤牛肉。在一个冬日里，透过结霜的窗户，我看到哥哥们走近家门，他们正私底下说着笑话，呼出来的气白乎乎的，像云一样。客厅里放着钢琴，我又开始弹了。

弹琴是来自前生的鲜明回忆。我不仅想起了黄色的琴键、蔓叶花饰的乐谱架上精致的卷藤、红木家具上光滑的涂漆，我还能再次听到那些旋律，感受他弹琴时的起伏心潮——敲击着琴键，倾听从机器深处回响的音符。音符聚集成乐调，曲调在相应的琴键上化为意象，脚下和着拍子，曲子应节而起。将梦想中的音符携入生活，这种激情就是我和我的第一度童年的一处真实的联系。在我心中回响的歌谣在空气中震荡。孩提时代，这是我任由思维驰骋的方式，而在一个多世纪之后，我尝试着通过作曲来做出同样天衣无缝的表达，但我似乎找到了钥匙，却丢失了锁孔。我就像爱德华牙牙学语时一般无助，学习如何将我的想望再次传达出来。

和我们那还不会说话的小小孩儿在一起，我就想起失去的生活，因而倍加珍惜爱德华日日夜夜留下来的记忆。他爬行、站立、长牙齿、长头发、爱上我们。他走路、说话，偷偷摸摸地呼啦一下长高。那时候，我们是无比幸福的一家子。

我的妹妹们破坏了这个理想的画面。生了一个女儿的玛丽和怀上头胎的伊丽莎白最初注意到异样。有一次，我们这个大家庭在母亲的家中共进晚餐。爱德华已经十八个月了，我记得自己一直留神看着他摇摇晃晃地上下门廊阶梯。吃饭前，查理和双胞胎的两个丈夫在看最后几分钟的比赛，母亲和泰思守在煮锅旁边，我和姑娘们在一起，多少年来，这还是第一次。这时不知是哪位不请自言。

“喂，他跟你一点都不像。”

“和她也不像。”

我看了看爱德华，他正抓起一把草叶，扬到沉闷的空气中。

“看他的下巴，”莉兹[①]评价说，“你们两个都没有这样的裂沟。”

“他的眸色也不是你们的那两种颜色，”玛丽说，“和猫眼一样绿。他的眼睫毛不是从我们家族这边遗传来的。你有这样叫人羡慕的长睫毛，是啊，就是这样。真可惜他不是个女孩。”

“嗯，也不是伍德郝斯家的那种睫毛。好好看看泰思吧。”

“像是涂了睫毛膏。”

“还有鼻子。现在还看不大出来，不过以后你会发现的，他的鼻子有点鹰钩，可怜的小家伙，希望我的孩子不会有这样的鼻子。”

“戴家人从来没有过这样的鼻子。”

“你们两个在说什么？”我把话说得太响了，我儿子一愣。

“没什么。”

“有点儿奇怪，你不觉得他不像他的爸妈吗？”

傍晚，母亲、查理和我坐在门廊上看着蛾子飞舞，爱德华的相貌问题又被提了起来。

“别听那两个说的话，”母亲说，“他和你一模一样，眼睛周围可能和泰思有点像。”

---

① 莉兹是伊丽莎白的昵称。

查理叔叔吮着一瓶汽水，轻声打嗝，“这孩子和我很像。我的孙辈都和我很像。”艾迪[①]蹒跚着脚步走过地板，扑到查理的大腿上站稳了身子，像一头老虎似的吼叫起来。

爱德华日渐长大，越来越像安格兰德家的人而不像戴家的人，我竭尽全力隐瞒真相。或许我应该对泰思坦白一切，那大概就会结束我的痛苦。然而她却大度地忍受着冲着她儿子的挖苦话。他过了两周岁生日后，我们邀请奥斯卡·拉甫和吉米·卡明斯过来吃饭。饭后，我们胡闹了一支改编曲，那本来是我写了想要吸引市内的四重奏室内乐队的注意。当然，我们还少了一个乐手，乔治很早就去了加州。但数年之后再次与他们同奏一曲，让我感到轻松愉快。泰思去厨房弄柠檬酥皮馅饼，爱德华发觉她走开了，就在婴儿围栏里扭动身子，拳头砸得板条“砰砰”响。

“你不觉得他在那里太挤了吗?”奥斯卡问。

“他吃好饭后就有点烦人。而且他喜欢待在那里，觉得安全。”

奥斯卡摇摇头，在围栏外逗引爱德华，跪在地上朝他跳过去，还让他按单簧管上的键。看到我的单身汉朋友对我儿子如此这般，我不禁想到他们是在个人自由和成家的诱惑之间权衡利弊。他们喜欢这个孩子，但对他和他的种种表现也有点害怕。

“去拿球棍啰，”奥斯卡说，“真是个酷小孩。你想离钢琴远远的啊。太重了，拖不动。”

“你肯定他是你的吗?”卡明斯问，“他和你半点都不像，也不像泰思，从长相来看。”

奥斯卡也开起玩笑来，“既然你这么说了……瞧瞧那分岔的下巴和

---

① 爱德华的昵称。

大眼睛。”

“好了伙计们，别说了。”

“噤声，”奥斯卡小声说，“老夫人来啦。”

泰思端来甜点，显然注意到了我们话题的转换。我应该提起让我心烦的疑虑，开个玩笑，当她面说些什么，但我什么都没说。

“啊，泰思，”吉米说着，把他的馅饼碟子在膝盖上放稳，“你觉得艾迪像谁呢？”

“你的嘴边挂着一小片酥皮。”她把我们的儿子抱到大腿上，抚弄着他的头发，把他的头按在胸前，“我的小家伙怎么样？”

爱德华朝馅饼伸过手去，捏了一块黄黄的馅饼，塞进嘴里。

她笑了，“就和他爸爸一样。”

谢谢你，亲爱的。她向我报之一笑。

伙计们道了晚安，爱德华在婴儿床里睡着了，泰思和我一起洗餐碟，看着厨房窗外。星星在冷冷的黑色夜空上发出针尖般的光芒，水槽里的热水和炉子里的轰隆声使得屋子有种蒸汽腾腾的慵懒感。我放下茶巾，从后面抱住了她，吻着她温湿的后颈，她颤抖了一下。

“吉米说艾迪不像我们，我希望你不要太生气。”

“我知道，”她说，“这是很奇怪的。”

一瞬间，我觉得她怀疑什么地方出了错，但她转过身来，用戴着橡胶手套的手捧着我的脸。“你老想着稀奇古怪的事。”她吻了我，话题转开了。

几天之后，泰思和我躺在床上，爱德华睡在另一头的房间里。她摇着我的肩膀把我叫醒，压低声音急促说道：“亨利，亨利，醒醒，我听见楼下有声音。”

“什么声音？”

“你没听见吗？下面有人。”

我咕哝着说什么声音都没有。

“我跟你说，有人在我们家里。你不去看看吗？”

我翻身下床，站了片刻让自己清醒一下，然后经过关着房门的爱德华房间，走到楼梯口。我没看见，但感觉到楼下有盏灯灭了，有什么东西隐隐约约地从一个房间走到另一个房间。我焦急起来，恍恍惚惚地一步步走下楼梯，环境越来越暗，我整理着自己游移不定的情绪。到了楼下，我走进起居室，打开电灯。屋内看来一切正常，但墙上有几幅照片有点歪斜。我们挂了一系列的家庭照，我们父母的照片、泰思和我小时候的照片、结婚照，还有一排爱德华的照片。我把镜框推回原位，同时听到了厨房门的铰链发出的声响。

“喂，谁在那里？”我吆喝一声冲过去，刚好看见一个小鬼的背影正在从门和门框之间的缝隙里挤出去。外面寒冷漆黑的夜里，三个身影飞快地奔过结霜的草坪，在泛光灯下飘然而去。我叫他们站住，但他们已经跑得无影无踪。厨房里一团糟，食品柜里丢了罐头、谷类和糖，还有一口小铜炖锅，但别的都没少。他们挤出门的时候，一袋面粉弄破了，留下了一条肮脏的痕迹，上面还有脚印。真是古怪，一伙饥饿的小偷入室抢劫。泰思也下来了，被这情形吓了一跳，但她把我赶出厨房，自己把它打扫干净。我回到起居室，又检查了一下我们的东西，什么都没少——电视机，立体声音响，值钱的都在。

我又仔细查看了照片。泰思几乎还是我们结婚那天的模样。威廉·戴军士瞪着眼睛，穿着军装停留在过去。露丝·戴用眼角的余光打量着她的儿子，简直就像一个带着小孩的孩子，但却满怀爱意和骄傲。第二张照片是我，还是一个小男孩，两眼望天，流露期盼。然而，这当然不是我。这孩子还太小。猛然间，我意识到是谁来过了，为何而来。

泰思进来，把手贴在我背上。“我们要叫警察吗？少了什么东西吗？”

我无言以对，心脏急剧跳动，压倒性的恐惧使我无法动弹。我们还没有去看我们的儿子。我飞快地奔上楼梯跑进他的房间。他睡着，膝盖蜷到胸口，好像什么事情都没发生似的做着梦。看着他无邪的睡颜，我顿时领悟到他是我的骨肉。他几乎就像我依然会在噩梦中见到的那个男孩，那个弹钢琴的男孩。

30

我把斯帕克的信夹进我的书里，出去找她，焦灼万分，什么也顾不上就跑到图书馆的草坪上，盼她还没走远。雪已变成了冷雨，湮没了她可能留下的足迹。视野中空无一人。我呼唤她的名字，无人应答，街道空荡得出奇，教堂里的钟声开始敲响又一个礼拜天。我居然傻到在早上八九点钟冒险跑到镇上。人行道密如蛛网，我不知该何去何从。一辆汽车悠然转过街角，司机发现我走在雨中，放慢了车速。她停下车，摇落车窗冲我喊道："要搭车吗？你这样会得重感冒的。"

我还记得要让别人听懂我的声音——在那个悲惨的日子里，这真是不幸中的大幸。"不用，谢谢您，夫人。我正在回家。"

"别叫我'夫人'。"她说。她梳着金色的马尾辫，像是我们几个月前洗劫过的那家住的女人，她笑起来嘴角弯弯。"今天上午真不适合出门，你连帽子和手套都没戴。"

"我就住在街角，谢谢您。"

"我认识你吗？"

我摇摇头，她开始把车窗摇起来。

"您有没有在这里看到过一个小女孩？"我叫道。

"在雨里？"

"我的双胞胎妹妹，"我撒谎说，"我是出来找她的，她和我差不多大。"

"没有。我一个人都没看见。"她仔细打量着我，"你住在哪里？叫什么名字?”

我迟疑了一下,觉得最好还是速战速决,“我叫比利·斯帕克。”

“你最好回家,孩子。她会回来的。”

汽车转过街角,开走了。我心灰意冷地朝河边走去,离开这些让人摸不着头脑的街道,也避免再遇见别的人。细雨连绵,天还不够冷,一时不会有变化,我又湿又寒。阴云遮蔽了太阳,我难以确定方向,只好把河流当做指南针,随着它一路从白日渐渐走入黑暗。我疯狂地寻找着她,一直寻到深夜。一排冬青树下团团挤着冬雀和松鸦,我停下脚步,等待天气转好。

离开镇子之后,我只听见河水拍打着石砌河岸。我一停下寻找,原本回避的问题就开始侵袭我的脑际。在此后几年中,无法解答的疑问常在我平静时来折磨我。斯帕克为何离开了我们?又为何要离开我?她不会像齐维和布鲁玛那样去冒险。她要独自一人。虽然斯帕克告诉了我她真正的名字,我还是不知道她的名字。我怎样才能找到她?我是否应当缄口不言,还是应当和盘托出,给她一个留下来的理由?剧痛在我眼后膨胀,钳紧了我悸动的头颅。只是为了不再凝思,我站起身来,继续深一脚浅一脚地穿过潮湿的黑暗,一无所获。

寒冷,疲惫,饥饿,我走了整整两天,走到了河湾处。斯帕克是大伙中另一个走得这么远的人,而且她还涉水去了对岸。河流蓝得璀璨,水流湍急,漫过水底的岩石和断木,激起雪白的水花。如果斯帕克去了另一头的话,她渡河的时候可真需要点儿胆量。在远远的对岸,一个情景从我疯狂的记忆深处浮现——一个男人,一个女人,还有一个孩子,一头飞快逃走的白鹿,一个穿红衣的女子。“斯帕克。”我朝河那边呼喊,但她哪儿都不在。越过这片土地,整个辽阔而未知的世界就呈现眼前。但一切的希望和勇气都弃我而去。我不敢渡河,只好坐在河边等待。到了第三天,我徒步回家,身边没有她。

我跌跌撞撞地回到营寨，精疲力竭，垂头丧气，什么话都不想说。其他人最初几天还不觉得怎样，但到了周末，他们也着急起来。他们给我点了篝火，从铜壶里给我舀了荨麻汤喝，于是整件事被我像竹筒倒豆子似的说了出来，只隐去我得知姓名的一节，还有我未曾对她说出的话。“我一发觉她走了，就出去找她，一直找到河湾那里。她也许一去不复返了。”

“小宝贝，去睡觉吧，”斯茂拉赫说，“我们会想个办法出来。到了明天一切都会有希望的。”

但无论是第二天早晨，还是在后来，都没有新的办法和希望。日子一天天过去。一有风吹草动，一闻吱呀声响，轻声细语，一到晨光降临，我都会以为她回来了。其他人都体谅我的悲伤，给我腾出宽敞的卧铺，想要把我的神志拉回来，让我渐渐放宽心胸。他们也思念着她，但我觉得其余的悲伤都毫不足取，而且我讨厌他们模糊不清的琐碎记忆，讨厌他们没法把事情记清楚。我恨这五个人没有阻止她，恨他们将我带入这种生活，也恨我自己想象中的怪诞地狱。我老是觉得自己看到了她，又老是把其他人看作是她，当看清他们不过是他们时，我的心就一起一落。我还会在乌鸦的翅膀上看到她头发的那种黑色，在溪边见到水流和石头嬉戏，我就会看到她蜷腿而坐的熟悉身影。这种形象如同一头小鹿在洒满阳光的窗口片刻驻足。她无处不在，无时不有，但又从不在此地。

她的离去在我故事的外皮上留下一个空洞。我一直想要把她忘记，又竭力想把她记住。无论哪种都是徒劳无功。其他人都知道不要当我面提起她，但有一天下午钓鱼结束后，我出乎意料地闯入了一段本不打算让我听到的交谈。

“好了，不是我们的斯帕克，”斯茂拉赫对其他人说，“如果她还活着，她是不会回来找我们的。”

仙灵们偷偷地向我瞟来，不知道我听到了多少。我放下我那串鱼，开始刮鳞片，假装他们的交谈对我毫无影响。但听到斯茂拉赫的话，我为之一怔。确有可能她没有活下来，但我宁可去想她或是已经去到了上面的世界，或是去了她所爱的大海。一想到大海，我就想到她眼眸的深沉色调，脸上现出一抹淡淡的微笑。

“她走了，”我对沉默的大伙儿说，“我知道。”

第二天，我们去溪底翻石头找藏在底下的蝾螈和蜥蜴，把它们放在锅里炖。天气很热，干这活儿付出不少代价，不过饿得前心贴后背的我们享用了一顿丰盛的大杂烩，嘴里“嘎扎嘎扎”地嚼满细碎骨头。星星出来时，我们上床睡觉，肚子饱饱的，浑身肌肉在一天的劳作下疲惫不堪。次日早晨我起得很晚，睡眼惺忪地意识到，昨天我们在找食物时，她一次也没有闯入我心中。我做了下深呼吸。我在忘却了。

取代斯帕克身影的是索然无味的日子。我坐在地上两眼望天，要么就看蚂蚁列队前进，练习怎么才能将她驱出我的脑海。任何触动记忆的事物都能被剥去其惟我独有的、深藏的意义。一株覆盆子就是一株覆盆子，一头乌鸦也不喻示着什么。话语意味着心中所思，我也试着忘掉亨利·戴，认同自己如今的身份。

我们全都无所期盼。虽然斯茂拉赫从未这样说过，但我知道他并不打算换生，也没有计划再去偷一个孩子。或许他觉得我们人数太少，不足以应付这种复杂的准备工作，再或许他觉得这个世界本身就在不断变化。在伊格尔当头领的日子里，这件事情总是兴致勃勃地被提起，在贝卡的领导下，就很少谈到了，到了斯茂拉赫，大家绝口不提。没有去镇上的侦查任务，没有要寻找孤独的、被忽视或忘怀的孩子，不再换脸，不再变形，也没有了报告。我们仿佛听天由命似的，着手我们永恒的事务，乐观地等待灾难或遗弃再次降临。

我不在乎了。我无所畏惧，能毫不犹豫地单独冲进镇上，只是为了给鲁契克偷一盒香烟，或为卡维素芮弄一包糖果。我偷一些没用的东西：手电筒和电池，素描簿和炭笔，棒球和六枚鱼钩。还有一次在圣诞节，我干了些无聊事，在一根山核桃木拐杖顶端凿出一只凶猛的蝙蝠，在我们营寨外用石头围了一个圈，还找了些老乌龟壳，敲碎了做成项链。我独自去到矿渣山上，那个废弃的矿井自从我们离开后仍然保持原样，我把乌龟壳项链放在劳格诺和赞扎拉埋身之处。我不再在半夜睡梦中惊醒，因为生活已经成了一场梦游者的噩梦。好多年过去了，终于有一件事情让我明白，我是忘不了斯帕克的。

我们在距离营寨几百米处阳光充足的斜坡上种植幼苗。奥尼恩斯偷了些新种子来，几周后就长出了第一批嫩芽——脆豌豆、胡萝卜、韭菜、西瓜秧，还有一排豆荚。那个春天的早晨，卡维素芮、奥尼恩斯、鲁契克和我在菜园里除草，突然听到一阵脚步声，我们像白尾鹿似的猛抬起头，嗅着空气里的味道，准备逃跑或躲藏起来。闯入者是迷路的徒步旅行者，他们偏离了山路，朝我们这边走来。自从开始建造房屋，就偶尔会有人路过这里，而外人看到一片荒地中间冒出我们这块自留地，不免会觉得奇怪。我们把松针铺到菜园里伪装起来，自己躲进树林下。

两个男青年和一个少女走了过来，他们头戴鸭舌帽，肩背大背囊，兴致高昂，对周围熟视无睹。他们从成排的种植物和我们身边经过。领头的男人眼睛望着天空，第二个女孩看着他，第三个男人则盯着她的后背。虽然走迷了路，他似乎一心一意地就这样盯着。我们安全地尾随其后，他们终于走到山边坐下，喝着瓶装水，拆开甜点包装，减轻了负担。第一个男人拿出一本书，从上面读了一些给那个女孩听，第三个旅行者走到树后去解手。他离开了很长时间，第一个男人不但读完了他的诗，还吻了那个女孩。短短的插曲结束后，三人组重新背上装备，继续前进。我们等了很长一段时间，才跑到他们刚刚坐过的地方。

两个空水瓶扔在地上，鲁契克一把抓起，又在附近找到了瓶盖。他们丢掉了点心的透明包装纸，那个男孩还把他那一小册诗集扔在草地上。卡维素芮把它给我。是路易斯·伯根写的《蓝色河口》。我翻了几页，在一行诗句上停下来："心中流动的，不仅仅是血。"

"斯帕克。"我自言自语道。已经有好多年、好几个世纪我没有大声说出她的名字。

"这是什么，安尼戴？"卡维素芮问。

"我要记住。"

我们四个走回菜园。我回头看看同伴们有没有跟上来，却发现鲁契克和卡维素芮手牵着手，步伐充满活力。我心里装满了斯帕克，再次急切地想要找到她，即使只为了知道她为何离去。我要告诉她，我的心仍然在与她亲密地交谈，我应该请她别走，应该找到适当的话说服她，把我心中流动的东西全部告诉她。我决定从头开始，希望为时不晚。

31

我不想再做孩子了，因为孩子总是活在变化和危险之中。对于我们的骨肉，我们总是情不自禁地替他们忧心，总希望他们生活得好。自从家中被盗之后，我就一直担心我们的儿子。爱德华并不是我们所说的那个他，因为他父亲是个冒牌货。他不是戴家人，而是一个换生灵的孩子。我传递了自己原来的基因，给了他安格兰德家的脸型和五官，而谁又知道还有哪些特征是代代相传的呢？关于我的童年，我只知道一张纸上的名字：古斯塔夫·安格兰德。很久以前我被偷走。换生灵们卷土重来，我就开始以为他们将爱德华视为他们自己人，想要把他夺走。他们把厨房弄得一塌糊涂，不过是个花招罢了，背后还有更为险恶的用心。墙上被动过的照片说明他们在寻找目标。邪恶在森林里盘旋，从树丛中蹑足而出，谋划着偷走我们的儿子。

春天的一个星期日，我们一度把爱德华弄丢了。那个暖意融融的下午我们正巧在城里，因为我发现萨地赛德的教堂有架还不错的管风琴，仪式之后，音乐牧师给我一个小时使用这台机器，我弹奏着穿梭在我想象中的每一个新的声音。之后，泰思和我带爱德华去动物园，这是他第一次和大象、猴子亲密接触。很多人和我们想法一致，走道上挤满匆匆忙忙的夫妇、东张西望的少年，甚至还有一个带着六个红发小孩的家庭，他们每个都相差一岁，都长着雀斑和蓝眼睛。我嫌人太多了，不过我们还是毫无怨言地推推挤挤地往前走。爱德华被老虎吸引住了，逛到铁笼子前，伸出他的棉花糖，朝昏昏欲睡的野兽叫嚷着，想让它们精神起来。一头老虎被我儿子的逗引惹恼了，在斑皮色的梦中抖了抖尾巴。泰思趁爱德华走开的当口，跟我说起了话。

“亨利，我想跟你谈谈艾迪。你觉得他一切正常吗？最近他有点变了，有点——我不晓得——有点不正常。”

越过她的肩头，我能看到他。“他完全正常。”

“可能是因为你，”她说，“你最近待他很不一样。过度保护，不让他像小孩子一样玩耍。他应该到外面去抓蝌蚪、爬树，但你好像很担心他走出你的视线。他需要机会来变得更加独立。”

我把她拉到一边，不让我们儿子听到。“你还记得那天晚上有人闯进家里吗？”

“我知道，”她说，“你说不用担心，但你一直因此心事重重，不是吗？”

“不，不，我只是记得，那晚我看墙上的照片时，想起了自己童年的梦想——弹钢琴的那些岁月，寻找合适的音乐来表达自我。我一直在寻找答案，泰思，而答案就在我指尖下。今天在教堂里，那架管风琴的音色就像恰布的圣尼古拉大教堂里的那架。管风琴就是交响乐的答案。管风琴和管弦乐队。”

她用双臂搂住我，紧靠在我胸前，眼中光彩莹莹，满怀希望，在我的几次生涯中，从没有人对我心目中自我的本质表示过如此的信心。那一刻我爱极了她，爱得忘了世界，也忘了世间万事，这时候我却越过她肩头看到，我们的儿子不见了，从他站立的地方消失了。我第一个念头是他看厌了老虎，不是蹲在脚底下，就是在附近，打算求我们让他进去和它们一起抱一抱。这一希望破灭了，代之而起的是一种恐惧：爱德华已经不知怎么挤进铁笼，立刻被老虎吃掉了。我迅速扫了一眼笼子，发现只有两头懒洋洋的猫科动物在无精打采的太阳下舒展四肢睡觉。

我胡思乱想，是不是换生灵来了。我回头看了看泰思，生怕自己要伤了她的心。

“他不见了，”我对她说，把身体挪开，“爱德华。”

她回过身，走到我们最后看到他的地方。“艾迪，”她叫道，“你在哪里?”

我们沿着通道走到狮子和熊那儿，叫着他的名字，每叫一次，她的声音就提高一个八度，其他家长纷纷侧目。泰思拦住一对上了年纪的夫妇，他们正从另一个方向走来。“你们有没有看到一个独个儿的小男孩?三岁。拿着棉花糖。”

“这里到处是小孩。”老男人说道，伸出一根细瘦的手指点了点我们身后的远处。一队孩子笑着跑着，在一条树阴通道上追赶什么东西。领头的动物园管理员一路小跑，一边想拦住孩子们，一边追着他的猎物，而在这帮吵吵嚷嚷的孩子里头，爱德华跑在最前面，急切而笨拙地一蹦一跳，追赶一只黑脚企鹅。那只企鹅刚从笼子里逃出来，正在众目睽睽下大摇大摆地随意走动，想回到海洋里去，或者可能是在找新鲜的鱼。管理员越过爱德华，一把抓住这只鸟，它像头驴子似的叫唤起来。他一手握住它的嘴，把它抱在怀里，我们走向儿子那边时，他匆匆从我们身边经过。“真是够乱的，”他对我们说，“这只从展览区逃出来跑了，想去哪就去哪。有些东西就有这种愿望。”

我们牵着爱德华的手，决心再也不放开了。

爱德华是一只带线的风筝，随时都有挣脱开去的危险。艾迪还没有去上学时，在家里总是万无一失。上午有泰思对他关怀备至，下午有我在家里看着他。等艾迪到了四岁，我带着他出门，在上班路上把他送进托儿所，等我的音乐课上完，从特威回来时再接他回去。我俩难得单独相处时，我会教他音阶，但他厌烦了钢琴就会跑开去玩积木和恐龙，鼓捣出假想的游戏和虚构的伙伴来打发孤独的时光。他时常会带一个玩伴过来，但那些孩子好像再也没有来过第二次。这对我来说是好事，因我从不完全信任他的玩伴。他们中的任何一个都有可能是伪装的换生灵。

奇怪的是，在我们为自己开创出来的离群索居的美妙环境中，我的音乐有了长足的进步。当他玩玩具和看书时，我就作曲。泰思鼓励我寻找自己的声音。差不多每周她都会从满是灰尘的旧唱片店里带一张管风琴乐曲集回来。她要来海兹音乐厅的演出票，找来管弦乐编曲和配器法方面的乐谱和书，还一定要我去市里熟识的教堂和大学音乐学院弹奏我脑海里的音乐。她其实是在做恰布的那只百宝箱。我写了几十首曲子，让当地唱诗班勉为其难地演奏过一支新改编曲，某晚和州北的一支管乐合奏团同台演奏过电子管风琴，但我的努力不见成效，也没有引来注意。我百般努力想让别人听到我的曲子，把录音带和唱片寄给全国各地的出版商和演奏家，但收到的，总是只有千篇一律的回绝信。每个伟大的作曲家都会经历某种形式的实习期，甚至还会当中学老师，但在我内心深处，我知道这些作品并没有完全表达我的心愿。

一个电话改变了一切。我从托儿所把爱德华接回来，刚进家门，那一头的声音好似从另一个世界传来。一个加州的室内乐四重奏新锐乐队，擅长实验音乐，对我的一首曲子的录音表示兴趣，那是我在家里被窃后不久写的一首无调性情绪的曲子。“封面男孩”的老友乔治·克诺尔现在和那些音乐家们住得很近，是他把我的录音送了过去。我给他打电话表示感谢，他邀请我们去玩，住在他家，这样我过去录音就很方便。泰思、爱德华和我在七六年夏天飞去旧金山的克诺尔家，与乔治及其家人过了几天愉快的日子。他那坐落在北滩区的小餐馆在一大堆意大利连锁店中是唯一一家正宗的安达卢亚饭店，他那令人惊艳的妻子兼头厨也不妨碍生意。见到他们真好，离家的那几天将我的焦虑感荡涤一空，没有什么怪异之物潜伏在加州。

旧金山格雷斯大教堂的牧师让我们录了一个下午的音，那里的管风琴在音色上足可媲美我在恰布弹过的那架。我踩动踏板时，心中涌起同一种回家的感觉，音乐一响起，我就对琴键无比怀恋。四重奏乐队换了几个节拍，调整了几个音符，当我们第七次演奏我的管弦赋格曲时，大家好像都对效果感到满意了。我初露头角的这次机会就在一个半小时内结束了。告别时，大家似乎都对我们不太宽广的前途信心百倍。或许来买唱片、听我曲子的人只有一千个，但我为终于有了唱片而激动不已，也就顾不得听众会有多少了。

乐队里的大提琴手告诉我们，别错过大索尔海岸，于是我们返程前的最后一天，租了辆车在太平洋海岸公路上一路往南开。大半个上午，太阳都在云层间时隐时现，布满礁石的海景壮丽多姿。泰思一直想要看看大海，我们就决定在河谷荒原的小峡谷中停车休息片刻。在沙滩上散步时，一阵雾气卷了上来，遮住了太平洋。我们没有往回走，就在麦克伟瀑布旁边一小块新月形的沙滩上野餐。瀑布高达二三十米，从巉岩直泻水中。我们在路上没看到有别的车，以为这里就我们几个。午餐后，泰思和我躺在毯子上，五岁的艾迪精力旺盛，在沙滩上跑来跑去，几只海鸥在礁石上朝我们发出笑一般的声音。在这个与世隔绝的地方，很多年来我第一次感到内心宁静。

也许是潮水的节奏和新鲜的海洋空气起了作用，午餐后泰思和我在毯子上打起了瞌睡。我做了个奇怪的梦，这个梦我已经很久很久没有做过了。我又回到了那群妖怪之间，我们像一群狮子一样追踪着那个男孩。我来到一棵空空的大树下，抓住了他的腿，他像一个胎位不正的婴儿似的蠕动出来。当他看到自己活生生的影像，眼中充满了恐惧。我们这个野人部落的其他成员站在周围旁观，唱着一首邪恶的歌谣。我正要取走他的生活，把自己的生活留给他，他又叫了起来。

一只海鸥乘着我们头顶的雾气，叫着，贴着波涛飞开去了。泰思睡着了，静静地躺在我身边，样子十分妩媚，一线欲望在我心里爬动着。

我把头埋在她后颈上，用鼻子把她拱醒过来，她抱住我的背，想要保护自己。我用毯子把我们遮好，爬到她身上，脱掉她的衣服。我们笑着，摇晃着，不时哧哧地笑。她突然停了下来，轻声对我说："亨利，你知道我们在哪吗？"

"和你在一起。"

"亨利，亨利，停一下。亨利，艾迪在哪？"

我从她身上滚下来，坐稳身子。雾气又浓了一些，突出在海中的小礁石岛的轮廓也模糊不清，坚强的针叶林牢牢抓住岩石的外壳。在我们背后，瀑布冲到沙滩上来，这时候正是落潮。除了潮水冲刷沙滩，没有别的声音。

"艾迪？"她站了起来，"艾迪！"

我站在她身边，"爱德华，你在哪？到这里来。"

树林中发出一声细微的叫声，接着是让人忍无可忍的等待。他爬下来，奔过沙滩朝我们跑来，衣服和头发都被浪花弄湿了，我都为他感到心疼。

"你去哪里了？"泰思问。

"我去了那个最远的小岛。"

"难道你不知道那有多危险吗？"

"我要看看自己能看多远。那里有个女孩。"

"在那礁石上？"

"她坐在那里，看着大海。"

"她一个人？她的父母呢？"

"是真的，妈妈。她走了很长很长的路才来到这里，和我们一样。"

"爱德华，你不该这么编造故事。周围几公里都没有人。"

"是真的，爸爸。过去看看吧。"

"我不去那些礁石。那里又冷又湿还滑脚。"

“亨利——”泰思指着那片冷杉林，“看那个。”

一个小女孩从树林间出来，乌黑的头发飘荡在身后，像山羊般在斜坡上奔跑，细瘦、敏捷，犹如一缕清风。远远望去，她不像是真人，倒像是雾气织成的。她看到我们站在那里，就停下来，虽然她没有走近，但她并不陌生。我们隔着海水彼此相望，这一刻就像按了一下照相机的快门，转瞬即逝。她转身朝瀑布跑了过去，在迷蒙的岩石和常绿林间消失无踪。

“等等，”泰思喊道，“别走。”她去追那个女孩。

“让她去，”我叫道，赶上了我的妻子，“她已经走了。好像她很熟悉这里的环境。”

“这太糟了，亨利，你让她跑了，跑到不知道什么地方去了。”

艾迪穿着湿透的衣服发抖，我用毯子包住他，让他坐在沙滩上。我们叫他把她的事情都说出来，他渐渐暖和过来，慢慢地说了起来。

“我在探险的时候走到了那块大礁石的边上，她就坐在那里，背对着树林，望着波浪。我说了声你好，她也说了声你好。接着她说：‘你过来和我坐在一起好吗？’”

“她叫什么名字？”泰思问。

“听过有叫斯帕克的女孩吗？她喜欢每年冬天到这里来看鲸鱼。”

“艾迪，她有没有说她父母在哪？她是怎么一个人过来的？”

“她是走路来的，走了一年多。接着她问我是从哪里来的，我就告诉了她。她又问我的名字，我说是爱德华·戴。”他突然转过目光，望着礁石和落潮，仿佛想起了一种内心的感受。

“她还说了别的什么吗？”

“没有。”他拉了拉肩头的毯子。

“什么都没有吗？”

“她说：‘在这个很大、很大的世界里，生活是怎么样的？’我觉得这很好笑。”

“她有没有做什么……奇怪的事？”我问。

“她能发出海鸥那样的笑声。后来我就听见你们叫我了，她说了‘再见，爱德华·戴’之类的话。我让她待在那里，我去叫我爸妈来。”

泰思抱着我们的儿子，隔着毯子摩擦他的手臂。她又看了看那个女孩跑过的地方，“她就这么溜走了，像个鬼似的。”

从那刻开始，直到我们的飞机在家乡着陆，我满心想的都是那个跑走了的女孩，我烦恼的不是她倏忽来去的神秘感，而是她让我感到似曾相识。

到家后，我到处都能看到换生灵。

周六上午，我和爱德华去镇上剃头，有个淡黄色头发的男孩坐着排队，他两眼一眨不眨地看着我的儿子，安静地吮着一根棒棒糖，我心里慌张起来。秋季学期开学后，一对六年级的双胞胎把我吓得不轻，他们长得完全一样，而且有那么一种能接着对方的话头往下讲的本事。一天夜里，我参加完乐队演出后开车回家，看到墓地里有三个孩子，我想他们那么晚了还在那里搞什么鬼。去聚会或与其他夫妇参加各种晚上活动时，我老想不动声色地提到那两个野女孩和婴儿食品的传说，希望有人会相信或者证实这种传言，但我一说起这个故事，别人就嗤之以鼻。除了我的儿子之外，别的小孩都有嫌疑。他们都有可能心怀鬼胎。每个孩子明亮的眼睛后面都隐藏着一个世界。

四重奏乐队的唱片《奇谈》圣诞节时来了，我们一遍又一遍地把它放给朋友和家人听，差点就把唱片给放坏了。爱德华喜欢听平稳的大提琴音线上突然加入管风琴的撞击感，再加上小提琴的不协音调。无论听了多少回，即使心有准备，这段还是同样地扣人心弦。大年夜半夜过后，屋子像一位祈祷者似的安静，一阵音乐把我吵醒，那是我的曲子。

我做了最坏的打算，穿着睡衣下楼，绕开一个棒球手套，只见我儿子瞪着大眼待在喇叭前，浑然不觉地听音乐。我调低音量后，他开始飞快地眨眼睛，摇晃着脑袋，好像刚刚从梦中醒来。

“嗨，朋友，”我低声说，“你知道现在多晚了吗？”

“已经一九七七年了吗？”

“几个小时前就是了。聚会结束了，小伙子。你干吗放这首曲子？”

“我做了个噩梦。”

我把他抱到大腿上坐，“想跟我说说吗？”他没说话，只是往里坐了坐，我把他抱得更紧。曲子告终后，尾声袅袅不绝，我伸手关了音响。

“爸爸，你知道我为什么要放你的歌吗？因为它让我想起来了。”

“让你想起什么了，爱德华？想起我们去加州的旅游？”

他回过头来看着我，我们四目相对。“不是，是想起了斯帕克，”他说，“那个仙灵女孩。”

我暗暗地呻吟一声，又把他抱紧了一些，感觉到他温暖的胸口加速的心跳。

32

斯帕克喜欢待在流水之中。我印象最深的是她在浪中逸兴遄飞，与水波亲密无间的样子。很多年前，有一次我看到她脱光衣服，蜷腿而坐，水流卷到她的腰间，阳光亲抚她的肩膀。一般这种情况下，我会跳入溪中和她一起玩水，但当时我愕然惊觉她脖颈和四肢是多么优雅，脸部的线条是多么美丽，竟然动弹不得。还有一次，镇上居民夜晚放烟火，我们在河的上游观赏烟花，她似乎更加着迷于水流，而不是夜空中响亮盛开的花。大家都抬头望时，她却看着涟漪上倒映的光影和嘶嘶落在水面上的火花。从一开始，我就在猜想她去了哪里，又为何而去，但我没有凭直觉行动，因为我没有这份胆量。同样的恐惧也使得我没有横渡河湾，而是中断搜寻，打道回府。我本应当顺着河流去找的。

我第一次在晚上回图书馆，这条路从未显得如此漫长而难走。自从我们分手之后，这条路也变了。森林的边缘更加稀疏，垃圾罐头、瓶子和其他废品乱扔在灌木丛里。她走后，我们这些年里再没有来过这里。书本还是放在上次的地方，但老鼠已经啃了我那些纸头的页边，还把痕迹留在我们的老烛台和咖啡杯上。她的莎士比亚长了蠹虫，斯蒂文森受潮胀起。借着昏暗的烛光，我花了一个晚上整理东西，扯掉蜘蛛网，赶走蟋蟀，在每样她曾经拿过的东西上流连不止。我盖着肮脏的毯子睡着了，那上面早已没有了她的气息。

头顶上的响动昭示着天色已亮。图书管理员开始了他们新的一天，地板接缝随着他们的日常走动吱吱作响。我能想象出他们在干什么：进门、打招呼，然后各就各位。过了一个小时左右，大门开了，人们慢吞吞地进来。当这些节奏转为正常后，我开始工作了。我的纸头上蒙了一层薄薄的灰尘，第一天我主要就是按顺序细细读了一遍，把松脱的纸页按日期贴进麦克伊内斯的日记本中。自从我们第一次被赶走之后，有太多的东西被落下、丢失、遗忘和埋葬了。我把日记整理成一小册，这些文字记录了流逝的时光，露出深深的缺口和沉默的罅隙。留存下来的微乎其微，说起来，从我刚来那阵子起，只有少量粗劣的图画和惨不忍睹的记录。很多年一字不提地过去了。看完所有的文件后，我知道未来还有多少事情要做。

傍晚图书管理员走后，我打开儿童图书区下面的活板门。到其他地方都是为了挑选新书，但在这儿我并不想找什么新书，而是要偷新的写字材料。图书馆馆长的办公桌后面就有宝贝：五本长条形的黄色拍纸簿，外加足够我用一辈子的钢笔。为了玩一个小小的诡计，我还把丢失了的华莱士·斯蒂文森重新上架。

文字从笔端流泻而出，我一直写到手抽筋疼痛为止。我从最后斯帕克离开的那个夜晚开始写起，倒叙到我开始意识到自己爱上她的那一刻。一长条的手写稿，都写满了一个外形是小男孩、但内心是成年男子的生理焦灼，幸亏这些东西都已经丢失了。一句关于欲望的句子写到一半，我停下笔。假如她要我和她一起走呢？我会恳求她留下，说我没胆子跑走。但另一个相反的想法拉扯着我的心。或许她根本不想让我找到她。她逃跑是因为我，她一直知道我爱她。我搁下钢笔，希望斯帕克在这里和我说话，解答所有未知的疑问。

这些想法像寄生虫似的蜷伏在我脑海中，我在硬邦邦的地板上辗转反侧。我夜晚醒来，开始在一本空白的拍纸簿上写字，决心要把心里所有最黑暗的念头都驱除出去。时间过去了，日复一日，此后几个月，我就在营寨和图书馆之间两点一线，试图拼凑起我的生平经历并送给斯帕克。我们的冬眠使我放慢了速度，到了十二月，我觉得疲累，然后一直睡到了三月。我还没有去找那本书，那本书就先找上我了。

一天早晨，我正在吃燕麦薄饼，喝剩下的一点儿咖啡，表情严肃的鲁契克和斯茂拉赫过来了。他们故意一边一个坐在我两侧，盘起腿，准备长谈。鲁契克不停地拨弄着一颗从老叶子里长出来的黑麦新芽，斯茂拉赫目光旁顾，假装在观察树枝间的光影变幻。

"早上好，伙计们。你们在想什么呢？"

"我们去了图书馆。"斯茂拉赫说。

"很多年没去那儿了。"鲁契克说。

"我们知道你去那儿干什么。"

"读了你的生平经历。"

斯茂拉赫转过头来看着我的眼睛，"千万个对不住，但我们得知道啊。"

"谁准许你们的？"我问。

他们把脸转开，我不知道该看哪边。

"有几件事你写错了，"鲁契克说，"我能问你为什么写这本书吗？写给谁看呢？"

"我写错什么了？"

"我的理解是，一个作者如果头脑里没有那么几个读者，是不会平白无故写书的，"鲁契克说，"一个人不会花这么多时间、精力去做他自己的书的唯一读者。就算是写日记，也希望日记本上的锁会被撬开。"

斯茂拉赫捏着下巴，仿佛陷入了沉思："我觉得，写一本没人会看的书是个大错误。"

"你说得很对，老朋友。我有时候奇怪为什么艺术家敢于把一些新的东西带到这个世上来，这个世界里一切都已经做好了，所有的问题都弄得很清楚了。"

我站起来，打断他们的一来一往的刨根究底。“你们能不能告诉我，”我叫喊道，“这本书哪里错了？”

“我想是你父亲。”鲁契克说。

“我父亲，他怎么了？他出了什么事吗？”

“他不是你想的那个人。”

“我朋友的意思是说，你觉得是你父亲的那个男人，根本不是你父亲。那是另外一个人。”

“跟我们来。”鲁契克说。

我们走在蜿蜒的小径上，我想弄明白他们偷看我的书意味着什么。首先，他们一直知道我是亨利·戴，如今也知道我知道了。他们读了我对斯帕克的感情，必定猜想我是写给她的。他们也知道我对他们的感觉。幸运的是，他们总是富有同情心的家伙，虽然确实有点儿古怪，但在我的不幸遭遇中总是坚定地站在我一边。他们的一系列提问引起了值得思索的问题，那就是我先前还没有想过怎样才能把书送给斯帕克，或者更一针见血的是，我想把这些全部写下来的理由何在？走在前头的斯茂拉赫和鲁契克已经在森林里生活了几十年，他们和我驶向同一个终点，却没有同样的挂虑，也没有要写下来的需要和探究这些意义的必要。他们不写书，不在墙上画画，也不跳新的舞蹈，然而却和大自然和平融洽地生活在一起。我又为何不能跟其他人一样呢？

太阳落山时，我们走出掩护，走过教堂，来到一块散落着墓碑的绿地上，旁边就是石墙包围着的墓园。很多年前，我去过那里一次，以为能从那里抄近路回到安全地带，或者以为那只是个很好的藏身之处。我们穿过铁栏，进入这个静悄悄的、野草疯长的园地。许多石头上的碑文已经磨蚀漫漶，而租地人也已经在他们消失的名字下躺了多年。朋友们带着我走在墓碑间弯弯曲曲的小路上，在墓碑和野草之间停下脚步。斯茂拉赫带我走到一个地方，指给我看一块墓石：威廉·戴，1917—

1962。我跪在草上，抚摸着凹下去的文字，想了想这些数字。“发生了什么事?”

斯茂拉赫柔声说：“我们不知道，亨利·戴。”

“我有段时间没听到这个名字了。”

斯茂拉赫把手放在我肩上，“我还是喜欢安尼戴。你是我们的人。”

“你什么时候知道的?”

“我们觉得为了把书写对，你应该知道这个。我们离开老营寨那晚，你看到的那个人不是你父亲。”

“你也该明白，”鲁契克说，“那个在新房子里带着婴儿的男人也不是你父亲。”

我坐倒在地，靠着墓石，免得自己晕过去。当然，他们说得对。根据我的日历，墓石上后面那个年份至今已有十四年了，如果威廉·戴那么早就死了，他就不可能是我以为的那个人，那个人不是威廉·戴，而是一个和他一模一样的人。我想这种事情怎么可能呢。鲁契克打开革囊，卷了支烟，站在墓石间安静地抽了起来。星星出来了，映着夜空——有多远，又有多久？我的朋友们似乎想要透露更多的秘密，但终于什么都没说，我只能自己去探究。

“那么我们走吧，伙计们，”斯茂拉赫说，“这个明天再想。”

我们从角落的门上跳了出去，一路跋涉回家，话题转到我的故事中那些小错误上。他们的大多数建议我都没有细想，因为我的思路徜徉在久未涉足的小径上。斯帕克告诉过我她所记得的事情，但更多的仍是谜。我母亲在印象中隐现，但我看不真切双胞胎妹妹的脸庞。我父亲几乎是一片空白。此生之前还有他生，我还没能在潜意识的河流中打捞出足够的东西。那天深夜，大家都睡了，我坐在自己的窝里，醒着。眼前出现了奥斯卡·拉甫的形象，为了帮助伊格尔换生，我们花费几个月侦查这个孩子，得知他生活、家庭历史和思考习惯的种种详情。如果对奥斯卡了解得这么清楚，那么其他人也必定了解我的历史，而且远比我自己了解得更多。既然我已经知道了自己的真名，他们也没必要再隐瞒别的事了，他们曾经同心协力地帮助我忘记，如今也能够帮助我想起来。我从窝里爬出来，走到鲁契克的地盘上，发现洞里空空如也。在旁边的窝里，他睡在卡维素芮的怀抱中，我迟疑着是否要打搅他们。

“鲁奇，”我悄声说。他眨巴了一下眼睛。“醒醒，给我说件事。”

“安尼戴，看在……的分上，你没看到我在睡觉吗？”

“我得知道啊。”

这时候她也醒了，我等着他俩分开来，他站起身。“什么事？”他问道。

“你得把你记得的亨利·戴的所有事情都告诉我。”

他打了个哈欠，看着卡维素芮蜷成婴儿似的睡姿。“现在，我得回去睡觉。明早再来问我，我来帮你写书。但现在，我要回枕头上去做梦了。”

我叫醒了斯茂拉赫、贝卡和奥尼恩斯，问同样的问题，但也差不多同样被推托过去。到了第二天早晨用早餐时，尽管我很兴奋，但得到的只有他们的怒目相对，我只敢等大家都吃饱喝足后再问。

“我在写本书，”我宣布说，“写亨利·戴。斯帕克离开之前，给我讲过一个大概，现在我需要你们来填充细节。就好比我要换生，你们给我报告亨利·戴吧。”

“哦，我记得你，”奥尼恩斯发言说，“你是被丢在树林里的婴儿。你母亲把你包在襁褓中，放在灰犬神祠里。”

“不不不，”贝卡说，“你搞错了。原来的亨利·戴不是亨利，是对一模一样的双胞胎姐妹，是艾尔贝丝和玛丽贝尔。”

“你俩都错了，”卡维素芮说，“他是个男孩，一个聪明漂亮的男孩，和他爸妈还有两个双胞胎婴儿妹妹住在森林边的房子里。”

“对了，”鲁契克说，“玛丽和伊丽莎白。两个小卷毛头，和羊肉一样肥嘟嘟的。”

“你不会超过八岁或九岁。”卡维素芮说。

“七岁，”斯茂拉赫说，“我们捉住他时，他七岁。”

“你肯定吗？”奥尼恩斯问，“我敢发誓他不过才两三岁。”

后来一整天，谈话都这么进行着，在鸡毛蒜皮的事情上争执不休，讨论到了最后，“真相”成了原来那个事实的远亲。从夏到秋，我一直缠着他们问问题，有时分别问他们，有时一起问。有时候一个答案，和我那天马行空的记忆或者一幅画、一页字的书面线索联系起来，就在我头脑中立下了一个事实。慢慢地，随着时间的推移，故事的基调出现了，我的童年回来了。然而，有件事仍然不明。

冬眠之前，我出了一趟门，想要爬上山谷周围最高的山峰。树木脱尽了叶子，光秃秃的臂膀伸向灰色的天空。往东看，城市就像玩具积木。南边是合围的村庄，一条河流从中穿过。西边是河湾和辽阔的乡土。北边有参差不齐的森林，一两块农田掩映在树木和岩石之间。我坐在山巅，读着书，晚上做梦梦见两个斯帕克，两个戴，梦到我们是什么，将来又会变成怎样。除了喝一瓶水，我一直全神贯注地思考着存在的谜题。到了第三天，我的头脑清明了，答案出来了。如果那个看起来像我父亲的男人不是我父亲，那他又是谁呢？我在雾里遇见的是谁？我们失去伊格尔和奥斯卡·拉甫那晚，我在溪边碰到的是谁？把我们赶出厨房门的是谁？他酷肖我的父亲。我转了下头，惊动了一头鹿，它踏着落叶跑走了。一只鸟鸣叫了一声，叫声余韵不绝，渐渐消去。黯淡的阳光下，云卷云舒。他们偷走我时，是谁取代了我的地位？

我明白了。那个人拥有我本该有的一切。他偷走了我的名字，窃走了我的经历，抢走了我的生活——亨利·戴。

33

我是他们中的一员。我的儿子曾经在国家的另一头和其中一个撞见过，说不好他们会把我们跟踪到什么地步。几年前那个晚上，换生灵们来找过爱德华，我下楼把他们吓走了。但他们还会再来。他们盯着我们，等着我的儿子。只要他们潜伏在我们家附近，爱德华就不安全。只要他们还在世上，他就不安全。一旦他们看上了一个孩子要交换，他就和丢了没两样。我不让爱德华离开我的视线，每天傍晚都锁好房门，插好窗户。他们在我的想象中转悠，让我不得安宁。钢琴是我唯一的慰藉。我希望通过作曲把自己清醒的一面稳定下来。开头一错，再开头还是错。我挣扎着要把这两个世界分开。

好在我有泰思和爱德华让我立足现实。我生日那天，一辆货车开进我家的车道，爱德华站在窗口大叫："来了，来了！"他们一定要我待在卧室里，拉好窗帘，直到礼物运进屋子，我乖乖地听话了，儿子蹦蹦跳跳，活力四射，泰思的笑容性感又知心，我心里充满了爱意。黑暗中，我躺在床上，合上双眼，想我是否值得如此爱的回报，也担心一旦真相泄露，这些或许都会被偷走。

爱德华跳上楼梯，"砰砰"地敲门。他用两只小手拉住我的胳膊，将我拖到乐室。房门上挂着一个巨大的绿色蝴蝶结，泰思行了个屈膝礼，递给我一把剪刀。

"作为本市的市长，"我装腔作势地说道，"我希望我尊敬的儿子和我共享这份荣耀。"我们一起剪断绸带，打开房门。

这架小管风琴既不是新的，也不够精美，但它来自爱的给予，如此美丽。而且它足以让我弹出我想要的最好的声音。爱德华玩弄着风琴的音栓，我把泰思拉到一边，问她怎么买得起这么奢侈的东西。

“自打从旧金山回来，”她说，“也可能从捷克斯洛伐克就开始了，我一直想要给你买这个。这里攒一个便士，那里省一个美元，再加上一个女人一番辛苦的讨价还价。艾迪和我发现它在古德伯特的教堂里出售。你妈和查理让我们过得很好了，你该知道，但我们都希望你能拥有它。我知道它不算好，但……”

“它是最好的礼物……”

“别担心花的钱，只要好好弹就行了，宝贝。”

“我贴进了我的零花钱。”爱德华说。

我拥抱着他们俩，抱得紧紧的，幸福得晕头转向，之后我坐下来，弹了一支巴赫的《赋格的艺术》，再次忘掉了时间。

几天之后，我仍然沉迷在新乐器中，那天我从幼儿园接爱德华回家，家里空空荡荡，很安静。我给了他一块点心，打开了《芝麻大街》①，然后去乐室干活。管风琴的琴键上有一张折叠的纸，上面贴着一张黄色的粘纸贴。“我们得谈谈！”她草草写着。她找到了记有所有安格兰德家人名字的乘客表，我本是把它藏在我的文件中的，还上了锁。我只能想象它是怎么到泰思手上的。

前门“吱呀”一声打开，又“砰”的一下关上，我头脑里跳过一个黑暗的念头，他们是来找爱德华的。我冲到前门，泰思正慢慢朝起居室走来，两手都拎着沉重的食品袋。我拿过几个袋子，减轻她的负担。我们一起把东西搬进厨房，像跳双人芭蕾一样绕着圈子，把东西都放好。她看起来像是一门心思关注着手头的罐装豌豆和胡萝卜，没在考虑其他

① 美国著名的幼儿电视节目。

事情。

东西放好后，她拍了拍手上并没有的灰尘，“你看到我的留言条了吗？”

“关于安格兰德家的？你从哪里拿到乘客表的？”

她撩开眼前的刘海，“你什么意思，我从哪里拿到的？你把它放在电话机边上的餐具柜上。问题是：你又是从哪里拿到的？”

“在恰布。还记得林卡神甫吗？”

“恰布？那是九年前了。你就在那里干这个吗？你为什么要去调查安格兰德家？”

沉默泄露了我的内心。

“你那么吃布瑞恩的醋？老实说吧，这确实有点发疯了，你自己觉得呢？”

“不是吃醋，泰思。我们碰巧去了那里，我只是想帮他追溯家谱而已。找到他的祖父。”

她拿起乘客表，目光扫到最后一行，“真是难以置信。你什么时候和布瑞恩·安格兰德说过话了？”

“说来话长，泰思。我们订婚的时候，我在奥斯卡酒吧碰到过他。我告诉他我们要去德国，他就说如果我有空的话，能否去一下国家档案局，查一下他的家谱。我在那里没有找到，就想也许他的家人是从另一个地方来的，所以在恰布的时候，我问了林卡神甫。他找到了。不是什么麻烦事。”

“亨利，你说的话我一个字也不相信。”

我走过去，伸出手臂想抱住她，一心只想结束这场对话。“泰思，我一直对你说真话。”

“但布瑞恩为什么不去问他母亲？”

“他母亲？我不知道他还有母亲。”

“人人都有母亲。她就住在这镇上，现在还住着，我想。你能告诉她，你有多吃醋。”

“但我曾在电话簿上查过她。”

“你开玩笑。”她环抱双臂，摇起了头，“很多年前，布瑞恩还在读高中时，她就再嫁了。让我想想，她叫布雷克，艾琳·布雷克。她一定记得祖父。他一直活到一百岁，她以前老在讲这个疯老头子。”她不想再谈了，开始朝楼梯走去。

“是古斯塔夫吗？”我在她背后叫道。

她回头看了我一眼，皱起眉头，在记忆里找到了这个名字。“不，不……乔。疯子乔·安格兰德是布瑞恩的祖父。当然啦，他们一家子都是疯子，包括他母亲。”

“你肯定我们说的不是古斯塔夫·安格兰德吗？”

“我要开始叫你疯子亨利·戴了……你就会问我这些事情。好吧，如果你这么有兴趣，你为什么不去跟布瑞恩的母亲谈谈？艾琳·布雷克。”她站在楼梯顶端，靠着扶手，长长的金发垂落下来，像长发姑娘[①]似的。“你这么吃醋是好事，但你什么都不用担心。”她嘴角一扬，闪过一个微笑，我的担忧化为乌有。“替我向那个老姑娘问个好。”

她脖子以下全埋在落叶中，两眼一眨不眨地看着上方，我第三次走过她身边，才发现这是个洋娃娃。附近还有一个，被红色跳绳捆绑在树干上，从无人修剪的长草上东一只，西一只地伸出肢解了的胳膊和大腿。那条绳子的一头绑在稠李树枝上，上面挂着一个头颅，在风里晃悠，无头的身体塞在信箱里，等着星期六的邮递员来。我把车停在屋前时，这起故意伤害罪的策划者在门廊上咯咯地笑，但我一走上过道，她

---

① 《格林童话》中的人物，头发之长能垂下高塔。

们就像紧张症患者一样不安起来。

“姑娘们能帮我个忙吗？我好像迷路了。”我站在最下面的台阶上说。稍大的女孩用胳膊环住妹妹的肩膀，做了一个保护的姿态。

“你们的爸妈在家吗？我在找一个住在附近的人。你们认识布雷克家吗？”

“那里闹鬼。”妹妹说。她少了两颗门牙，说起话来口齿不清。

“她是个巫婆，先生。”姐姐大概十岁，骨瘦如柴，头发漆黑，有黑眼圈。要是有人认识巫婆的话，就是这个人了。“您为什么要去见一个巫婆呢，先生？”

我抬脚跨了一个台阶，“因为我是魔鬼。”

她们都咧开嘴笑了。姐姐指给我看下一个街角前的拐弯处，那里有一条隐蔽的巷子，还真是条路。“它叫星号路，”她说，“它太小了，连个真名都没有。”

“你要把她吞下去吗？”小的那个问。

“我要把她吞下去，把骨头拆掉。万圣节晚上你们可以过去给自己做一副骷髅。”她们面面相觑，开心地笑起来。

野生漆树和茂盛的黄杨木挡住了星号路。汽车擦刮着两旁的树篱，我只好下车步行。这条路上零落散布着半隐半现的房屋，左侧最后一幢是一座破旧的方形房屋，邮箱上写着“布雷克”。灌木丛中，一双赤裸的腿从我眼前一闪而过，横穿院子而去，接着第二个人在树丛里刷刷地穿过去。我以为那对可怕的小姐妹跟着我来了，但随后灌木丛里响起第三个动静，我心慌起来，拿出车钥匙，简直就想立刻离开这个黑暗的地方。但既然已经走到这里，我叩响了大门。

一位满头白发的优雅妇人来开门。她穿着简朴的亚麻薄衫，身材高大，笔直地站在门口，探询的目光炯炯有神，她把我让进家门。“亨利・戴。找到这地方不容易吧？”她的口音中有淡淡的新英格兰腔，“请进，请进。”

布雷克夫人有一股青春常驻的魅力，再加上她的外貌和态度，让人一下子就感到宾至如归。为了采访，我向她撒了谎，说我和她儿子布瑞恩上的同一个高中，现在我们班级正在组织一次聚会，在联系已经搬走的同学。在她的坚持下，我们一边聊天，一边吃她准备好的午餐，她把布瑞恩最近的事情一股脑儿全告诉我，他的妻子和两个孩子啦，他这些年取得的成就啦。她说完之后，我们的鸡蛋沙拉三明治还没吃完，我试图将话题转到我不为人知的目的上去。

“那么，安格兰德夫人……”

“叫我艾琳。我都很多年不当安格兰德夫人了，自从我前夫过世之后就不是了。后来倒霉的布雷克先生在干草叉上出了奇怪的事故。他们在背后叫我‘黑寡妇’[①]，那些顽劣的小孩。”

“事实上他们说的是，巫婆……我很难过，艾琳。我是说，关于您的两位丈夫。”

“嗯，你不用难过。我和布雷克先生结婚是为了他的钱，上帝保佑他的灵魂安息。至于安格兰德先生，他比我大很多很多，他是……”她用细长的手指点了点自己的额角。

“我上天主教小学时，是在九年级认识布瑞恩的。他长大后什么样？”

她脸色一亮，忽地站起来，我都以为她要摔倒了。“你要看看照片吗？”

从出生到小学，在生命的每一个阶段，布瑞恩·安格兰德看起来都像我的儿子。他和爱德华惊人地相似，同样的五官，同样的姿态，甚至连啃玉米棒子和扔球的动作也一样。我们翻着相册，看的照片越多，我

---

① 黑寡妇交配后，雌蛛有吃掉雄蛛的习性。

越觉得他们相像。

“布瑞恩曾经跟我讲过家里人的一些有趣好玩的故事，”我说，“关于安格兰德家的，我是说，德国的家人。”

“他有没有跟你说过约瑟夫爷爷？他的祖父乔[①]？当然，他过世时布瑞恩还是个婴儿，但我记得他。他是个疯子。他们都是。”

“他们从德国来的，是吗？”

她往后靠着椅背，整理着记忆，“这是段非常悲惨的经历，那个家庭。”

“悲惨？怎么说？”

“我的公公疯子乔，很多年前我们刚刚结婚时他和我们住在一起。我们把他关在阁楼里。哦，他一定有九十岁了，说不定有一百岁，他会朝着不存在的东西大发雷霆，像幽灵鬼怪这类的，好像有什么东西要来带走他似的，可怜的人啊。他还会喃喃念叨他的小弟古斯塔夫，说什么他根本不是他的亲弟弟，真正的古斯塔夫已经被 Wechselbalgen 偷走了，也就是换生灵。我丈夫说那是因为妹妹的缘故。如果我没记错，那个妹妹在从德国过来的旅途中死了，整个家庭都伤心至极。他们一直都没有缓过来。就连约瑟夫在后来那些年里也一直会想出些精灵来。”

房间里开始变得异常暖和，我胃里搅动着，头也痛了起来。

“让我想想，是的，有妈妈，爸爸，那是另一个可怜人。他叫艾布拉姆。还有兄弟们。最大的那个我一点儿也不了解，他在内战中死在了盖茨堡。约瑟夫快五十岁时才结婚，另外就是那个白痴弟弟，最小的一个。就是这样一个悲惨的家庭。”

“白痴？您说白痴是什么意思？”

“不是今天大家说的这个意思，但在那时候，他们就是这样说的。

---

① 乔即约瑟夫。

他们一直说他弹钢琴弹得多么棒，但那只是因为他脑子有病。他就是人说的白痴专家。他叫古斯塔夫，可怜的孩子。约瑟夫说，他能弹得跟肖邦一样，但除此之外就很安静，非常内向。他可能是个孤独症患者，如果他们那时候也有这种病的话。”

血冲到我头顶，我开始觉得晕眩。

“也可能是误传，但在那所谓的换生灵事件之后，他连钢琴也不弹了，彻底地封闭起来，后来再也没有说过一句话，他后来也老了。他们说，自从古斯塔夫不再弹钢琴，开始对外界没反应时，父亲就疯了。我到医院里去看过他一两次，可怜的人。你能感觉到他在想些什么，但只有上帝知道那是什么。他好像生活在自己的小世界里。我刚结婚不久，他就死了。那大约是一九三四年，我想，但他看起来比摩西[①]还老。”

她朝相册俯下身，翻到前面，指着一个戴灰色软呢帽的中年男子，“这是我的丈夫，哈利——疯子乔的儿子。我们结婚时他已经这么老了，我还是个小姑娘。”随后她指着一个干瘪的人，他看起来就像是这世上最老的老头，“古斯塔夫。”一瞬间，我觉得这个人是我，但我立刻就意识到照片里面这个老人跟我毫无关系。在他下面是一个穿高领衣的老妇人，她的影像已经被刮伤了。“一位漂亮慈祥的夫人[②]。我认识她之前她就过世了，但若不是他母亲主持家务，安格兰德家早就走到尽头了，那么今天我们也不会坐在这里，不是吗？”

“但是，”我结结巴巴地说，“经历了这么多不幸，他们是怎么撑过去的？”

“和我们所有人一样。和我失去了两个丈夫而只有上帝才知道是怎么回事一样。有些时候，你得放开过去，孩子。对未来的生活敞开胸怀。在六十年代，大家都迷失彷徨的时候，布瑞恩曾经说过要离开去找

① 《圣经》中的人物，传说活了 120 岁。

② 原文为法语。

寻自己。他说过：‘我是否会认识真正的自我？我是否会知道我要做什么样的人？’对这种蠢问题的回答直截了当，你觉得呢，亨利·戴？”

我头晕目眩，浑身麻痹，魂飞魄散。我爬下沙发，爬出大门，一路爬回家爬上床。如果我们还道过别的话，这份记忆也在她的讲述所残留的震骇中被蒸发了。

次日上午，为了把我从昏睡中叫醒，泰思弄了一壶热咖啡和鸡蛋饼干，早餐已经过时了，我像个饿坏了的孩子一样狼吞虎咽。古斯塔夫是一个白痴专家，我被这消息吓呆了，所有的力气和意志都丧失殆尽。阁楼里的鬼怪太多。凉爽的上午，我们坐在阳台上，交换着看周日报纸的版面。我装着读报，但心思在别的地方，只想把各种可能性都梳理出来。这时附近起了一阵骚乱，狗开始一只接一只地叫起来，有什么东西从它们家门口过去了，引起一连串的激烈反应。

泰思站起来，朝街道的两头张望，但什么也没看到。“我不明白怎么回事，”她说，“我等它们静下来再出来。我给你加点咖啡好吗？”

“当然好。”我笑着递给她杯子。她一走开，我就看到了让动物们发狂的是什么。大街上，星期天上午，光天化日之下，两个魔鬼迂回穿过邻居的草坪。其中一个瘸着腿，另一个长得像老鼠，招呼她快跑。这两个看到两幢屋子开外、站在阳台上的我，都站住了，他们目不转睛地瞪了我片刻。这两个倒霉的家伙，眼珠子装在难看的眼窝里，圆滚滚的头颅扛在破破烂烂的身体上，结着泥巴淌着汗。我站在下风处，能闻到他们身上腐败的气味和麝香混合一处的野兽味道。瘸腿的那个伸出一根皮包骨的手指指着我，另一个飞快地带着她从房屋之间的缺口逃走了。泰思端着咖啡出来，来不及看到他们离开，这两个家伙一离开，狗儿们也冷静下来，回到狗窝里，松下了链条。

“你有没有搞清楚究竟在闹什么？”

“两个东西从附近跑过。”

“东西？”

“我不知道，”我抿了口咖啡，“小魔鬼。”

“魔鬼？”

“你没闻到他们讨厌的气味吗？就像刚刚碰到一头臭鼬似的。”

“亨利，你在说什么？我什么也没闻到。”

“我不知道那些狗干吗上蹿下跳。集体歇斯底里，它们狗脑子里出了幻觉？看到老鼠、蝙蝠？还是看到一对小山羊？”

她把凉丝丝的手放在我额头上，“你觉得还好吧，亨利？今天你好像不大对劲。”

“我没事，”我说，“我大概应该回去睡觉。”

我慢慢沉入梦乡后，换生灵们又来到我的梦中。十二个换生灵从森林中偷偷摸摸地出来，从每棵树后面走出来。他们不停地过来，这帮冒牌货小孩包围了我的家，朝我的房门和窗户走来。我陷在里面，在楼层间冲上冲下，从猫眼里和窗帘后朝外张望，他们悄无声息地挨近了，围成一个圆圈。我跑到楼下艾迪的房间里，他又变成了婴儿，在摇篮里团成一个球。我把他摇醒，带他一起逃跑，但孩子转过身来时，他的脸却是成年人的脸。我尖叫一声，把自己反锁在浴室里。透过小窗户，我能看见这群魔鬼开始攀爬门廊的栏杆，像蜘蛛似的爬上墙壁，他们邪恶的面孔朝我看来，目光闪动着威胁和仇恨。其他房间的窗户都被砸碎了，玻璃爆裂开来，掉在地板上，发出一种奇怪而低柔的声音，且渐渐变响。我看到镜子里自己的影像变形成了我父亲，变成我儿子，又变成古斯塔夫。镜子中，一个魔鬼从我身后站起来，伸出爪子来卡我的脖子。

泰思坐在床边，晃动我的肩膀。我浑身汗湿，热得要命，她却说我又湿又冷。“你做噩梦了。没事的，没事的。”我把脸埋在她胸口，她抚摸我的头发，摇晃着我，直到我完全清醒过来。有一会儿，我不知道我在哪里，不知道我现在是谁，以前又是谁。

“爱德华在哪？”

她似乎被我的问题弄糊涂了，“在我母亲那里，你不记得了吗？他去那里过周末。你怎么啦？”

我在她怀抱中发抖。

“是因为老安格兰德夫人吗？你应该把心思放在要紧的事情上，别再追逐过去了。难道你不知道，我爱的是你。一直都是。”

人人都有一个无法言喻的可怕秘密，不能透露给朋友、爱人、牧师、精神病医生。它的内里太复杂纠葛，一旦激发，必然带来危害。有些人忽视它，有些人将它深深地埋藏起来，带进坟墓。我把它掩饰得这么好，就连身体有时候也忘却了这个秘密。我不想失去我们的孩子，也不想失去泰思。我害怕被人发现自己是一个换生灵，然后受到泰思的排斥，这就成为了我余生的秘密。

在听说古斯塔夫真实的生平经历之后，我知道自那以后我只记得一点儿事情是毫不奇怪的。我被封锁在内心中，音乐成为我唯一的自我表达。假如我没有被偷走，我就不会和那些换生灵一起生活，不会有机会成为亨利·戴。假如我没有和那个男孩交换，我就不会认识泰思，也不会有我自己的孩子，更不会找到回返这个世界的路。在某种意义上，换生灵给了我第二次机会，而他们的再度出现——破门闯入我家，在加州遇见爱德华，那穿过草坪的一对儿——既是威胁，也是在提醒我一切都处于危险之中。

我第一次看到换生灵，还以为是因为发现自己的过去而造成的情绪紧张。他们似乎是幻觉、噩梦，或无非只是我的臆想，但接着真家伙就出现了，还把他们的标记留了下来。餐桌中间的一块橘子皮，电视机上一瓶打开的啤酒，院子里烧着的烟头都在嘲笑我。东西还会不翼而飞，我从州际比赛中赢回来的铬合金钢琴模型奖品、照片、信件、书籍。有一次在凌晨两点钟，我们都在睡觉，我听到冰箱门“砰”的关上，就下楼去看，结果发现案台上放着块被咬掉一半的熏火腿。好多年都没有移动过的家具突然出现在敞开的窗户旁边。圣诞夜在我母亲家中时，小孩子们觉得听到了驯鹿在屋顶上走过，纷纷跑出去看。二十分钟后，孩子们气喘吁吁地回来了，发誓说他们看到了两个精灵蹿进森林里去了。还有一次，他们其中一个从我们后院门下一个比兔子洞大不了多少的空隙里爬出去。当我出去抓他时，那家伙已经逃走了。他们越来越厚颜无耻，没完没了，我只想要他们走开，还我一个清静。

得对我的老朋友们采取措施了。

34

我开始去了解一切所能了解的关于另一个亨利·戴的事情。我的生平经历，以及这份经历的故事都和他息息相关，惟有知道他的事情，才能知道我失去了什么。我的朋友们答应帮助我，因为我们本质上就是鬼怪和密探。自从奥斯卡·拉甫换生那事搞砸之后，仙灵们都没了用武之地，去侦查亨利·戴，他们个个都兴奋不已。曾几何时，他是他们中的一员。

鲁契克、斯茂拉赫和卡维素芮跟踪他到了镇上另一头的一个较老的居民区，他在街上绕来绕去，好像迷路了似的。他停下车和两个在前院里玩娃娃的可爱小女孩搭讪。看着他离开后，卡维素芮向女孩们走去，觉得她们可能是化身人形的齐维和布鲁玛。小姐妹一下子就猜出了卡维素芮是仙灵，她边笑边叫地跑回我们在黑莓丛里的藏身处。过了一小会儿，我们的侦察员发现亨利·戴在和一个老妇人谈话，好像受了打击。他离开她家后，看上去像是鬼缠身似的，从未在车子里坐过这么长时间，头靠在方向盘上，耸着肩膀抽泣。

“他筋疲力尽，好像那个女人抽干了他的灵魂似的。”斯茂拉赫后来告诉我们。

“我也注意到了，”鲁契克说，“他最近变了，好像对过去感到悔恨，又对未来满怀忧惧。”

我问他们是否觉得那个老妇人是我母亲，但他们肯定地说是另有其人。

鲁契克卷了一支烟，“他走进去时是一个人，走出来变成了另一个人。”

卡维素芮捅了捅篝火，“也许有两个他呢。”

奥尼恩斯表示同意，“或者他只是半个人。”

鲁契克点燃烟头，烟就叼在下唇上，“他是掉了一块的拼图，是只无声钟。”

“我们要打开他头脑里的锁。”斯茂拉赫说。

“你们有没有找到他过去更多的事？”我问他们。

“不是很多，”鲁契克说，“他住在你家，和你父母还有两个小妹妹住在一起。”

“我们的肖邦拿过很多演奏奖，”卡维素芮说，“壁炉架上有一架闪闪发光的小钢琴，至少以前还在那儿。”她从后面的背包里拿出这个奖品来给我们欣赏，钢琴的正面映着火光。

“有一天我跟他去学校了，”斯茂拉赫说，“他教孩子们弹钢琴，但若是他们的演奏能说明什么问题的话，只能说明他不怎么样。管乐器声音刺耳，小提琴手不会拉弦。”

我们都大笑起来。后来他们又告诉我这个人的很多事情，但这些故事之间有很多缺口，而一个个问题也浮出水面。我的母亲是仍然在世，还是已经随我父亲入土？我对妹妹们一无所知，想知道她们是怎样长大的。现在她们应该已当上母亲了，但在我的印象中，她们永远是婴儿。

“我有没有告诉过你，他看到我们了？”鲁契克问，“我们在他家附近那块我们的老地盘上，我肯定他看到了我和卡维素芮。他可不是这世上最漂亮的家伙。”

“说实话，”卡维素芮补充说，“他真可怕。就像和我们在一起那时一样。”

“还显老。”

“而且精神不振，”斯茂拉赫说，“你还是和我们在一起的好。永远年轻。”

篝火噼啪作响，灰烬“砰”地爆裂开来，升腾在黑夜中。我想象着他和他的女人舒适地躺在床上，而这幅画面让我想起斯帕克。我拖着脚步回到自己的窝，尽量在坚硬的地上睡得舒服一点。

睡梦中，我在攀爬凿刻在山边的上千级台阶。往下一看，景象让我一阵晕眩，气也喘不过来，心脏怦怦地捶打肋骨。前面只有蓝天和几级剩余的台阶。我奋力登上山顶，山的另一侧还有下山的台阶，无比陡峭，简直比上山的路还可怕。我四肢发麻，进退两难。斯帕克不知从哪里出现在我身边，和我一同站在顶峰上。她已经变了样，眼中闪烁着活力，朝我粲然一笑，仿佛时间并未走过。

“我们一起滚下山怎么样？就像杰克和吉尔[①]？”

我一句话也说不出来。如果我一动，一眨眼，一开口，她就会消失，我就会倒下。

“其实并不像看起来这么困难危险。”

她张开双臂抱住我，接下来我们就已经安全地在山脚了。她闭上眼睛，梦幻般的景象变了，我掉进了一口深井中。我独自坐着，等待上面发生什么事情。一扇门打开，光线溢满了空间。我抬头只见亨利·戴正俯视着我。起先他的样子是我父亲，接着又变成了他自己。他朝我大喊大叫，挥动拳头。门“砰”地关上，光线全收走了。在我脚下，井里开始进水，像河流一般泛起波涛。我痛苦地伸手踢足，却发现一只厉害的蜘蛛网捆住了我的手脚。水升到我的胸口、下巴，盖过头顶，我没到了水下。我再也屏不住气，张开嘴，水灌满我的肺。

我喘息着醒来。过了一会儿，星星出来了，树木舒展着枝丫，小窝

---

① 杰克和吉尔的故事起源于十八世纪法国国王路易十六和王后被斩首的传说，但后来发展成轻松活泼的儿歌，大意是杰克上山去提水，和吉尔一起滚下了山。

的洞口离我的脸只有一两寸。我掀开毯子，起身走出这地方，来到地面上。大家都睡在各自的窝里。之前烧着篝火的地方，乌黑的柴火下还隐约可见微弱的橘红色亮光。满天星空下的森林如此静谧，我能听到留在此地的几个仙灵平稳的呼吸声。凛冽的寒风夺走了被褥间的暖意，由于紧张而出的一层薄汗从我皮肤上蒸干了。我不知道自己伫立了多久，但我隐隐地盼望黑暗中会有人出来，把我带走，或将我拥抱。

我回去继续写我的书，写到伊格尔即将和小奥斯卡·拉甫换生时，我滞住了。我第一次回图书馆底下时，参照我们所发现的亨利·戴的事情，以及同伴们所说的我的前生和生活环境，我又读了一遍手稿。无须说，我的第一个故事里满纸都是错误的印象。我整理好纸页和差错连篇的手稿，思忖这个问题。在原初的版本中，我假定我的父母仍然在世，他们一辈子都在思念他们唯一的儿子。我和我的亲生父亲碰过几次面，但只有一次碰到的那个才是真父亲。而且，当然了，第一个故事里的那个骗子、那个取代了我地位的冒名顶替者也没有写对。

我们再度开始观察他，发现他麻烦缠身。他老是自言自语，嘴里冒出激烈的争辩。几年前，他有许多朋友，但随着他越变越怪，都从他的生活中消失了。亨利大部分时间都把自己锁在房间里，或者读书，或者弹那架呜呜响的管风琴，在五线谱上涂写音符。他的妻子生活在边缘地带，在家中忙里忙外，每天开车出去，几个小时后再回来。奥尼恩斯认为这女人的心头显然重重压着一种不快，因为每当她独自一人时，她常常目视远方，好似她没有说出的疑问能在空气里得到答案。那男孩爱德华是换生的理想对象，他形单影只，无视于生活的起伏，只一门心思想着自己的事，在他父母的屋子里晃来晃去，好像在找一个朋友。

我在一个满月的半夜醒来，听到贝卡和奥尼恩斯在悄声谈论那个男孩。他们以为待在舒适的窝里就能享有某种程度的私密性，但他们的密谋嗡嗡地从地面传来，好像远处火车开过的声音。

“你觉得光靠我们两个能行吗？”奥尼恩斯问。

“只要我们能找准时机抓住他。也许当他父亲分神的时候，或在那架恶魔管风琴上弹奏熟悉的曲调的时候。”

“但如果你和爱德华·戴换生，我怎么办呢？”奥尼恩斯说道，语调前所未有地悲伤。我咳嗽一声，提醒他们我的存在，然后走过去，看到他们相拥而眠，装出熟睡的样子，像两头刚出生的小羊一般纯真。他们或许会无耻地干出这种事来，我下定决心要密切关注，未雨绸缪地击破任何阴谋。

在过去，仙灵们拒绝侦察已经离开部落的同伴，换生灵会独自一个，会被遗忘，同时也得到了作为人类生活的机会。被这种人发现是非常危险的，因为他们换生之后，会渐渐憎恨和我们共度的生活，也害怕其他人类会发现他们黑暗的秘密。我们曾经有很大的顾虑，但如今也无所谓了。我们正在消失。数量已经从十二个减到了六个。我们决定要制定自己的规则。

我让他们寻找我母亲和妹妹，圣诞节时他们终于找到了。其他人睡觉的时候，卡维素芮和鲁契克悄悄去了镇上，那里张灯结彩，大街小巷里有人唱着颂歌。他们决定要一探我的童年故居，希望能找到一些丢失的线索，让我的过去更有意义，并以此作为我的圣诞节礼物。老家坐落在空地之中，已经不像以前那么茕茕孑立了。附近的农庄一个接一个地被买走，到处都在兴建新房。车道上停着好几辆车，他们确信我的老家中正在举办一场庆祝活动，于是他们轻手轻脚地来到窗口，观察来聚会的人。亨利·戴，他的妻子和儿子都在那里。还有玛丽和伊丽莎白。宴会的中心是一位头发花白的妇人，她坐在安乐椅中，旁边是闪闪发光的杉树。她的习惯动作让鲁契克想起了我的母亲，他很多年前侦察过她。他爬上了左近的一棵橡树，从伸出的枝丫上跳到了屋顶上，然后攀上了烟囱，那上面的砖块摸着仍然温暖。下面的火已经灭了，方便了他的窃听。他说，我母亲用老方式给孩子们唱着歌，没有伴奏。我多么想再听她唱一回啊。

“给我们弹个曲子，亨利，”她唱完歌后说，“就像你以前弹的那样。”

“如果弹钢琴，圣诞节就成了公共汽车司机的节日，”他说，“弹什么呢，妈？《基拉尼的圣诞节》呢还是别的垃圾？”

“亨利，你不该开玩笑。”一个女儿说。

“《天使唱高歌》吧。”一个上了年纪、有些面生的男子说，他的手搭在她肩上。

亨利弹完这首曲子，又弹了另一首。鲁契克听够了，就跳回橡树上，爬下来回到卡维素芮身边。他们最后朝聚会瞟了一眼，为我细看了一下那些人物和场景，然后就回家了。第二天他们告诉我这事时，我欣喜万分地得知我母亲的消息，但对一些细节非常不解。那个老男人是谁？那些孩子又是谁？浮光掠影的消息都让旧日重现。我藏在树洞中。她生我的气，我离家出走，再也没有回去。我的妹妹们在哪里？我的婴儿呢？我记得自己坐在她两腿之间，听她讲奥辛在提尔那诺国的漫游记[①]。原可不必思念一个人这么多年。

然而这是一种双重生活。我坐下来书写我的世界和亨利的世界的真实故事。写得很慢，很痛苦，有时候是一个字一个字地挤出来。时常整个上午都写不出一句值得保留的句子。我捏皱扔掉了很多纸头，又老是要跑到图书馆里去偷更多的纸，堆在角落里的垃圾简直要把整个屋子都塞满了。为了拼凑我的故事，我变得易于疲倦，每天早早地就困顿不堪，所以只要能写出五百个字来，就算克服了犹豫和拖沓了。

---

① 提尔那诺是爱尔兰民间传说中的常青之岛，那里一切生物都永葆青春。

有时候，我自问为何要用写作来证明自己的存在。小时候，故事就像生活的其他部分一样地真实。我听到杰克爬上豌豆茎，就想该怎么去爬我窗外高高的柱子。汉瑟尔与葛莱特是勇敢的英雄，但我一想到炉子里的巫婆就不寒而栗①。在我的白日梦中，我大战恶龙，救出了囚禁在塔里的姑娘。每当我因为自己想象中离奇而怪诞的事迹而无法入眠，就会叫醒父亲，但他总是说“这只是个故事而已”。仿佛这么一说，它就变得不那么真实了。但我那时候不信他的话，因为故事是写下来的，白纸黑字就足够证明了。如果说有什么东西能让人物和地点变得比这个时刻变化的世界更真实的话，那就是永远凝陷在时光中的文字。对我而言，我和换生灵在一起的生活比我作为亨利·戴的生活更加真实。我把它写下来，是想告诉大家，我们不只是讲给孩子们听的神话故事，也不只是噩梦和幻想。正如我们需要人类的故事来继续生存，人类也需要我们来映照他们的生活。我写下来，是为了给我的换生，还有我和斯帕克的交往创造意义。我这样写，而不是那样写，就可以掌握要紧的东西，展露隐藏在生活背后的真实。

我终于决定要和那个人会面。几年前我见过亨利·戴，如今我知道他曾经是换生灵，绑架了七岁的我。我们把他揭发出来了，到处跟踪他，得知了他日常生活的大略。换生灵去了他家，拿走了他胡乱写的乐谱，还给他留下了他们恶作剧的标志。但我想要会一会他，即使只为了通过他，向我母亲和妹妹们道个别。

我正要去图书馆写完小说，一个男人从汽车里出来，朝楼房的前门走去，看起来又老又累，忧心忡忡。他和我一点都不像，或者说不是我想象中自己长大的样子。他走路的时候奋拉着脑袋，两眼望地，双肩

① 格林童话，汉瑟尔与葛莱特是两兄妹，遭后母遗弃，被森林中的巫婆所囚。巫婆想要吃掉两个孩子，但反被葛莱特推进了火炉。

下垂，仿佛最简单的事情也能让他心事重重。他手里拿的纸丢了，就弯腰捡起来，咒骂了几句。我想从树林里跳出去，可他那晚的样子如此脆弱，经不起再受惊吓了，于是我挤进裂缝，干我的活儿去了。

那个夏天，他频频造访图书馆，一连几天都露面，嘴里哼着我们从他那里偷走的交响曲的片段。在天气湿热的下午，明智的人都去游泳，要么把百叶窗放下来，躺在床上，但亨利却常常独自在照得到太阳的桌子上读书。我能感觉到他在上面，我和他之间只隔一层薄薄的天花板，图书馆傍晚关门后，我就从地板门里爬出来查探。他在后面角落的一个安静的地方工作。一张桌子上，一摞书一动不动地躺着，里面插着的整洁的纸条，像舌头一样伸出来。我坐在他的位置上，查看各式各样的书名，从小魔鬼到守护神都有，还有一本厚厚的关于“天才专家”的书。这些题目之间毫无关系，但他在书签上用很小的字为自己做了笔记：

没有仙灵只有妖怪。

古斯塔夫——专家？

毁了我的生活。

找到亨利·戴。

这些句子是从各种难题里丢出来的部分，我把笔记收进了口袋。到了早上，他丢东西的沮丧的声音隔着地板被我听到了。亨利说着他丢了的书签，我半是歉疚，半是开心，因为是我偷的。他朝图书管理员发火，但最终冷静下来，又去工作了。一切平静下来了，我又有了时间来静悄悄地写完我的书。不久我就会摆脱亨利·戴了。那天傍晚，我把纸张放进一个硬纸盒里，先放手稿，再放上几张旧图画，最后把斯帕克的信小心翼翼地折好，塞进口袋里。我想赶快回家后，再回去一次，收走我的东西，并和亲爱的老地方最后道个别。我匆忙间忘了考虑到时间，从出口挤出去时，还有一线天光。我原不该冒这个险，可我却从后楼梯下走了出来，准备回家。

亨利·戴就在前面五米开外，盯着我和图书馆下面的裂缝看。我就像被困的兔子，本能的反应就是直接朝他冲过去，接着猛地一个转弯蹿进街道。他一步都没动，迟钝得没有反应过来。我如入无人之境，穿过镇子，奔过洒着水的草坪，跃过成串的篱笆，避过一两辆车子，一口气奔到森林深处，倒在地上，喘着气哈哈大笑，笑得眼泪直流。他的脸上惊讶、愤怒、恐惧并现。他不知道我是谁。我所要做的就是过一会儿再回去拿书，然后一切都结束了。

35

“这魔鬼从不呼吸。”据说作曲家柏辽兹这样说过管风琴，但我发现事实正相反。弹琴的时候，我觉得活力充沛，人琴合一，好似呼吸着音乐一般。泰思和爱德华来乐室听我不断扩充篇幅的乐曲，演奏结束后，我儿子说：“你弹琴的节奏和我的呼吸合拍。”在过去的一年里，我把所有空闲的时间都用来写交响乐，不断地把它从一首欲望之曲改为坦白之曲，探索着怎样才能编织出一种容我解释的感觉。我觉得，只要泰思能听一听我音乐中的故事，她肯定会理解和宽恕我的。在乐室里，我在琴键上寻找慰藉。锁上房门，拉好窗帘，就又有了安全感。音乐中，我失去自我，又找到自我。

到了春天，我组织起了一个小型管弦乐队——来自迪尤肯的弦乐手，卡内基美隆的定音鼓手，还有几个当地乐手——等曲子完成，就可以把它演奏出来。六月，爱德华读完一年级后，泰思带他去她堂姐潘妮家过了两周，为的是可以让我独自在家完成交响乐。这件作品是关于一个困陷在沉默中的孩子，音乐无法从他的想象中逸出，他生活在两个世界中，内在生活和外在真实毫无联系。

在奋斗多年《寻找失窃的孩子》的音乐后，我终于完成了。乐谱摊放在管风琴上，五线谱上的潦草音符具有数学般的美丽和精确。两个故事同时叙述——内在的生活和外在的世界用对位法配合旋律。我不是将一个和音叠加在和它对称的那个上面，因为这不是事实。有时候，我们的思想和梦想比我们其他的经历都来得真实，而另些时候，我们身上发生的事情使我们所能想象的一切为之失色。我写谱的速度跟不上头脑里的声音，音符一个个从内心深处流淌出来，仿佛半个我在作曲，半个我在做记录员。我只好用速记法记录曲子，调配各种乐器——这种事情要演练上几个月才能臻于完美——但最初把交响乐的骨架写下来的过程却让我心力交瘁，好似刚从梦中醒来。它那一丝不苟的逻辑大异于通常的语言规则，但对我来说似乎正是我一直想要写的东西。

那天下午五点，天热得让人疲惫，我到厨房拿了一瓶啤酒，边喝边上楼，打算先冲个澡，再喝一瓶啤酒，吃了晚饭，然后回头工作。卧室的壁橱里，泰思原来放衣服的地方空荡荡的，这让我想起了她，我多希望她能在这里与我一同分享突然迸发的创造力和大功告成的那一刻。我刚开始洗热水澡没多久，就听见楼下"哗啦"一声巨响。我水龙头也没关就出来，在腰间围了条毛巾，匆匆下去看个究竟。起居室的一扇窗户被打破了，碎玻璃在地毯上撒得到处都是，窗帘在微风下轻轻拂动。我半裸着滴水的身体，莫名其妙地站在那里，突然一下不和谐的钢琴声吓了我一跳，好像有只猫从琴键上走过，但乐室空荡沉寂。我到处查看。

乐谱失踪了——不在我原来放它的桌子上，也没有掉到地上，哪里都没有。窗户敞开着，我跑过去查看草坪。一片孤零零的纸页被一股轻风推动，在草地上飘荡，但其他什么都没有。我怒火冲天地咆哮起来，在房间里走来走去，一脚踢到了钢琴腿上，痛得在地毯上跳来跳去，差点就踩上了一块碎玻璃，这时候又一声巨响从楼上传来。我的脚疼痛难当，又上到楼梯平台，生怕家里会有什么东西，还担心我的手稿。我的卧室里没有人。我儿子房间又打碎了一扇窗，但玻璃没有掉在地上。屋顶上的碎片说明窗户是从里往外打破的。为了让自己冷静下来，我在他床边坐了片刻，他的房间和他去度假那天一样。想到爱德华和泰思，我突然伤心起来，我该如何解释交响乐谱丢失了呢？没有曲子，我又该如何坦白自己真实的本性？我拉扯着湿漉漉的头发，直拉得头皮发痛。在我心目中，我的妻子、儿子和音乐被编成了一条链子，而这链子如今眼看就要散开了。

浴室里，莲蓬头洒个不停，水汽蒸腾到走廊上，我跌跌撞撞地穿过雾气，去把水关掉。橱镜上，有人用手指在雾蒙蒙的镜面上写道：我们知道你的秘密。抄在上头的一个又一个音符是我乐谱的第一个节拍。

“你们这些小混账。”我自言自语道，留言从镜子上渐渐消失。

在度过一个不安和孤独的夜晚后，天刚亮我就开车去母亲家。她没有马上来应门，我想她可能还睡着，就走到窗边朝里张望。她从厨房里看到我站在那儿，就微笑着招手让我进去。

“门从来不锁的，”她说，“你怎么会在一周的当中来了？”

“早上好。难道一个伙计不能来看看他最好的姑娘吗？”

“哦，你说起谎来真是不眨眼。要来一杯咖啡吗？我给你煎两个蛋怎么样？”她在炉子边忙着，我坐在厨房桌边，桌面上斑斑点点的都是锅子和水壶留下来的印痕，还有刀痕，以及一排排浅浅的写过信的字痕。晨光让我想起了我们第一次共用早餐的光景。

“抱歉我这么长时间没去应门，”她在嗞嗞响的炉子边上说，“我在和查理打电话。他去了费城，去处理一些零碎的事情。你一切都好吗？”

我差点想把一切都告诉她，从那晚我们带走他儿子开始，追溯到那个德国小男孩被换生灵抓走，直到乐谱被窃走的事。但她看起来饱经忧虑，承受不起这样的招供了，泰思也许还受得了，但这件事会伤了母亲的心。但不管怎样，我需要找个人，哪怕临时拉个人来，跟他说一说我过去犯的错，还有将来会犯的罪。

“我最近压力很大。看到了一些东西，疑神疑鬼的，就像噩梦缠身似的。”

“心神不宁是良心不安的迹象。”

“见鬼了。我要把原因弄明白。”

“你还在襁褓中时，你是我祈祷的回应，你小时候，还记得吗，我每天晚上唱歌哄你入睡。你是最甜美的孩子，想和我一起唱歌，但你唱不出音调。那当然变了。你也变了。好像自从那晚你离家出走后，你出了什么事。”

“好像魔鬼们在盯着我。”

“别相信童话故事。问题在心里，亨利，问题在你身上。活在你自己的头脑中。”她拍了拍我的手，“母亲了解自己的儿子。”

“我是一个好儿子吗，妈？”

“亨利。”她将手掌抚在我脸颊上，这是我自幼就熟悉的动作，于是，失去乐谱的痛苦减轻了，“你就是你，不管是好是坏，拿你自己创造的东西来折磨自己是没用的。小魔鬼们。”她微笑起来，仿佛有了一个新想法，“你有没有想过你对他们来说是不是真实的呢？把这些噩梦从你脑子里赶走吧。”

我站起来俯身和她吻别。这些年她待我很好，就像我是她的亲生儿子一样。

“我一直都知道，亨利。”她说。

我离开屋子，什么都没问。

我决心面对他们，我要知道他们为何要折磨我。为了赶跑这些魔鬼，我要回到森林中去。林业管理局提供了本地的地形图，绿色地带是林地，马路勾勒得很仔细，我在可能的地方画上方框，把深山老林划分成一块块可以琢磨的区域。整整两天，虽然我厌恶森林，憎恨大自然，还是搜索了几块地方，寻找他们的老窝。森林比我居住的当年空荡多了——偶尔听到啄木鸟的敲打声，看到在石头上晒太阳的小蜥蜴，竖起白旗逃跑的鹿，还有发出寂寞的嗡嗡声的绿头苍蝇。生命迹象不多，垃圾却是满地——一本胀了水的《花花公子》，一张红心扑克牌，一件破烂的白色T恤，一小堆空烟盒，一个军用水壶，一条放在一堆石头上的乌龟壳项链，一块停了的手表，还有一本敲着“县图书馆所有”的书。

除了封面上有点泥土，书页里有股淡淡的霉味外，这本书完好无损。它发霉的纸页讲述了一个名叫塔瓦特或逖亚瓦特的宗教狂热者的故事。我从孩提时期就不再读小说了，因为小说虚构的世界遮蔽了真实，而不是揭示真实。小说家构织精巧的谎言，让读者去发现字词和象征背后的意义，好像意义真的可以发现似的。不过我找到的这本书或许正适合一个十四岁的混混或某个不信教的人，于是我把它送回了图书馆。仲夏的那天，图书馆里一个人也没有，只有一个站在服务台后面的漂亮女孩。

“我在森林里找到这个。这是你们的。”

她看着这本小说，好像它是丢失了的珍宝，她清除书上的尘垢，翻开封底。“请稍等。”她翻查着一堆敲过章的卡片，“谢谢你，不过这本书没有被借出过。你忘了借出吗?”

“不是的，”我解释说，“我找到了它，想把它还给失主。我在找别的东西。”

“我能帮忙吗?”她的微笑让我想起其他很多图书管理员，一阵轻微的罪恶感刺痛了我的胸腔。

我靠过去朝她微笑，“你有没有关于妖怪的书?”

她停了一拍，“妖怪?”

“或者是仙灵、小魔鬼、北欧小矮人、换生灵，诸如此类?”

女孩看着我，好像我说的是外国语，“你不该这样靠在桌子上。那边有卡片目录，主题、书名、作者都按照字母排序。”

这场搜索不是事半功倍地找到了有用的信息，而是又引发了新一轮的搜索，我越来越好奇，跳出来的兔子洞也越来越多。我找仙灵一共找到了四十二个题目，其中十二个左右也许是有用的，但查找又岔到了妖精和妖怪的路子上去，然后又岔到了变态心理学、天才儿童和孤独症。午餐时间已过，我觉得头晕，胸闷气短。我在附近的便利店里，买了一个三明治和一瓶汽水，然后坐在空运动场的长椅上，思索着摆在面前的任务。太多的事情想要知道，太多的事情已被忘掉。在太阳不停的烘烤下，我睡了过去，三个小时后醒过来，手臂和左脸上有了难看的晒斑。图书馆洗手间的镜子里，一个分成两半的人瞪着眼——我的一半脸苍白，另一半脸通红。出门时，经过年轻的图书管理员的身旁，我试图只让她看到我的侧脸。

那天晚上，我的梦境带着历历细节回来了。我和泰思在当地一个游泳池岸上悄悄地说话，后面有几个人在转悠，不是晒太阳就是潜在冷冰冰的水里。吉米·卡明斯、奥斯卡·拉甫、查理叔叔、布瑞恩·安格兰德，他们像舞会中无人搭理的女子似的或坐或站。所有的图书管理员都穿着比基尼。

“你怎么样，亲爱的？”她调笑说，“还在被魔鬼追赶吗？”

“泰思，这不好笑。”

“对不起，但别人都没看到他们，甜心。只有你。”

“但他们就和你我一样真实。万一他们来捉爱德华呢？”

“他们不要艾迪，他们要你。”她站起来，扯了扯臀部的泳装，跃入泳池。我也跟着她跳进去，被这么冷的水吓了一跳，然后蛙泳游到中央。泰思游到我身边，她的身体越发显出线条感，更加优雅了。她把头抬出水面时，头发贴在脑壳上。她停下来站住，一层水从她脸上滑下来，像帘幕一般分开，这不是她的脸，而是一个妖怪的脸，可怕之极。我脸刷地惨白，不由自主地大叫，她立刻又变回了熟悉的样子。“怎么啦，亲爱的？你难道不知道我知道你是谁吗？告诉我。”

我回到图书馆，找了几本我要的书，坐到角落里的桌子边。这些研究，尤其关于妖怪的研究，其实错误俯拾皆是，不比神话或小说好多少。没有人准确地写过他们的习性和习俗，没写过他们生活在黑暗中，侦察人类小孩，寻找合适的人来交换，也没写该如何避免不速之客上门，又该如何保护你的孩子在任何时候都不遭受危险。我沉浸在这些童话故事中，变得对周遭环境万分敏感，刺耳的声音穿透沉寂。起初这噪音像是另一个读者懒洋洋翻着书时在地上偶然拖一下脚，或是一个图书管理员百无聊赖，在走廊上徘徊或者溜出去吸口烟。但很快，声音每分钟都来一下，在昏昏沉沉的寂静中越来越响。

有人做着深长而均匀的呼吸，好像入眠一样。这噪音从一个无法确定的方向传来。后来我听到墙里的摩擦声，我问漂亮的图书管理员，她说只有老鼠，但是刮擦声越来越明显，像是一支钢笔在一叠纸上刷刷地写。那天傍晚，在下面的深处，有人开始给自己唱起没有调子的曲子。我跟着这曲子来到儿童区的某个地方。周围没有人，我躺下来，耳朵贴着地面，手指在旧地毯上摸索，大拇指碰到一个坚硬的突起，好像是一个铰链或是弯曲的钉子。一块正方形的地毯剪裁得很仔细，差点就看不出来，它粘在那里，遮住了下面的一块面板或是一个入口。我正要查看，但一个图书管理员走过来清了清嗓子，把我吓了一跳。我不好意思地一笑，站起来喃喃地道歉，回到自己的角落里去。我确信有什么东西生活在建筑物的下面，考虑着该如何把他抓住，让他招供。

次日早晨，我的书乱成一团，题目的字母顺序被打乱了，所有的书签也都丢了。他们又来侦察我了。这天我都在假装看书，实际上却在倾听下面的动静，还去了一趟儿童区。方形地毯稍微有点突了出来。我趴在地上，轻轻拍打面板，发现地板底下是空的。说不定下面有一个或多个魔鬼在干活，策划阴谋诡计来折腾我的生活。一个红头发的瘦男孩在我背后吹了下口哨，我飞快地站起，在翻盖上跺了一脚，一句话都不说就走开了。

那男孩把我弄得紧张起来，我就走出去一直待在运动场上，直到图书馆关门。年轻的图书管理员注意到我来来回回好几次，但她转过身，假装无所谓。我又一个人了，我搜查地板寻找证据。如果他们跟踪我到了图书馆，就一定会打个洞，或者找一条通进图书馆的秘密通道。我第三次绕图书馆走时，在太阳的阴影下，我看到了他。在馆后的楼梯后，他像一个婴儿钻出母腹，从地基的一条裂缝里钻出来，在那里站了片刻，在昏暗的光线里眨巴眼睛。我怕他会袭击我，环顾左右想找一条路逃跑。他笔直朝我冲来，像是要用爪子擒住我的喉咙，但接着忽地转弯，如飞鸟般轻捷，快得我还没有看清楚他的样子，但他是谁已经毫无疑问。一个妖怪。危险过去后，我情不自禁地大笑起来。

我紧张了几个小时，开车到处转悠，接近午夜时，发现自己到了母亲家。她在楼上睡觉，我偷偷摸摸地进屋子取东西：一把地毯刀，一根铁锹，一圈结实的绳子。我从旧车库里偷了父亲的老煤油露营灯，它的铁丝把手上布满灰尘，触手冰冷。我点起灯，蜡烛芯噼啪直响，不过它总算复苏了，一团怪异的光芒充满了这个长期被忽视的角落。

前几个小时我一直睡不着，精神和身体都拒绝休息，除非这件事做好。在黎明前的微光中，我回到了图书馆，想了想建筑物的布局，然后一步一步地规划出该怎么做。耐心差点就弃我而去。妖怪可能会打草惊蛇，所以我忙着自己的事，好像什么都没发生一样。白天我读着一本关于非凡儿童、天才专家的书，他们头脑的某个方面被损坏了，只能通过一扇窗户来看世界，这扇窗户或是声音，或是数学，或是其他抽象体系。我要逼迫这个妖精说出古斯塔夫·安格兰德和我究竟发生了什么事。

比得到解释更为迫切的是，我不顾一切地想要拿回我的交响曲，因为丢失了它，我一个音符也写不出来了。为了让他送回乐谱，我可以不择手段。该理论时我会理论，该恳求时我会恳求，该偷的时候我会去偷回来。现在我已经不再是野蛮危险的人了，但我有责任让我的生活一如往昔。

毫无疑问，一整天地下那个声音就没停过。他回来了。图书馆里的人都走了以后，我在车子的前座打了个盹。三伏天的热气从车窗里涌进来，我睡着的时间比原先打算的长。星星升起来了，短短的一个盹使我又振作了精神。我像捆弹药带一样，把绳子一圈圈围在腰里，拿出工具，偷偷摸摸地来到边窗下。无法得知他们的地下世界到底有多深。我用毛巾包住手，一拳砸碎玻璃，打开玻璃窗，爬了进去。成排的书架好似迷魂阵般隐隐浮现，一本本的书盯着我在黑暗中蹑足到儿童区的每个动作。在紧张之下，我连划三根火柴才点亮煤油灯。上了油的灯芯冒出烟来，终于蹿出火焰。衬衫贴在我汗湿的背上，沉重的空气使得呼吸困难。我用刀子削去了方形地毯，看到它原来被粘在一扇小小的地板门上，用撬棒就能轻易打开。一个正方形的框子分隔了我们两个世界。

亮光透了上来，下面是一个狭窄的房间，乱扔着毯子、书籍、瓶子和碟子。我弯下腰想看个清楚，把头伸进地板门，他的脸突然出现在我面前，速度迅捷犹如一条出击的蛇，离我鼻端不过几寸。我顿时认出了他，因为他就是我小时候的样子，是我从前在镜子里的影像。他的眼睛使他无所遁形，眸子里除了灵魂之外别无其他。他一动不动地默默回视着我，眼睛也不眨动，他的呼吸与我的呼吸混合在一起。他面无表情，仿佛也一直等待着这一刻的到来，等待着一切的结束。

这个孩子和我的命运息息相关。孩子们总梦想着长大成人，而大人也怀念着他们曾经有过的童年，我们都在估摸着对方。他让我回想起许久之前我被带走的噩梦，突然之间，我久久压抑的恐惧和愤恨爆发出来。煤油灯的拉环嵌入我的指肉，我的左眼肌肉抽紧变形。孩子看着我的表情，颤了一下。他害怕我，生平第一次，我为自己从他那里取走的东西感到后悔，也意识到我为他难过的同时，也在为自己被偷走的生活而悲哀。为古斯塔夫，为真正的亨利·戴，为他无从得知的生活，为我从泰思和爱德华那里所拥有的一切，为我音乐的梦想。而谁又站在和我对等的位置上，却是我自己的分身？在这个孩子身上发生过多么可怕的事啊。

“对不起。”我说，他消失了。我望着他刚刚待过的地方，多少年的愤怒消却了。他走了，但在那电光石火的一瞬间，我们彼此面对，我的过去在我脑海深处解开了结，我撒手任它离去。我的血液中奔腾着一种欢畅之情，我深深吸了口气，感觉恢复了自我。

“等一下。”我冲他喊了一声，不假思索地抬起身，两脚朝下滑进了入口，落在一地灰尘上。图书馆下面的空间比我想象的要小，站起来时我在天花板上撞到了头。他们的洞室中一片昏暗，我只好把煤油灯拿过来看个清楚。我弯着腰，借助灯光寻找这个孩子，指望他能回答几个问题。我只想和他说说话，原谅他，也让他原谅我。“我不会伤害你的。”我在黑暗中大声说。我把绳索解下，连同地毯刀一起放在地上。生锈的煤油灯在我手里吱吱作响，亮光铺满了屋子。

他缩在角落里，像头落入陷阱的狐狸一样朝我大喊大叫。他的表情就是我自己的恐惧。我走过去时，他颤抖起来，转动目光想找地方逃跑。灯光照亮了墙壁，他周围的地上堆的都是纸张和书本。在他脚边，用麻绳捆着的是厚厚的一摞手写稿，边上就是我失窃的乐谱。我的音乐还在。

“你听得懂我的话吗？”我朝他伸出手，“我想和你谈谈。”

孩子一直看着对面的角落，好像那里有什么人或东西，我转过头去看时，他从我身边跑过去，撞到了煤油灯。生锈的灯绳断了，灯飞了出去，玻璃撞在石头墙上。毯子和纸张立刻就着了火，我从火焰中抢出乐谱，在腿上拍了几下才把页边上的火舌扑灭。我退到顶上的出口处。他却好像被钉在原地似的，满脸惊愕地抬头看着，我爬出洞口前，最后一次叫了他的名字："亨利——"

他的眼睛睁大了，打量着天花板，仿佛发现了新世界。他朝我转过身，微微一笑，说了些听不明白的话。等我到了楼上，一股烟气从下面的洞里升起来，跟着我从打破的窗口出去，火焰舔上了书架上的书。

火灾过后，是泰思救了我。我因自己造成的损失郁闷不堪，在家闷闷不乐了几天。虽然火烧儿童区不是我的过错，但我深深地痛惜那些烧掉的书籍。孩子们需要新的小说和童话故事来伴他们度过噩梦和白日梦，来化解他们因无法再当孩子而产生的悲伤和害怕。

警察走后，泰思和爱德华就从她堂姐家回来了。我好像成了嫌疑犯，因为图书管理员报告说我老去那里，而且"行动古怪"。消防员发现了灰烬里的煤油灯，但那是我父亲的东西，也无法和我挂上钩。泰思接受了我牵强的解释，警察第二次来时，她跟他们说了个善意的谎言，说那晚火灾时，她正跟我通电话，她清楚地记得自己把我从沉睡中惊醒的。因为没有证据，这件事就不了了之了。据我所知，这起纵火罪没能结案，而当地人传说好像是那些书自己突然着火的。

开学前几周，泰思和爱德华待在家里，这让我既安心又惶恐。他们的存在安抚了我火灾之后的脆弱心灵，但有时候我都不敢看泰思的眼睛。我因为她的同谋而深感负疚，就想找个办法来向她坦言事实，而她或许也猜到了我日渐焦虑的原因。

"我觉得有部分责任，"泰思吃饭时跟我说道，"但帮不上忙。要不我们为重建图书馆做些什么吧。"她一边吃羊肉，一边提出了一个为图书馆募集资金的方案。这个方案细节备至，于是我知道泰思自从回家后就一直在考虑这件事了。"我们还要发起一次捐书动员会，你可以举办一个音乐会，为孩子们办点好事。"

我目瞪口呆，又感到一阵轻松，没有提出异议。此后几周，我一下子活跃起来，抛开了对矜持和私密感的要求，大家用箱子装着他们的童话书和儿歌来了，一天到晚从门口涌入的都是整盒整盒的书，堆进乐室和车库。我隐居的地方成了好心人的蜂窝。电话铃响个不停，都是来自愿提供帮助的。除了书籍惹出的喧嚣，音乐会的策划也打破了我的太平日子。一名艺术家造访我家，拿来了音乐会的海报设计。预订票从我家的客厅里售出去。星期六上午，路易斯·拉甫和他十几岁的儿子奥斯卡坐着卡车来了，我们把管风琴放到后车厢里，运到教堂里去。排演是每周三个晚上，学生和乐师们一段一段地演练。生活快得晕眩的节奏和嘈杂的声音使得我精疲力竭，也无力再去思量心中斗争的情绪。我被卷入泰思发起的活动中，随着演出日期的临近，只能全心全意地练习音乐。

十月末的那个晚上，我看到观众排队从两侧进入教堂，来观看《失窃的孩子》的首场公益演出。因为我要弹管风琴，就把指挥棒交给了奥斯卡·拉甫，我们曾经的“封面男孩”鼓手吉米·卡明斯来敲定音鼓。奥斯卡特地为此租了件晚礼服，吉米也剃了头，跟我们以前的形象相比，现在可是光彩多了。我在特威的几个老师同事坐在后排，甚至我小学里硕果仅存的几位修女也来了。我的妹妹们还是一副热情洋溢的样子，穿着正装，领口别着珍珠，她们的左右分别坐着母亲和查理，查理朝我挤眉弄眼，好像要传达他对我无与伦比的信心。但最让我吃惊的是，艾琳·布雷克也在她儿子布瑞恩的陪同下来了，布瑞恩正好回乡探亲。他们进来时，我吓了一跳，但我越是细细地打量他，越是觉得他和爱德华并不相像。谢天谢地，毕竟除了外貌，爱德华处处都像他母亲。他打理了头发，第一次穿上西装打上领带后，看起来就全然是另外一个男孩了。想到儿子终有一日会长成男人，我既骄傲，又感慨童年的短暂。泰思不停地勾唇微笑，那是她的招牌笑容，她也应该笑，因为我很久前就许诺要写的这支交响曲现在快要成为她的了。

牧师打开吱吱响的窗户，放入了清爽秋夜里的新鲜空气，一阵微风穿过神坛和中殿。考虑到声效，管风琴放在半圆形的壁龛中，大家各就各位后，我背对观众和其他的乐队成员，用眼角的余光只能看到奥斯卡挥动着指挥棒。

音乐一开始，我就决心要讲述一个故事：孩子被偷走、替换，孩子和换生灵都坚持活下去了。不同于通常情况下和观众保持的距离和疏离感，表演中传达着一种紧密相联的感觉。他们敛声屏气地默默等待，我能感受到两百双眼睛的注视，我知道在什么时候可以任情挥洒，为他们演奏，而不是为了取悦自己。序曲表现了交响曲的四个篇章：觉醒、追求、悔恨、拯救。当我从琴键上抬起手，提琴用拨指弹奏来表现换生灵的到来时，我感觉他就在附近。那个我无法拯救的孩子。奥斯卡对我挥手，示意我弹奏管风琴的间奏曲，我从敞开的窗口看到了那个孩子。他看着我为他演奏，听着我们的音乐。第三乐章速度放慢后，我更多次地去看他望着我们的样子。

他目光严肃，专心地听着音乐。在第四乐章的舞曲中，我看到他肩上背着包，好像准备远行。我们之间唯一的语言就是音乐，因此我单单为他演奏，在乐曲声中忘了自己。在这一乐章中，我想教堂中是否还有其他人看到窗口这张陌生的脸，但当我再度望向他时，那里只剩下漆黑的夜色。华彩乐段响起，我意识到他已将我独自留在这个世界中，再也不会回来。

管风琴最后的音符消散后，观众不约而同地站起，为我们拍手跺脚。我转过身，面向欢声雷动的朋友和家人，扫视着人群中的各个面孔。我几乎是他们中的一员了。泰思把爱德华抱起来一同喝彩，看到他们兴高采烈的样子，我放松了戒备。我知道该做什么了。

泰思，我写的这份自白是恳求你的原谅，这样我才能毫无保留地回到你的身边。音乐带我走了一程，但最后一步是真实。我恳求你的理解和接受，无论我叫什么名字，我都是我。我应该很久以前就告诉你，只盼望现在为时未晚。我多年努力再次做人，靠的是你对我和我的经历的信任。面对那个孩子，也让我解脱了束缚来面对自己。我放手过去，过去也放开了我。

他们偷走了我，我在森林中和换生灵生活了很长很长时间。当终于轮到我时，我接受了自然的安排。我们找到了男孩戴，和他交换。我已尽力寻求他的原谅，但或许那孩子和我已经走得太远，无法再接近了。我不再是曾经的那个男孩，他也已经变成了另一个人，一个全新的人。他走了，现在我是亨利·戴。

36

亨利·戴。无论说过、写过多少回，这两个词仍然是一个谜。仙灵们唤我安尼戴那么久，我已经成为了这个名字。亨利·戴另有其人。最后，在我们观察了他几个月后，我不再嫉妒这个人了，只是对他稍感同情。他变得这么老，绝望弯下了他的腰，刻上了他的脸庞。亨利拿走了我的名字和我本该享有的生活，并让它从指尖溜走了。居住在这个世界的表面是如此奇怪，束缚于时间，迷失了本性。

我回去拿我的书。图书馆外的相遇吓坏了我，为此我等了一晚上，在黎明前才从裂缝钻进老暗室里，点亮一支蜡烛来照路。我读着自己的故事，感到满意，试着哼唱起亨利曲子的音调。我把自己的手稿、自从第一次来后攒下来的纸，还有斯帕克的信捆成一束，亨利的乐谱捆成另一束。剩下的一些我打算留在房间角落里他的桌子上。我们的恶作剧结束了，时间已经给了我补偿。上面的玻璃发出“哗啦”一声，像是窗户打碎了撒了一地。一声令人作呕的惊呼，门“砰”的一响，随后脚步声朝隐藏的地板门而来。

或许我应该在第一时间逃跑。但我从害怕变得激动起来，这种感觉很像很久以前每天在门口等父亲下班回家，等他用双臂抱住我，也像在森林中最初的那些日子，期待着斯帕克突然出现，安慰我的寂寞。我对亨利·戴没有这类幻想，这么多年后，他无疑并不会与我为友。但我不恨他。我准备好了要说的话，我会宽恕他，递上他失窃的乐谱，告诉他我的名字，然后和他道别。

他在锯这块毯子，要找出进入这个小窝的办法，我在下面踱步，考虑是否该帮他的忙。过了很久，他找到了门，提起铰链把它打开了。灯光从上面泻下来，仿佛阳光穿透黑森林。一个正方形分割了我们两个世界。突然间，他的头探入方框，朝黑暗中张望。我冲到入口处，直直地看着他的眼睛，他的鼻子离我的鼻子不过六寸。他的样子使我不安，因为他脸上没有任何友善与认识的迹象，只有狠戾的憎恶，他的嘴唇扭曲着像要发出怒吼，怒火从他眼中迸射出来。他像一个疯子似的从洞口爬入我们的世界——一只手里拿着火把，另一只手里拿着刀子，胸口还挂着一圈绳子——然后把我赶到角落里。“走远点，”我警告他说，“我一拳就能把你从这里打出去。”但他还在过来。亨利为他将要做的事情道歉，把灯举到我头顶上，我从他右边跑过去。他把火朝我背后扔过来。

灯玻璃碎了，火焰像水一般泼在一堆毯子上，羊毛冒烟起火，火光直奔我的纸张而去。我们在烟雾弥漫的亮光中两两相望。火焰咆哮着烧得更亮了，他冲上前捡起所有的纸张。看到他的乐谱和我的画，他的眼睛睁大了。我伸手要拿书，只担心斯帕克的信，他把它扔到角落里，随我去拿。我转过身时，亨利·戴已经走了，他的武器——绳索、刀子和铁棒——都在地上。地板门“砰”的一下关了，但上头还开着一道长长的窄口子，火焰往上烧，把整个房间照得亮堂堂的，犹如太阳洞穿了墙壁。

强光之下，天花板上出现了一幅画。通常在黑暗中，那上面的线条看起来不过是地基上的一些裂缝和斑点，但当火苗烧得更旺，轮廓也明亮起来，闪闪发光。这个形状让我困惑，但我看懂了一些片段后，整个也都清楚了：美国凹凸不平的东海岸，五大湖的鱼形轮廓，辽阔空荡的平原，落基山脉，一直到太平洋。在我头顶的正上方，墨笔画出的密西西比河将国土一分为二，在密苏里州的某个地方，她的轨迹跨越河流，一直向西。斯帕克标明了她的出走路线，画下了从我们山谷到西海岸的地图。她一定独自在黑暗中干了几个月甚至好几年，胳膊弯向天花板，在石头上一点一点地刻，或用粗糙的毛笔来画，她不给别人看，希望有朝一日她的秘密能被发现。在国家的轮廓线外，她还在坚硬的水泥上刻画了大量图画，这么多年来我都没有看到。她刻了好几百幅图画，画样原始，孩子气十足，图画重叠着图画，故事写在前一个故事之上。有些画看起来很古老，像是史前人类在这里用壁画形式留下了记忆：树上飞起的一群乌鸦、一对鹌鹑、溪边的鹿。她画了野花、樱草、紫罗兰和百里香。这里有她梦中的东西，长角的人带着步枪和猛狗。精灵、小魔鬼和妖精。伊卡洛斯①、毗湿奴②和加百利天使。还有现代卡通：依格奈及鼠朝疯狂猫扔砖头③，小尼莫睡在奇境中④，可可从墨水池里跳出来⑤。一个抱着孩子的母亲。一群鲸鱼跃出波涛。牵牛花藤缠绕着编织的花环。图画在舞动的火焰中一一展现。温度已经热得像烤炉，但我没法从她异想天开的设计中离开。在最黑暗的角落中，她画了一只左手和一只右手，大拇指对在一起。十二种字体写着她的名字和我的名字。两个人在山上跑，一个男孩的手插在蜂窝里，一对读者背靠背坐在堆积如山的书籍上。通往外界入口的天花板上，她刻了“和我一起来玩”这几个字。火焰吮吸着氧气，奔腾的空气冲入我的心中，吹开了我的心。我得离开了。

我细看斯帕克往西的路线，希望能把它记在脑子里。为什么我从来都没想过要抬头看一看呢？一片灰烬爆裂开来，在我眼皮下像魔鬼似的飞舞。烟气和热度充满了整个房间，我收好麦克伊内斯的书和其他几张

---

① 希腊神话传说中发明家代达罗斯的儿子，因插上蜡制的翅膀飞近太阳而死。

② 印度教的保护之神。

③ 漫画家贺利曼所创的疯狂猫连环漫画中的人物。

④ 温瑟·麦卡西从 1905 年到 1911 年创作的《梦境中的小尼莫》中的主人公。

⑤ 麦克斯·佛莱雪在 1916 年到 1929 年创作的《墨水瓶人》和《小丑可可》中的人物。

纸，跑到出口处，但我的包裹却塞不出裂缝。另一块毯子着火了，热浪将我掀倒在地。我撕开包裹，纸头散了一地。手边是斯帕克的信和几张散落的小孩图画，我把它们按在胸口，然后从裂缝中挤了出去，外面是清凉的夜晚。

星星已经出来了，蟋蟀疯狂地拉着弦。我的衣服有股焦味，许多书页的边缘有焦痕，我的发尾烤焦了，裸露的皮肤到处都发痛发红，好像被晒伤似的。每走一步，疼痛就从光秃秃的脚底蹿上来，但我还知道要赶紧离开着火的建筑物，我跑向森林时，又丢了好几张纸。图书馆呻吟了一声，地穴上的地板沉陷下去，几千册故事书付之一炬。我躲藏在绿林中，听到消防车拉响警报过来救火了。我把纸张藏在衬衫底下，开始漫长的回家之路，想着亨利眼中疯狂的神色和所有丢失的东西。在一片漆黑中，萤火虫忽闪着它们表达渴望的旗语。

我肯定斯帕克做到了。从这里去到那里，然后生活在布满礁石的海岸上，明丽的太平洋与她日日为伴，她在退潮后的水潭里寻找贻贝、蛤蜊和蟹，睡觉就在沙滩上。她会像莓果一样地黑，头发纠结成团，胳膊和大腿因为在海里游泳而如绳子般结实。她深深吸一口气，就能呼出她横越国家的经历：走过宾夕法尼亚州的松林，走过中西部的玉米地、小麦田和大豆田，走过堪萨斯州的向日葵，走过大峡谷的深沟险壑，落基山脉夏天的皑皑白雪，还有彩色荒漠，终于看到了大洋，哦，多么快乐啊！然而，你为何姗姗来迟？我会把我的故事讲给她听，这个故事和亨利·戴的故事，一直讲到我再次睡倒在她怀里。只有如此想象，我才能忍受疼痛。这个梦想支撑着我一步步艰难地朝家走去。

次日早晨我回到营寨，仙灵们对我关怀备至。奥尼恩斯和贝卡走遍森林找来香膏涂在我起泡的脚上。卡维素芮一瘸一拐地去水池汲来一壶凉水，浇灌我焦渴的喉咙，洗去我皮肤和头发上的烟灰。我的老朋友们坐在我身边听我讲这次历险，帮我抢救我仅存的文学作品。过去的一切，只有几小片存留了下来，还能证明它曾经存在过。我把我所能记得的斯帕克画在天花板上的地图和她留下的艺术品都告诉他们，希望能把它存在大伙儿的集体意识中。

“你是要记住的。”鲁契克说。

“要靠脑子，它是你头颅里一架精密的机器，”斯茂拉赫说，“我仍然能准确地想起来我第一眼看到你的感觉。”

“记忆丢失了什么，想象会再次创造出来。”卡维素芮和我的老朋友待在一起太久了。

“有时候我不知道生活中的奇怪变故是当真发生过呢，还是我想出来的，也不知道我记得的事情是真实的呢，还是梦中的。”

“头脑常常会创造自己的世界，”鲁契克说，“为了帮忙消磨时光。”

“我需要纸。你还记得第一次给我弄来纸头吗，鲁契克？我永远不会忘记你的好意。”

我把斯帕克天花板上的地图从记忆中画到她信的背面，此后几周，我让斯茂拉赫给我找国家的详细地图，还有任何他能找到的关于加州和太平洋的书。她可能在北海岸的任何地方。我无法确定我能在如此广阔的土地上找到她，但可能性使我一开始就坚持了下去。我每天都静静地坐在营寨的户外写作，我的脚伤痊愈了，炎热的八月也渐渐过渡到了凉爽的早秋。

当枫叶燃烧成红黄色，橡树叶也变成松脆的棕色，一种奇怪的声音不时地从镇子飘过山岭，传到我们营寨。寂静的夜里，音乐从教堂发出，响响停停，不时被其他声音打断——高速公路上的交通声，周五晚上橄榄球赛观众的狂呼声，还有侵入现代生活的絮絮叨叨的杂音。音乐犹如一条长河，在森林中分流而来，从山岭上漫溢下来，一直淌到我们的峡谷中。听到这突如其来的声音，我们都愣住了，驻足倾听，好奇得不能自已。鲁契克和斯茂拉赫出发去寻找声源，十月末的一个晚上，他们上气不接下气地带着消息回来了。

“再待上一阵，a stoirín[①]，快要准备好了。”

我正在火光下用皮带捆扎我的旅行包。“什么快要准备好了，朋友？”

他清了清嗓子，发现还是没有引起我的注意，又响亮地咳嗽了一声。我抬起头看到他满脸堆笑，鲁契克则举着一张平铺的海报，那几乎和他一样大。除了手脚，他的整个身子都遮没在海报后面。

“你拿反了，鲁奇。”

“反正你怎么都能看。”他抱怨一声，把海报倒过来。教堂音乐会定于两天后举行，吸引我注意的不仅是这个标题，还有标题下面的木版画，画中两个人在打斗追逐。

“哪个是仙灵，哪个是孩子？”

斯茂拉赫想了想这幅艺术品，“无论你怎么想，你都有可能既对且错。不过你会留到去听交响乐吧？是亨利作的曲，他还要表演管风琴呢。”

“你不能错过这个，”鲁契克说服我说，“再等一两天而已，旅途长着呢。”

我们最后一次一起淘气，走进了黑森林，挨得很近但没被人发现，心里充满勇气和欢欣。音乐会当晚，我们躲藏在墓地里，人们排队进入教堂，交响曲的开场音符从窗口翱翔出来，在墓石间回荡。序曲宣告了他的宏伟主题，最后是长长的一段管风琴独奏。我承认，他弹得很美，我们走过去，一个接一个从墓石后面站起，来到教堂窗边。贝卡搂着奥尼恩斯，在她耳边低语。她被他的笑话逗得大笑，他把手掌捂在她嘴上，直到她拼命喘气，安静下来。卡维素芮模仿着指挥者，双手在空中挥舞出弧线和波线。我的亲密老友，鲁契克和斯茂拉赫，靠在教堂墙上

① 爱尔兰语：小宝贝。

抽烟，望着满天繁星。

我紧握着肩上的包裹背带——我现在到哪里都带着我的书——绕到一扇后窗，壮胆朝里看。亨利背对着观众，摇晃着身子弹奏管风琴，脸上是聚精会神的表情。当他合上眼，与起伏的音符一起运动时，他沉迷其中。下面几节只有弦乐器演奏，他从窗口看到了我，但平静的表情并没有离开他的脸。亨利变了，比以前年轻了，更像一个人，而不是魔鬼。我不会再想他，也快要走了，至于他是否知道我打算离开，我就不得而知了。

教堂靠背长椅上的听众都被这小型音乐会迷住了，但我非常肯定如果有人发现我在窗外观看，他们一定会冲过圣坛，跑到墓地里来的。因此我只有极少的机会远远地瞧他们几眼，我一下子认出了坐在第一排的亨利的妻子和儿子爱德华，谢天谢地我说服了贝卡和奥尼恩斯放过这孩子。其他大多数人我都不认识，我很希望能看到妹妹们，但当然啦，她们在我记忆中仍然是长不大的孩子。一位年长的妇人听音乐时用手指按着嘴，似乎有一两次朝我这边看来，这个动作使我想起了母亲，这是我最后一次见她了。我几乎想爬进窗口，向她奔去，把脸放在她手中，让她抱住我，认出我，但我的位置并不在他们之中。再见，亲爱的，我悄悄对她说，明知她听不到，还是希望她能懂。

亨利微笑着弹琴，音乐犹如一本书，述说着一个似乎是作为礼物的故事——仿佛他用我们共同的语言传达了他的心声。有点悲哀，也许，有点悔恨。对我而言足够了。音乐将我们送往两个方向，好像一个在上，一个在下，在间奏曲中，在音符的空隙中，我觉得他也想说再见，作别双重生活。管风琴呼吸着，送出一个个声音，然后归于沉寂。“安尼戴。”鲁契克低声说，我从窗口下到地面。停了一两秒，人们欢声雷动。我们这些仙灵一个接一个站起来，消失在降临的黑暗中，飘过墓石，回返森林，好似从未处身于人类之中。

我已经和亨利·戴两不相欠了，打算明天就走。这个版本的故事写的时间没有再创作那么长。我不想把所有的事情都写下来，也不想详细解释我所了解的法术，更不想细说隐居在地下的人们。我们这一族人数寥寥，已无足挂齿。现代世界中，孩子们的麻烦多得多，一想到真正潜伏着的危险，我就不寒而栗。如同众多的神话故事，我们的故事终有一日不会再被讲述，也不会再有人相信。到了最后，我哀悼所有失去的人，怀念所有留下来的亲爱朋友。奥尼恩斯、贝卡、卡维素芮，还有我的老伙计斯茂拉赫和鲁契克也满足于原来的生活方式。他们是这世上的芸芸众生。没有我，他们也会过得很好。有朝一日我们都会离去。

如果你们有机会碰到我母亲，告诉她我珍守着她所有的爱心，永远想念着她。对我的小妹妹们问个好，为我吻一吻她们胖乎乎的脸蛋。要知道我早晨离开时，是带你们同行的。一直往西，到水边去寻找她。心脏里搏动的不止是血液。名字、爱、希望。我把这个留给你，斯帕克，万一你回来，我们或许会彼此思念。如果是这样，这本书送给你。

我走了，不会再回来，但我记得一切。

导 读[1]

问：您好像了解很多“换生灵”的事情。《失窃的孩子》中有多少自传成分？

答：据我所知，我并不是一个换生灵。我也不是作曲家或者音乐家。更不是人类学家或民俗学家，也没有吃虫子或者在波西米亚演奏管风琴的经历。如果说我和这些人物，或者这种神话生物——有生命的以及无生命的——有任何相似之处，真是纯属巧合。当然，这本书的风格和主题违背了有关成长、心碎、创造力和渴望的深刻真相，不可避免，任何艺术作品都源于创造者的内心体验。

问：我了解到这部小说最初是受到威廉·巴特勒·叶芝诗歌《失窃的孩子》的启发。请您给我们讲一下其中的关联以及相关的爱尔兰民间传说。

答：怎么说呢，我一直到去上大学的时候才知道自己是有爱尔兰血统的。提到爱尔兰的特质，在那个时候，大家都有一种刻板印象——矮妖和圣帕特里克节[2]等等。我觉得我父亲肯定有那么一张爱尔兰唱片，但他很可能在听马哈里亚·杰克逊或者赫布·艾伯特，而我更喜欢听“美国派”，读美国书籍或者看美国电视和电影。能遇到像叶芝这样的诗人，让我对他诗歌中的韵律和氛围产生发自内心的情感，这对我来说很

---

① 此文译自凯斯·唐纳胡的一次访谈。

② 圣帕特里克节（St. Paddy’s Day，St. Patrick’s Day），为每年的 3 月 17 日，是为了纪念爱尔兰守护神圣帕特里克。这一节日五世纪末期起源于爱尔兰，如今已成为爱尔兰的国庆节。

是惊喜，尤其是《失窃的孩子》那首。这首诗其实并不是关于仙灵的，更多的是关于来自自然界的意象——苍鹭、湖泊和灯芯草，与铁架上的茶壶、麦片柜子里的老鼠这样的家庭生活形成强烈的对比。

所以呢，我很早之前就知道这首诗，有一天，我闲逛到一家二手书店，偶然发现一本弗兰・奥布莱恩[①]的《双鸟嬉水》，我掸去这本童话故事书上的灰尘，让它重见天日。其中有个地方是围绕着一个“恶精灵”（一种低劣的魔鬼）和一个“善精灵”的对话展开的，这些精灵没有形状，大部分时间在他的口袋里度过。这个情节非常有趣、现代，而且很具有颠覆性，就这样我开始了关于“换生灵”传说的写作。

问：“换生灵”的传说来自哪里？《失窃的孩子》中关于“换生灵”的部分有多少是纯属虚构的？

答：趁着我还没忘，有几根线还需要理一理。水童合唱团，一个凯尔特人摇滚民间乐队，录了一个版本的《失窃的孩子》，在我的脑海中产生了深刻的印象，他们录得很好，完全抓住了其中的感情色彩。另外一个影响是来自莎拉・赫迪[②]的一本书《母性：解开母亲、婴儿与天择之间的历史纠葛》，这本书从社会人类学家的角度讲述了“换生灵”的传说。书中写了中世纪的时候父母将天生缺陷的孩子直接抛弃的行为——借口“发育不良”——以及他们如何为这种杀婴行为辩护，并虚构出这种煞费苦心的神学上的解释：他们的“正常”孩子在婴儿时期不知怎么被邪恶的生命替换了。于是，关于这个问题的很多民间故事和传说在西欧地区盛行起来，就像大部分这样的故事一样，衍生出数不清的

---

① 弗兰・奥布莱恩（Flann O’Brien）为爱尔兰文学家布莱恩・欧诺兰（Brian O’Nolan，1911—1966）从事英文小说创作时选取的笔名。他一生从事小说戏剧及专栏写作，其后现代主义经典小说《双鸟嬉水》（At Swim-Two-Birds）入选《时代》杂志二十世纪百部最佳英语小说。

② 莎拉・赫迪（Sarah Hrdy，1946— ），美国人类学家和灵长类动物学家。

各种版本，所以我决定将这个故事带到美国来，为这个群落编制了一些规则——最重要的是，他们如何成为换生灵，以及他们如何换回人类的过程。这本书的目的呢，就是我需要一种方式创造一个角色，这个角色可以永远待在一个孩子的身体里，他在很长很长的时光里一直是孩子的模样，最后终于又回归到人类的生活中。

问：这部小说带来了一些很有趣的问题，关于告别童年，以及自我探索的本性，因为无论是亨利还是安尼戴都在他们各自的世界努力挣扎着寻找自己的位置。您是否在写作过程中，就已经考虑到这样宏大的主题呢？

答：是的，在写作之前就想到了，最重要的是，我思索了儿童早期的成长，以及有那么一段时间，孩子们开始意识到自己不过是与芸芸众生一样的凡人，这个时候自我意识就朝着适应其他意志的转变，但我关心的是，在准备上学的时候——六岁或者七岁，就像亨利那样的年纪，如何朝着自我认知和自我归属的方向跨越一大步的。

然而，在我写作的过程中，我发现随着我创作的变化，这些主题也在不断变化。这本书通过写作的过程而呈现出来，比如，直到第一章结尾的时候，我才想起来亨利本身是一个德国小男孩，这个想法是一瞬间从脑子里冒出来的，因为当时他的妈妈在给他读《格林童话》。我心想，如果亨利从孩提时代就记得这样的童话，他就会开始追寻的过程，这样看起来也是合理的，他的记忆是有偏差的——他是从德国记得这些故事的。然后我又写……

问：这点很有意思，您说您并不知道亨利会是一个德裔美国人。在写作过程中，你有没有过其他的想法呢？比如，他注定是个音乐家吗？

答：在写作和修改的过程中，关于亨利、安尼戴以及其他角色会有各种各样的发现。我最开始就是用一种最普遍的概念，两个人物从不同的角度对这个世界的一种响应，虽然并不相悖。沃林格[①]有一本影响巨大的关于艺术史的书，《抽象与移情》，其中着眼于早期的现代主义绘画，并试图解释这种朝着抽象艺术迅速转化的情形。沃林格追溯人类通过抽象或移情对待自然世界的神经冲动。当安尼戴成为仙灵，与自然产生了移情，我意识到另一个主要人物就要更抽象地来看待自然。我知道我想让亨利成为某种艺术家，而在所有形式中，音乐给予这位抽象思考者一种报答。所以他是一位音乐家，后来成了作曲家。他把他脑海中的音乐给我们展现出来。他讲述自己的故事。当然，安尼戴也是如此，虽然他为我们创造的是诗歌和故事。

问：给我们讲一讲您为什么要通过两个叙述者交替的方式来讲述这个故事，这个过程有遇到什么特别的挑战吗?

答：我有一段时间很难在我脑海中把这两者理清。我读过一些不止一个叙述者的书，这种手法看起来正适合这本小说，毕竟是分裂的自我。写完前两章的时候，故事及时地分开，有时候会通过不同的视角来交叉讲述同一件事情，又在故事结束的时候及时地合在一起。设定情节是一个很复杂的过程。

另一个难点是试图用两种不同的第一人称来讲述本质上其实是同一个人——原来的亨利，以及想要成为亨利的人——但又要有充分的不一样的地方来把两者区别开来。因为两个叙述者都是以回忆的方式来讲述，他们有能力实现成熟的写作方式。可是，当然，安尼戴一直被禁锢在一个七岁孩子的身体里，所以对于他的叙述方式我有很多小的想法。他既是七岁，也不是七岁。安尼戴仍然像第一次一样来看待这个世界，但在书的结尾，他差不多和亨利一样，只是依赖于回忆而生活着。

---

① 威廉·沃林格（Wilhelm Worringer，1881—1965），德国艺术史学家。

问：这本书的很多潜台词里，其中最有意思的就是森林的消失以及神话的消失。这两者有关联吗？

答：对我来说，在森林里孤独地生活，最妙的事情就是被惊奇所吞噬。华莱士·史蒂文斯[①]有一首诗叫做《雪人》，其中一个人拥有“冬日的情怀”，站在雪地里聆听，“物我两忘，摆出注目的姿态：本来无一物，虚无即存在。”那种与自然世界之间产生简单又与存在主义相关的超越的机会就减少了，不只是因为我们在以前树木生长的地方建起了越来越多的房屋，也是因为我们生活中的信息传播在不断增强。我们每天受到来自电视、互联网、广告等媒介的成千上万条信息的轰炸，很容易就忘记了那些静静存在的神奇世界，以及我们身边发生的那些美妙的事情。与其说是神话、宗教或艺术的消失，不如说是我们不那么需要或想要这些故事和想象在我们生命中创造意义了。我们没有妖术。这就是我为什么把这当作是写给大人看的童话故事，并对妖术进行了颠覆性的使用。读完这本书后，去森林里走一走吧，记得你来自何处。

问：您是否认为《失窃的孩子》属于奇幻文学？

答：现在似乎有数不清的文学作品创造的时候忽略了过去对流派的划分。对于不可能存在的事物非常逼真的描绘——麻瓜和巫师、时间旅行者、寻找吸血鬼的历史学家、返老还童的人，等等——而我会把自己摆放在所有这些让人愉快的事情当中，而不是——严格地说——一个奇幻作家。这也不是二十世纪末或二十一世纪初才有的虚构。《仲夏夜之梦》中就有个换生灵王子和精灵，描述了很多关于爱情和妖术的情节。

---

① 华莱士·史蒂文斯（Wallace Stevens，1879—1955），美国著名现代诗人。

从格林兄弟到布尔加科夫[1]，从加西亚·马尔克斯[2]到村上春树，作家们一直取材于想象的或者传说的元素，并逼真地描绘人类的情况。叶芝的《失窃的孩子》吸引我的不是关于仙灵的部分，而是关于人类的孩子的部分。

问：这本书是否代表您未来的写作方向？

答：再写一本关于换生灵的故事？有可能，不过我一直在努力保持被吸引和吸引别人。就如书中的鲁契克所说："头脑常常会创造自己的世界，为了帮忙消磨时光。"我已经开始创造下一个小世界了。

问：给我们讲一讲您作为作家的背景吧。

答：我是一个儿童小说家，总是在讲故事，并把它们写下来。在大学的时候，我是一个写作能手——诗歌、戏剧和小说——我凭借"创造写作奖学金"完成了学业。之后的几年里，我零星地写了一些东西，在小杂志发表了几篇短篇小说，但是我写作的时间很少，因为家庭责任越来越重。一九八四年，我开始了职业写作生涯——最初，是在美国艺术基金会，我在那里做文秘，比抄写员巴特尔比[3]好那么一点。写演讲稿的人一九八九年离职了，他们把这个机会给了我，接下来的八年时间里，我为这个机构的主席写了几百篇演讲稿和文章。但真正的梦想却被耽搁了，尽管我的妻子和家人一直鼓励我。

---

① 米·布尔加科夫（Mikhaíl Afanasyevich Bulgakov，1891—1940），二十世纪上半叶的苏联小说家、剧作家。

② 加西亚·马尔克斯（Gabriel Garcia Marquez，1927—2014），哥伦比亚作家、记者和社会活动家，拉丁美洲魔幻现实主义文学的代表人物，1982年诺贝尔文学奖得主。代表作有《百年孤独》。

③ 美国作家赫尔曼·梅尔维尔（Herman Melville，1819—1891）的《抄写员巴特尔比》中的主人公，纽约律师的小文书，因拒绝工作而被捕入狱。

所以我决定继续回学校，拿到博士学位，去教书，这样就有很多空闲时间来写作了。我读的是在职，花了十年时间，但等我读完的时候，却找不到教书的工作。我就继续忙着写联邦儿童保健政策，之后离开了政府来到艺术和文化中心。

问：您是怎么想到写这样一部小说的？出版有没有遇到艰难的时候？

答：所有这些各种各样的想法都在我想象的大黑锅里沸腾冒泡——关于艺术，关于分裂的自我，关于文化人类学，以及关于神话。书里刚开始有个场景，亨利从家里跑了出来，藏在了树洞里。我可以看到他就在那里，可以感受到他脸上的皮肤，可以想起那种成功藏起来的骄傲。身边再一次都是艺术家，这激励我再给我的梦想最后一次机会——听从查理·帕克的建议："弹奏吧，孩子。"写这本小说我一共花了八个月的时间，但是完成后却被一家又一家代理拒之门外。真的很难再对它抱有信心，因为在这个过程中，我的母亲在与癌症抗争了很长一段时间之后离开了这个世界，我也被中心开除了。从我第一次把它送出去，过了将近两年，电话终于来了，我又在出版机构和编辑们的帮助下花了一年时间修改。

傻瓜都明白，做梦很简单。但实际的工作要花费几十年去阅读、写作，要耐心地坐下来，坚持不懈地写下去，日复一日地把小说一点点构建起来，仅仅为了把它写出来而已——没有恐惧，也没有希望，只是尽自己最大努力把这个故事讲出来。出版像在做梦一样。但是童话故事有可能成真，或许就会发生在你身上……

（王雪纯　译）

企鹅经典丛书书目

第一辑

长夜行　【法】塞利纳
大都会　【美】唐·德里罗
纪伯伦经典散文诗　【黎巴嫩】纪伯伦
磨坊文札　【法】都德
去吧，摩西　【美】福克纳
人间失格　【日】太宰治
苏菲的选择　【美】威廉·斯泰隆
丧钟为谁而鸣　【美】海明威
神曲　【意大利】但丁
人间天堂　【美】菲茨杰拉德

第二辑

我是猫　【日】夏目漱石
看不见的人　【美】拉尔夫·艾里森
流浪的星星　【法】勒克莱奇奥
微物之神　【印度】阿兰达蒂·洛伊
漂亮冤家　【美】菲茨杰拉德
玻璃球游戏　【德】赫尔曼·黑塞
绿房子　【秘鲁】马里奥·巴尔加斯·略萨
炼金术士及其他鬼故事　【英】蒙塔古·罗兹·詹姆斯
老虎！老虎！　【英】吉卜林
小王子　【法】圣埃克絮佩里

第三辑

契诃夫短篇小说选　【俄】契诃夫
死屋手记　【俄】陀思妥耶夫斯基

双城记	【英】狄更斯
洪堡的礼物	【美】索尔·贝娄
局外人	【法】加缪
一九八四	【英】乔治·奥威尔
世界末日之战	【秘鲁】马里奥·巴尔加斯·略萨
圣殿	【美】福克纳
魔山	【德】托马斯·曼
暗店街	【法】帕特里克·莫迪亚诺

第四辑

飘	【美】玛格丽特·米切尔
海底两万里	【法】儒勒·凡尔纳
罪与罚	【俄】陀思妥耶夫斯基
了不起的盖茨比	【美】菲茨杰拉德
交际花盛衰记	【法】巴尔扎克
少年维特的烦恼	【德】歌德
一个女人一生中的二十四小时	【奥地利】斯蒂芬·茨威格
奥吉·马奇历险记	【美】索尔·贝娄
美妙的新世界	【英】阿道斯·赫胥黎
英国病人	【加拿大】迈克尔·翁达杰

第五辑

简·爱	【英】夏洛蒂·勃朗特
虹	【英】D.H. 劳伦斯
坟墓的闯入者	【美】福克纳
雨王亨德森	【美】索尔·贝娄
汤姆·索亚历险记	【美】马克·吐温
你好，忧愁	【法】萨冈
茵梦湖	【德】施托姆
上尉的女儿	【俄】普希金
莎士比亚悲剧选	【英】莎士比亚
施尼茨勒中短篇小说选	【奥地利】阿图尔·施尼茨勒

第六辑

动物农庄	【英】乔治·奥威尔
八十天环游地球	【法】儒勒·凡尔纳
纯真年代	【美】伊迪丝·华顿
呼啸山庄	【英】艾米莉·勃朗特
当代英雄	【俄】莱蒙托夫
德伯家的苔丝	【英】托马斯·哈代
失窃的孩子	【美】凯斯·唐纳胡
格列佛游记	【英】乔纳森·斯威夫特
小人物，怎么办?	【德】汉斯·法拉达
罗马爱经	【古罗马】奥维德